나의 마지막 조선

PL▶Y

나의
마지막 조선

이현수 장편소설

문학동네

차례

나의 마지막 조선 _007

작가의 말 _315
참고 문헌 _318

나의 마지막 조선

나는 음낭이 없다.

성년으로 접어든 사내의 몸에 음낭이 없는 것은, 신체의 여러 기관 가운데 하나가 떨어진 것에 불과하나 전부 제거된 상태와 다름없다. 팔다리가 없는 것과는 속사정이 사뭇 다르다. 나는 좆힘으로 버틴다는 말을 지금껏 이해하지 못한다. 그 말을 들을 적마다 내가 속한 무리에서 벗어나 아무도 모르는 곳으로 도망치고 싶어진다.

그럼에도 나는 상상한다.

도공들이 도자기를 구울 때 사용할 법한 매우 높은 온도에서 생성된 강력한 힘을 몸속에 지니고 있다가 어떤 계기로 팡, 하고 그것을 분출해버리는 것. 통제가 불가능한 상황에서 갑자기 터지게 만드는, 엄청나게 시끄러운 폭발음과 함께 뭉게뭉게 솟구치는 화염을 불러일으키는 그 세찬 열기가 바로 좆힘이 아닐까. 하지만 음낭이 있다손 치더라도 폭발이라니. 참고 또 참아야 하는 운명을 타고난 내게는 어림없는 일이다.

엄숙하고 때로는 비정하게 살아가는 고자의 세계에는 두 부류의 인간이 존재한다. 고자와 고자가 아닌 인간. 지금으로부터 아득히 먼 과거의 어느 지루한 봄날에 두 부류의 인간 사이로 검은 선이 그어졌다. 시간이 흐르면서 그 선은 점점 굵고 깊어졌다. 그럴 수밖에 없는 것이 몸이 성한 너희는 고자에게 관심이 없다. 너희가 고자가 될 확률은 길에서 벼락을 맞는 것보다 드물어 대개는 고자의 특수성을 공감하지 못했다. 공감은커녕 우리를 다른 차원에서 날아온 진귀한 구경거리쯤으로 여겼다. 살아가는 동안 우리가 발산하는 신비로운 빛에 매혹당한 너희는 호기심어린 눈길을 던지기도 하나 이내 거두었다. 설혹 지속적인 관심을 보인대도 우리를 화병에 꽂힌 죽은 꽃이나 실존의 의미를 상실한 그림자 같은 것으로 치부했다.

분명히 존재하나 세상에 속하지 않은 것들, 세상의 잣대로는 잴 수 없는 것들이라 불리는 고자. 우리는 세상에 드러나는 걸 꺼렸고, 너희는 우리를 너희 무리에 넣어주지 않았다. 그리하여 두 부류의 인간 사이로 검은 선을 그은 것은 고자들이다. 고자가 고자 아닌 인간을 배척했다.

고자들이여, 두 팔을 높이 흔들며 기뻐하라.

만세! 만세! 만만세!

우리는 스스로 그은 검은 선의 안쪽에서 대대로 무리 지어 살아왔다. 무리를 짓는다, 라는 내 말을 오해하지 마라. 우리가 누추한 초가에서, 거미줄이 늘어진 썩은 너와 지붕 밑에서 아첨과 모략을 일삼으며 허리를 구부리고 오종종하게 살았을 거라곤 예단하지 마라. 그건 너희의 억측일 뿐이다.

비극의 씨앗

　세찬 비가 구름재에 연사흘 쏟아졌다. 천지가 빗소리로 꽉 찬 듯 느껴졌다. 하천이 범람하여 정선방의 큰길이 흙탕물에 잠겼으나 흥선군은 머뭇거릴 시간이 없었다. 기름적삼이라도 있으면 옷 위에 둘렀으련만, 살이 부러진 지우산 하나로 폭우를 막기는 어려웠다. 젖은 바지가 종아리에 달라붙었고 갓신 속에서는 꿀렁꿀렁, 하는 물소리가 났다. 흥선군은 개의치 않고 뛰었다. 체면 따위는 벗어던진 지 오래되었다. 까짓 갓신쯤은 버려도 아깝지 않았다. 흥선군은 다가올 미래를 준비하며 많은 것을 버렸다. 체면과 갓신뿐 아니라 버리면 안 되는 것도 미련 없이 버렸다. 그간 버린 것들을 한데 모으면 삼태기 하나는 족히 채울 것이다. 간혹 내다버린 것들이 기억의 저편에서 불쑥 고개를 들 때면 그도 부끄러움을 느꼈다. 흥선군인들 부끄러움을 모르겠는가.

"조선이 김가의 나라입니까, 이가의 나라입니까."

주상 앞에서 울분을 토하던 경원군이 사약을 받았다. 두 해 전 경평군마저 작호를 박탈당한 채 귀양길에 올랐으니 안동김문(장동 김씨)은 왕실 자손 가운데 똑똑하고 명망 있는 자는 모두 없앴다 방심하겠지. 드디어 잠룡이 물 밖으로 나올 때가 되었다. 궐문을 서둘러 통과한 흥선군이 정궁의 동쪽에 위치한 조대비의 전각으로 들어섰다. 대비전의 처마밑에서 갓끈을 타고 흐르는 빗물을 손등으로 훔치는데, 반빗간에서 나오던 늙은 상궁의 눈이 휘둥그레졌다.

"이 비를 맞고 오신 겝니까?"
"일각이 급한 일일세. 대비마마께선 안에 계시는가."

흥선군이 전각마루로 다가서자 늙은 상궁이 앞길을 막았다.

"물 범벅인 채로 들어가시면 안 됩니다. 젖은 두루마기는 벗어주시지요."

'고얀 년. 감히 나한테 옷을 벗으라고 명령을 해?'

속마음을 감춘 흥선군이 넌짓 웃으며 벗은 두루마기를 건네자 상궁 옆에 있던 나인이 그걸 받아 인두로 말린다며 수선을 피웠다. 그사이 방으로 들어서니 조대비가 떼꾼한 눈으로 그를 반겼다.

"홍선군, 비 맞은 복슬강아지 형상이십니다그려."

"급히 오느라 제 꼴이 이렇습니다."

"내 꼬락서니도 말이 아닙니다. 간밤에 잠을 설쳤어요. 우세스럽게도 누운 자리에서 빙빙 돌며 돌꼇잠을 잤지 뭐예요."

"시절이 수상하니 잠인들 편히 주무셨겠습니까."

조대비가 다과상을 들이라 이르자 홍선군이 손을 내저었다.

"긴히 아뢸 말씀이 있사오니 상궁과 나인들을 처소 밖으로 물려주시지요."

"홍선군, 안심하세요. 우리 아이들은 믿을 만합니다."

"믿지요. 사람은 믿으나 저는 그 입을 믿지 못할 뿐입니다."

조대비가 홍선군의 뒤통수를 노려보며 서 있던 늙은 상궁에게 턱짓을 했다. 등뒤에서 알짱거리던 상궁이 물러가자 그제야 홍선군이 무릎걸음으로 조대비에게 다가갔다.

"저들이 기어코 경원군을 죽였습니다."

"그렇지 않아도 홍선군을 부르려던 참입니다. 기개 높은 경원군마저 역모에 휘말려 사사를 당했으니 이를 어쩌면 좋습니까."

"대비마마께선 경원군의 가벼운 언사를 기개 높다 여기십니까. 저들의 눈과 귀가 조밀하게 깔린 대궐에서 김가의 나라 운운했으니 경원군은 죽음을 자초한 것과 다름없지요."

"그걸 모를 경원군이 아닙니다. 안동김문에게 몰린 끝에 주상에게 한소리 했겠지요. 비굴하게 사느니 사내답게……"

"대관절 사내다운 것이 무엇입니까. 누군들 불뚝 성질이 없어 마냥 숨죽이고 있었겠습니까."

홍선군은 경원군에게 불만이 쌓여 있었다. 왕실에서 홍선군을 경멸하지 않는 이가 드물었지만 유독 경원군이 심한 축에 속했다. 그는 큰 소리로 홍선군을 나무라기 일쑤였다.

'나이도 어린 놈이 하인들 앞에서 날 면박하다니.'

이런 마음이었기에 경원군의 비보를 접한 후에도 슬픔보다 놀라움, 개운치 않은 감정의 찌꺼기가 홍선군의 가슴 밑바닥에 깔려 있었다. 홍선군의 복잡한 속내를 꿰뚫어본 조대비가 말을 슬쩍 돌렸다.

"왕실의 씨가 말랐어요."

"그러게 말입니다. 이제 조선 왕실은 누가 지킨답니까."

"모르지요. 거죽만 남은 왕실붙이가 고매한 안동김문의 속내를 어찌 알겠습니까. 선왕이신 내 아드님이 승하하시자 유력한 왕위 계승권자였던 경원군을 밀어내고 인생이 꼬여 왕족 대우도 못 받던 은언군의 손자, 강화도령을 찾아낸 자들입니다. 항렬상 강화도령이 왕의 후사가 될 수 없는데도 조카뻘인 선왕의 대를 잇게 했어요. 단종에게 왕위를 물려받은 수양대군의 사례를 들먹이면서요. 나는 안동김문의 세 치 혀를 감당할 재간이 없습니다. 저들이 경원군에게 씌운 죄명이 자그마치 역모예요. 그 역모를 계획할 때 화서 이항로 대감이 집을 제공했다며 일을 꾸미고 있답니다."

흥선군은 조대비의 손등에 돋은 푸른 정맥을 똑똑히 보았다. 그의 입아귀에 보일락 말락 한 미소가 잠깐 걸렸다가 사라졌다.

"하나의 덫으로 두 마리의 토끼를 잡겠다는 꿍꿍이수작입니다."

"화서대감을 역모로 엮은 것은 내 외곽 지지 세력을 일망타진하겠다는 저들의 계략이에요. 나는 더 물러설 곳이 없습니다."

"물러설 곳이 없으면 들이받으셔야지요."

조대비의 움푹 꺼진 눈에 두 겹의 쌍꺼풀이 생겼다.

"황소처럼 들이받는다?"

"눈엣가시인 경원군을 잡았으니 안동김문은 한동안 방심하겠지요. 주상께서도 편찮으시니 역모 사건을 길게 끌지는 못합니다."

"방심한 틈에 상대의 허를 찌른다. 나쁘지 않은 전략이에요."

"말씀드렸다시피 우리에겐 저들이 모르는 패가 있습니다."

사사로이 따지면 조대비는 고종의 삼종숙모, 즉 구촌 아줌마였다. 그녀는 전부터 흥선군의 둘째아들을 눈여겨보았다.

"잠룡은 깊이 감춰두셨겠지요?"

"그건 염려하지 마세요. 우리 둘째를 왕위에 올려주시면 대비마마께선 높은 비단 의자에 앉아서 수렴청정하실 수 있습니다. 사내들의 명줄을 한손에 틀어쥔 채 쥐락펴락하실 수가 있다는 얘기지요. 으허허허, 생각할수록 통쾌하지 않습니까."

'뻔뻔한 작자. 저토록 위험한 말을 어쩜 저리 쉽게 내뱉누.'

조대비가 속으로 혀를 찼다. 그녀는 흥선군이 녹록지 않은 인물이라는 걸 알고 있었다. 그럼에도 상것처럼 행동하면 그의 본래 됨됨이가 아닌가, 라는 의구심이 일었고 얼마간 깔보는 구석도 있어서 대비전의 상궁과 나인마저 흥선군을 왕실 건달로 낮춰 보았다.

"그때 흥선군께서 처신을 잘하신 겁니다. 그토록 신통한 꾀가 대체 어디서 나오는 겁니까? 그대는 진정한 난세의 전략가입니다그려."

대비가 얄궂은 미소를 띠고 바라보자 흥선군이 쩝, 소리를 내며 입맛을 다셨다. 홍선군의 장남인 이재면은 과거에 번번이 낙제하여 출사하지 못했다. 소과는 치렀으나 대과에 합격하지 못한 일개 생원이었다. 홍선군은 어떤 방법으로든 재면을 과거에 급제하게 만들고 싶었으나 좀체 기회가 찾아오질 않았다. 과거를 한 달 앞둔 날 기막힌 묘수를 떠올렸다. 며칠 후면 자신의 생일이었다. 그날 잔치를 거창하게 열자고 내외간에 말을 맞췄다.

"이판사판, 가는 데까진 가보는 거야. 사나이 인생 별것 있나. 으허허허."

홍선군은 부인의 패물을 저당잡힌 돈으로 기생과 악단까지 불렀다. 그러곤 이조판서 김병기를 찾아가 자신의 생일잔치에 참석해달라고 청했다. 김병기는 예판이 가면 자신도 가겠노라 말했다. 예조판서 남병철은 김문근(철종의 장인)의 외질인데, 그는 김병기와 달리 홍선군의 청을 흔쾌히 수락했다. 정작 생일날 아침이 되자 김병기는 병환을 핑계 대고 남병철은 공무가 생겨 불참한다는 전갈을 보내왔다. 속이 탄 홍선군이 화물용 수레―당시 관부에서 간간이 사용했다―를 빌려 타고 이판 댁으로 달려가니, 김병기는 내방객을 맞이하느라 한창 분주했다.

"이판대감, 벌써 완쾌하셨소?"

김병기가 흥선군을 돌아보며 빙그레 웃었다.

"군대감, 아드님의 과거시험은 걱정하지 마세요."

"이판대감께서 오시질 않으면 내가 집사람을 볼 면목이 없소."

흥선군이 다시 청했으나 김병기가 거절했다. 그러나 한 달 후 이재면은 과거에 급제했고, 신료들은 그가 변변치 못한 인물이라는 걸 알게 되었다. 흥선군은 차남을 깊이 숨긴 채 똑똑하지 않은 장남을 전면에 내세우며 신료들이 알 듯 말 듯 하게 정치에 발 담글 준비를 하고 있었다.

'돌다리도 두드리며 건너야 한다.'

조대비의 의중을 떠봤으나 불안감이 가시질 않았다.

"주상께선 차도가 있으신가요?"

흥선군이 조심스레 각을 재보았다.

"그게 하루아침에 나을 병입니까. 주상은 요즘에도 약방의 입진을 받는다 합디다. 의관이 붙어앉아서 진맥을 봐줘야만 정무를 겨우 주재한다지요."

"거참 큰일이에요."

"주상마저 후사도 없이 일을 당하지 싶습니다. 매번 이러니 상궁과 나인들의 수군거림이 아주 틀린 것만은 아니에요."

"아, 고것들이 뭐라고 지껄입니까."

"사도세자의 원혼 때문에 왕실 남정네들이 타고난 명을 못 채우고 일찍 죽는다 합니다. 머리를 풀어헤친 사도세자의 원귀가 비 오는 밤마다 구중궁궐을 헤매고 다닌다는 흉흉한 소문이 돌고 있어요. 입 헤픈 종자들의 호들갑이려니 치부해도 혼겁하여 실려나간 무수리가 대여섯은 된다 하니 건성으로 들을 얘기는 아니지요."

"내시가도 아닌 터에 나라의 대통을 양자와 양자로 이어가니 그런 참담한 말을 듣는 게지요."

"한 발만 늦어도 우리의 계획이 허사가 되겠지요."

옳거니. 흥선군이 무릎걸음으로 조대비에게 바싹 다가갔다.

"왕위 계승권은 주상의 이복형인 회평군과 영평군에게도 있습니다. 문제는 옥새지요. 누가 먼저 손에 넣는지 그게 관건이에요."

조대비의 살짝 찌그러진 오른눈의 검은자위에서 한 점의 빛이, 캄캄한 들판에서 타오르는 불티처럼 반짝거렸다.

"옥새라…… 지금도 그때를 잊지 못합니다. 안동김문이 선왕의 주검을 복상사로 위장했으나 나는 선왕이 암살당한 걸 알고 있어요. 아들의 마지막을 지켜본 어미의 눈은 속일 수가 없지요. 흥선군, 내 아들은 너무도 잘나서 죽임을 당했어요."

"암요, 암요. 헌종께옵서는 총명하신데다 글재주가 뛰어나셨지요. 왕실에서도 입에 침이 마르게들 칭찬했지요. 역대 임금 중 인물이 가장 훤하다 했습니다. 그러니 선왕의 사인을 복상사로 위장한 게지요."

"하고많은 병명 중에 복상사라니요? 선왕의 면을 깎아도 정도껏 해야 되질 않겠습니까. 그때 저들의 수작이 가관이었습니다. 헌종이 어떤 아들입니까? 나는 세자빈으로 간택되어 대궐에 들어왔으나 중전이 되지 못한 채 대비가 되었어요. 내 팔자가 이렇듯 기구한데 아들의 사인조차 불명하니."

조대비는 효명세자의 빈이다. 효명세자는 순조 27년에 왕세자로서 대리청정했다. 그는 안동김문을 배척하고 당파를 고루 등용하는 등 적극적인 개혁정책을 펼쳤으나 삼 년 삼 개월 만에 요절하여 왕위도 개혁도 모두 잃었다.

"조선왕실 역사상 가장 치열한 고부전쟁—안동김문과 풍양 조씨의 세력다툼—을 벌였으나 대패하고 말았어요. 나는 시어머니(순원왕후)에게 수렴청정권을 내어드린 후 평생 대궐의 뒷방에서 숨어 지낸 못난 위인이지요. 그 한이 어떤 것인지 흥선군은 아실 테지요."

"멀쩡한 사람이 허허실실, 미친 짓을 하며 지내는 강파른

세월입지요."

"나는 그나마 아들이 왕이어서 버텼습니다. 선왕이 내 무릎을 베고 누운 채 밭은 숨을 쉬었어요. 누구도 믿을 수가 없었죠. 헌종의 보령, 스물셋이었습니다. 내 머리카락을 뽑아서 갓신을 만들어 올릴까. 썩어 문드러진 내장을 뽑아 옥대를 길게 이어드리면 애젊은 선왕의 목숨이 유지될까. 눈앞이 캄캄하여 하늘을 원망했습니다. 그 위급한 순간에 안동김문은 대왕대비를 앞세워 옥새를 찾게 했어요."

마른기침을 쏟아내던 조대비가 왼손으로 가슴을 탕탕 쳤다.

"선왕의 숨이 붙어 있는데 옥새를 찾다니요. 나는 옥새 따위가 무어냐. 환아(헌종의 본명), 가지 마라. 아깝고 아까운 내 새끼야. 비몽사몽간에 중얼거리며 저들을 멍하니 바라봤어요. 안동김문은 상서원 도승지도 아닌, 일개 나인으로 하여금 옥새를 들여오게 했습니다. 그걸 보고 있자니 생혈이 울컥 올라옵디다. 급한 김에 맨손으로 받자 그 핏물이 선왕의 액상에 주르륵 떨어졌지요. 황망하여 치맛자락으로 핏물을 닦을 때 선왕이 덜컥 숨을 놓았어요. 그 일을 생각하면 저들의 간을 도려내어 씹어도 내 속이 시원치가 않습니다."

조대비의 목소리에 시퍼런 날이 섰다. 금방이라도 꽃살문의 창호지를 찢어발길 듯한 기세였다.

"말씀 듣자옵기 망극하옵니다."

"나는 선왕을 오목가슴에 묻은 채 그길로 뒷방 늙은이가 되었어요. 대궐 귀신처럼 사사건건 내 앞을 가로막는, 2대에 걸쳐 수렴청정하는 대왕대비가 목숨 버리는 날만 손꼽아 기다렸습니다."

"이참에 안동김문을 엄하게 다스려야지요."

"이날을 얼마나 고대했게요? 내가 받은 만큼 저들에게 고스란히 되돌려줄 예정입니다."

조대비는 화려한 모란 자수 병풍 앞에 항라 치마를 겹겹이 펼치고 앉아 있었다. 흥선군은 조대비가 독이 잔뜩 오른 뱀처럼 보였다. 저토록 길고 얄기죽거리는 혓바닥에 걸리면 그게 개구리든 두꺼비든 살아남기 힘들 거라는 생각이 얼핏 들었다.

"대비마마, 주상의 상태를 살피는 것이 급선무입니다."

"나는 대전에 발을 들이지 못합니다. 저들이 막고 있어요."

"큰일이에요. 어의를 비롯한 약방 쪽이 전부 안동김문의 사람이어서 계획이 꼬일 성싶습니다."

"안동김문이 약방을 접수했다면 우리는 상궁과 대전내관을 끌어들이면 되지요."

"할미꽃처럼 늙어빠진 상궁과 내시를 어따 쓰시게요."

"흥, 상궁과 내시는 사람이 아니랍니까. 그중 내시가 제일 낫지요. 생식기를 못 쓰게 된 탓에 그들의 촉이 무서울 정도로 발달되었어요. 들리는 말에 의하면, 어의가 모르는 주상의 병증을 정확히 집어내는 대전내시도 있답니다."

"내시 따위가 어찌? 주상의 숨이 경각에 도달하기 직전, 그 시각을 빈틈없이 맞춰 우리에게 알려야 할 텐데요."

흥선군이 조대비의 귓가에 나직나직 속삭였다.

"오죽하면 왕의 수족이라는 말이 있겠습니까. 흥선군, 내시들의 촉을 믿으세요."

"대전내시 중 누가 이 일의 적임자라고 생각하십니까?"

"상선 남수중은 어떻습니까. 상선은 주상의 숨소리만 듣고도 용체의 상태를 파악한답니다. 그런 자라면 주상이 목숨을 버리는 시간도 정확히 맞출 거예요."

"상선 남수중은 안 됩니다."

흥선군이 머리를 흔들자 대비가 움푹한 눈을 치떴다.

"상선 남수중과 그 아비 윤이신은 대대로 대전을 지켜왔어요. 신실하고 믿음직한 자입니다."

"그래서 안 됩니다. 천하의 남수중이 간자 노릇을 할 것 같습니까? 내시가 모략과 아첨에 능하대도 남수중은 달라요. 이빨도 들어가지 않을 위인이에요. 가까이에서 늘 보면서도 상선을 그렇게 모르십니까."

"어허, 상선을 제하면 마땅한 인물이 없어요."

"상온 오자흔은 어떻습니까?"

"상온은 눈동자가 노리끼리한 것이, 마음이 검어 보입니다. 욕심이 많은 자여서 우리가 뒤통수를 얻어맞기 쉽지요."

"욕심이 많은 자라…… 그러면 상선보다 다루기 쉬울 겁니다."

"나는 그자가 미덥지 않아요."

"눈치만 빠르면 되지요."

"눈치 하난 기막히게 빠른 자입니다."

"그럼 되었습니다. 주상의 옥체는 어의와 상선이 세밀히 살필 테니 상온 오자흔이 그걸 캐내어 우리한테 알려주면 되지요. 조정에 붕당이 있듯이 내시도 계파가 있는데, 상선이 속한 계동파와 상온이 속한 장동파로 나뉜답니다."

"계동파와 장동파? 지역별로 나눈 건가요."

"아마 그럴 겁니다. 내시의 조상이 장동과 계동에 모여 살지 않았나 싶습니다. 지금은 효자동과 자하문에 많이 거주하지만요."

"저는 대궐에서 수십 년을 지냈는데도 까맣게 몰랐습니

다."

"은밀한 사생활을 가벼이 노출하겠습니까? 계동파와 장동파는 원수지간이랍니다. 그러니 상온 오자흔을 이용하면 우리의 계획이 차질 없이 진행될 겁니다."

"대신들에게만 관심이 있는 줄 알았는데 어느 틈에 내시들의 계보까지 조사하셨답니까."

"이놈이 낙백 시절에 운신의 폭이 좁았기로서니 마냥 놀기만 했겠습니까."

"과연 흥선군이십니다그려."

조대비와 흥선군은 밤이 깊도록 밀담을 나누었다.

그로부터 일 년 후 창덕궁 대조전에서 철종이 승하했다. 재위 십사 년 만인 서른세 살의 나이였다. 철종의 혈육으로는 궁인 범씨의 소생인 영혜옹주가 있었으나 그후로 박영효에게 출가했을 뿐 후사가 없었다. 관례상 선대왕이 후사 없이 사망할 경우에는 왕실의 최고 어른인 대왕대비가 후계를 지명한다.

"흥선군의 차남으로 하여금 익종대왕(효명세자의 추존왕명)의 대통을 입승入承케 하라!"

조대비는 대소 신료가 모인 어전에서 명복을 효명세자의 양자로 삼은 후 보위에 올리라는 교지를 내렸다. 흥선군의 차남인 명복은 촌수로 따지면 철종과 십칠촌간인, 왕가의 피가 흐른다는 사실을 빼곤 듣도 보도 못한 소년이었다. 청천벽력 같은 사태를 맞이한 안동김문이 여기저기서 수군거렸고, 팔백 년 묵은 고목의 둥치처럼 허리가 두툼한 영의정 김좌근의 낯빛은 이미 적자색으로 물들었다. 뚝심 있는 영상이었으나 외통수에 몰린 탓에 풍 맞은 사람처럼 입술을 연신 씰룩거렸다.

"엄연히 절차가 있사온데 중신들과 사전 숙의도 없이 교지를 내리시다니요? 새 임금은 선왕의 대통을 이어야 하는 것 아닙니까. 대비마마, 재고해주시옵소서."

김좌근의 발언은 헌종의 후임으로 강화도령을 옹립할 때 조대비의 일가붙이가 벌벌 떨며 그에게 아뢴 말이었다. 토씨마저 같았다.

'그 말인즉 네놈이 중전을 내세워 또다시 조선을 주무르겠다는 속셈이렷다.'

조대비의 입가에 쓴웃음이 감돌았다.

"영상대감, 선왕의 대통이라고 하셨나요. 지금 그걸 따질 계제입니까. 하루빨리 나라를 안정시키는 것이 급합니다."

김좌근이 자신의 일가붙이에게 차갑게 뱉은 말을 고스란히 돌려준 조대비는 그제야 막힌 속이 뚫린 듯 시원해졌다.

영중추부사 정원용이 흰 수염을 쓰다듬으며 동의하자 아무도 반대하지 못했다. 정원용은 청렴하기 그지없어 모든 관료가 우러러보던 대신이다. 정원용의 발의를 받아들여 명복에게 효명세자의 대통을 잇게 하니 드디어 조대비와 흥선군의 합작품이 완성되었다. 조대비는 그날에야 비로소 왕실의 최고 어른으로 부상했고 장안의 파락호 흥선군이 일인지하만인지상의 자리에 오르는 분기점이 되었다. 조대비는 나흘 뒤 명복을 익성군에 봉하고 '이경'으로 개명하도록 지시했다.

1863년 12월 13일, 창덕궁 인정문에서 고종의 즉위식이 열렸다. 과연 이게 왕의 즉위식일까, 라는 의문이 들 만큼 조촐히 진행되었다. 선왕이 와병중이거나 국상중에 열리기 때문에 조선 임금의 즉위식이 대부분 이러했다.

선왕의 장례가 엿새째로 접어들던 즉위식 날 아침 손시(오전 여덟시 반부터 오전 아홉시 반까지)에 대례복을 입은 홍안의 소년이 빈전에 서 있었다. 철종의 시신을 수습하여 구십 겹의 옷을 입히는 소렴 의식을 행한 뒤 황장목으로 짠 관에 고이 모신 터라 빈전에 시취가 새어나진 않았다. 소년은 얼굴도 모르는 먼 일가의 장례 의식을 뒷전에서 참관하던 중에 별안간 불려 나온 것처럼 당황한 기색이 역력한 얼굴로 북쪽을 바라보며 서 있었다. 이윽고 소년이 향로 앞으로 나아가 사 배를 올리자 한 치가량 입이 나온 영의정 김좌근을 대신하여 영중추부사 정원용이 낮은 목소리로 즉위교서를 낭독했다. 왕이 직접 왕위를 넘기는 양위가 아닌 왕이 죽은 뒤 왕위를 승계하는 사위嗣位여서, 소년은 대보(왕의 상징)를 받든 채 소리 내어 울었다. 왕이 승하한 후 즉위교서를 받을 때면 조선의 왕세자들은 구슬피 울었고 울부짖다 혼절하는 경우도 왕왕 있었다. 그것에 견주면 소년의 울음소리는 가늘고 약했다. 영중추부사 정원용이 헛기침을 하자 두려움에 사로잡힌 소년이 큰 소리로 울기 시작했다. 그 울음이 자신의 통치 기간인 사십사 년 내내—고종은 조선왕조를 통틀어 영조와 숙종에 이어 세번째로 장기간 왕의 자리에 있었다—지속되리라는 걸 그때는 몰랐다. 오랜 기다림 끝에 새로 지명된 왕이 입장하자 인정문에 도열한 대소 신료와 종친들은 두 팔을 높이 들어 천세례를 올렸다.

"빛나도다, 성조이시여! 하늘의 축복으로 인해 군주로 택하심을 받으셨도다. 조선을 지켜온 선왕들께옵서 군주의 임무를 수행하는 법과 옥좌의 지혜를 가르쳐주시리라 믿어 의심치 않노라. 천세! 천세! 천천세!"

이날 십이 세에 불과한 홍안의 소년이 조선 제26대 왕위에 올랐고, 흥선군은 흥선대원군이라는 존호를 얻었다. 조선에 그동안 세 명의 대원군—덕흥대원군(선조 부), 정원대원군(인조 부), 전계대원군(철종 부)—이 있었으나 아들이 왕이 되었을 때 모두 죽은 상태였다. 왕이 아닌 채로 살아 있는 아버지를 둔 군주는 조선왕조 역사상 고종이 처음이었고 그건 비극의 씨앗이 되기에 충분했다.

양세계보

나는 다섯 살 때 생가에서 기르던 잡종견에게 음낭을 물려 고자가 되었다. 상선 남수중의 양자로 들어간 것은 아홉 살이 되던 해였다. 당시 내시들은 대궐 부근인 계동과 장동, 효자동과 자하문 일대에 모여 살았다. 빈한한 양주 산골에서 태어나 아홉 살이 되도록 동네를 벗어나지 못했던 나는 효자동가(남수중의 집)를 보곤 충격에 휩싸였다. 촘촘히 쌓아올린 드높은 담장이며 하늘을 찌를 기세로 치뻗은 추녀와 골이 깊은 기와지붕을 보자 그만 눈앞이 아득해졌다. 큰 대문을 들어서니 작은 대문이 나오고 집 속에 또 집이 들어앉아 있으니 정신이 온전할 리 없었다. 길을 잃을세라 막손아범(남수중의 솔거노비로, 1886년 노비 세습제가 폐지되어 면천된

후에도 식솔들과 효자동가에 머무르며 집사로 일했다)의 뒤를 따라가는데 갑자기 뱃속이 출렁거렸다. 길을 떠날 차비를 하기 전에 생가에서 아침으로 급히 먹은 수제비를 토하고 말았다. 채 삭이지 못한 수제비가 막손아범의 핫바지에 달라붙은 걸 보자 눈물이 핑 돌았다.

"도련님, 이런 음식은 이제부터 드시지 않을 겁니다."

도련님이라니? 지금껏 날 그처럼 달콤한 목소리로 부른 사람이 없었다. 생가에선 누구나 큰 소리로 닦달하듯 내 이름을 불렀다. 화낼 이유가 없는데도 화난 목소리였다. 그날 내 등을 가만가만 두드려주던 막손아범에게 육친의 정을 느꼈다. 그후 거칠고 조악한 음식을 먹진 않았으나 홀로 삭일 수제비 같은 것들이, 밖으로 내보이면 부끄러운 것이 생겼다.

장번내시였던 남수중은 마침 퇴궐하여 사랑방에 있었다. 흰 얼굴에 작달막한 분이었는데 내 눈엔 그가 무척 커 보였고 무섭게 느껴졌다. 호사스러운 가구와 각종 박래품으로 꾸민 사랑방의 위용에 기운이 눌린 탓이었다. 비단 안석에 기대앉은 그의 손안에는 들기름을 먹여 반질반질 윤이 나는 호두 두 알이 쥐여 있었다. 그가 손가락으로 굴릴 때마다 호두가 쉴새없이 부딪치며 빠그락 빠그락, 하는 소리를 냈다.

"너는 오늘부터 내 아들이다."

그의 목소리에는 남자와 여자의 음성이 반씩 섞였는데 소리의 높낮이에 따라 음색이 각각 달랐다. 높은 톤에서는 여자 소리가, 낮은 톤에서는 남자 소리가 났다. 나는 그 말소리가 가락의 조화를 이룬 아악처럼 느껴져 듣기 좋았고, 불길한 호두 소리를 밀어내는 듯해 더욱 좋았다.

"지금까지 산 것과는 다른 삶일 게야."

아버지가 말한 다른 삶이 효자동가의 양자를 뜻하는 줄 알았다. 그게 저 호두알처럼 좁디좁은 손안에서 쉴새없이 뒹굴며 사는 일이어도 이 집에서 버텨야 한다고 다짐했다.

"울 아버지도 그러셨는디요. 지가 여기서 남석호로 살아야 헌다고."

출사표를 던지듯 내가 말하자 아버지가 '허, 요놈 봐라' 하는 눈빛으로 쳐다봤다.

"이름이 반석호라고 하였지?"

여전히 아름다운 목소리였다.

"야."

"내가 남씨 성을 쓴다 하여 네가 남석호가 되는 건 아니란다. 생가에서 받은 성과 이름을 그대로 쓰도록 해. 우리는 피내림을 하는 집안이 아니니."

아버지는 조부 윤이신과 증조부 박원필의 함자를 알려준 뒤 타성바지로 이루어진 내시가의 족보인 양세계보養世系譜에 관해 내가 알아들을 때까지 차분히 설명했다. 내시는 자식을 생산할 수 없고 고자인 양자를 입양하기 때문에 같은 성을 찾기가 쉽지 않아서 다른 성씨를 통해 가문을 이어왔다고 말했다.

"누추한 방법까지 동원하여 가문을 잇는 것은 대대로 왕을 모시기 위해서야. 봉제사가 목적이었으면 당장 네 성을 남씨로 바꿨을 테지."

그제야 양자로 사는 것보다 어려운 일이 날 기다리고 있다는 걸 알았다.

"아버지와 성씨가 다르면 애들이 근본 없는 자식이라고 막 놀리는디. 지를 그냥 남석호로 해주시면 안 되남요?"

"우리는 주상전하를 모시는 사람이므로 근본 따위는 중요치 않아. 오로지 그분을 위해 숨을 쉬고, 그분만을 위해 앉고 서야 하며 초개같이 목숨을 버릴 줄도 알아야 한단다. 우리의 피와 살은 전하의 것이니. 내시는 보고도 못 본 척하며 입이 있어도 말하지 못하고 들어도 아니 들은 것으로 해야 된다. 생각이 떠올라도 생각하지 말아야 할 때가 부지기수여서 나라는 존재가 뿔뿔이 흩어지는 검불만도 못한 듯이 여겨지지. 그렇다고 자신을 슬피 여기는 경박한 마음을 가져도 아니 된다."

아버지가 목소리를 높일 때면 더러 가성이 새어나왔다.

"예로부터 내시를 칭하는 말은 환관 내관 환자 환수 화자 엄인 등 여러 개가 있느니. 먼저 내관은 일반 관료를 외관이라 부르는 것의 상대개념으로 지은 것이고 '화'와 '엄'이 들어간 말은 남성성을 상실한 고자를 뜻한다. 고자는 여러 종류가 있어. 어미의 태로부터 만들어진 배내고자가 있고, 뜻밖의 사고로 된 고자, 천국을 위하여 스스로 고자가 된 이도 있단다."

"지는 우리집에서 기르던 똥개가 만든 고자인디요."

엉뚱한 고백을 하자 아버지가 소리 내어 웃었다.

"환관이 될 사람은 자신을 비루하게 여기거나 낮추지 말아야 한다."

"고자라며 손가락질하지 않아도 저절로 기가 팍 꺾이는디요."

"고려시대에는 문무 귀족의 자제가 환관이 되기도 했느니. 캄캄한 밤에 하늘을 올려다보면 환관성宦官星이라는 네 개의 별이 떠 있어. 우리가 죽으면 하늘로 올라가 그 별이 되는 게야. 환관성은 황제좌의 서쪽에 있단다."

"내시의 별이 왜 황제좌의 서쪽에 있남요. 지 생각엔 북쪽에 있으면 더 좋을 것 같은디요."

"황제의 측근자로서 천명을 부여받은 환관이 여러 생에 걸쳐 봉사하느라 서쪽에 있는 것이지. 이러한 천계의 질서는 인간 세상에도 적용되므로 우리는 죽어서도 왕을 모셔야 한다."

"죽어서도요……?"

"숙명은 그런 것이야. 부당하다 따질 수 없는. 무조건 받아들여야만 해."

아버지가 앉은 비단 안석 옆에는 은쟁반이 놓여 있었는데 그 속에 삼각 모양으로 접힌 새하얀 손수건이 차곡차곡 쌓여 있었다. 쥐고 있던 호두를 바닥에 내려놓은 아버지는 엄지와 검지, 중지를 모아 삼각 모양의 손수건에 손끝을 살짝 닦았다. 그러곤 한 번 쓴 손수건을 대바구니에 던졌다. 나는 구김이 없고 검정조차 묻지 않은 손수건을 미련 없이 바구니에 던지는 아버지를 황홀한 눈으로 바라보았다. 생가에선 잿물빨래가 일품이 많이 든다며 흰 목수건을 회색이 되도록 쓰는 건 예사였고 손수건은 구경조차 못했다. 나는 손수건 대용으로 옷소매를 이용했는데 침과 콧물로 얼룩지면 소맷부리가 금세 뻣뻣해졌다. 생가의 남루한 일상이 떠오르자 내 음낭을 따먹은 똥개에게 큰절이라도 하고 싶었다. 내시가 되어 깨끗한 손수건을 마음껏 쓴다면 업무가 고돼도 참을 수 있었다. 다섯 손가락을 전부 닦는 게 아니고 세 손가락의 끝만 살짝살짝 닦는 일이라면 해볼 만하다는 생각이 들었다. 세 손가락을 이용하여 왕을 모시는 날도 있을 테니 그때 남은 힘을 비축하면 되겠지. 전력투구하며 왕을 모실 날이 오면 비축한 힘을 요긴하게 꺼내 쓰리니, 그리 생각했다. 나는 자치기의 명수였다. 자치기하듯 힘을 조절하면 일등내시가 되지 않을까.

"궁금한 것이 있는디요. 임금님을 모실 적에 방귀가 나오면 어떡하나요. 궐에서 쫓겨나남요?"

방귀는 내시에게 중요한 문제라고 아버지가 말했다. 헌종 때 어전에서 방귀를 뀌었던 장번내시가 있었다.

"그분이 참고 참다가 주상전하께옵서 수라를 잡수실 때 실례하고 말았지. 오래 참다가 뀐 방귀여서 뽀옹, 하는 소리가 컸고 냄새도 역했던가봐. 대뜸 중전마마의 안색이 변하시더니 상후上候 미녕하시겠다며 소고의를 펄럭이며 일어서셨지."

그날 대전에서 쫓겨난 내시는 대궐의 창고지기가 되었다. 그는 훗날 많은 재물을 모았는데, 비결을 묻는 이들에게 자신이 부자가 된 것은 방귀 덕분이라고 대답했다. 방귀 덕을 본 건 나도 마찬가지였다. 방귀 이야기를 하면서 친밀감을 느낀 탓에 퇴궐하는 아버지를 어쩌다 뵈어도 스스럼이 없었다.

아버지의 생가는 대대로 내시가에 양자를 상납하거나 내시와 관련된 일에 종사하며 생계를 꾸렸다. 생가붙이들은 궂은일과 험한 일을 가리지 않았다. 남수중은 어릴 때 생모의 손에 이끌려 내시 시술소를 찾았다. 윤이신 할아버지의 양자가 되는 일은 쉽지 않았다.

"대답해보아라. 시술을 받겠느냐?"

도자장刀子匠이 물었다.

"네."

"시술하면 음경과 함께 요도의 일부가 잘려나간다. 죽음이 너를 소환할 때까지 여인처럼 앉은 자세로 오줌을 눠야 하느니라. 그래도 받겠느냐?"

도자장이 거듭 물었다.

"네."

남수중이 즉답했다.

"시술을 받으면 사내도 여인도 아닌 제삼의 성을 지닌 인간이 된다. 그래도 괜찮으냐?"

"기꺼이 받겠습니다."

"오줌길이 열리지 않으면 다시 시술한다. 고통이 두 배일 텐데 그래도 받겠느냐?"

"네."

피술자가 대답을 망설이면 시술이 중지된다. 남수중이 네 번 즉답하자 도자장이 생식기를 명주실로 묶어 피가 통하지 않게 한 뒤 날카로운 칼로 거세했다. 상처 부위를 불로 지진 후 음경과 함께 잘린 요도가 막히지 않도록 요도 구멍에 껍질을 벗긴 나뭇가지를 꽂아두었다. 도자장은 남자아이의 생식기를 훼손한 행위에 대한 죄책감이 조금도 없었다. 그는 잘린 생식기의 뿌리에서 복된 희망과 사랑이 움튼다는 믿음을 지녔고 먼 이역에서도 할례라고 일컫는 시술이 행해진다는 것을 바람결에 들었기 때문이다. 무엇보다 내시 시술소는 대대로 내려온 가업이었다.

아버지는 생식기가 잘릴 때보다 상처 부위를 불로 지질 때의 통증이 컸다며 입에 물린 수건이 찢길 정도였다고 고백했다. 그후 거행된 신물제는 토속신앙을 숭배하던 개인 사찰의 주술 의식과 흡사했다며 대화 중간에 보충 설명을 해주었다.

"신물제는 거세한 날에 지내남요?"

"그날은 움직이기 힘들어. 상처가 낫고 오줌길이 무사히 열리면 손 없는 날을 받아서 진행하지."

"신물제를 지낼 때 절도 하남요?"

"당연하지. 깎은 손발톱도 소중히 건사하는데 하물며 신물임이야."

"떨어진 거시기에 절을 한다는 것이 어째······"

말꼬리를 흐리자 아버지가 헛기침을 했다. 생식기를 단번에 자른—내시가에 상납할 대표선수로 뽑혔으니 고민한들 뾰족한 수가 있었겠느냐만—아버지는 시술소에 딸린 움막에서 홀로 지냈다. 해산한 사람처럼 드러누워 아침과 밤을 맞았고, 하루에 두 번씩 산초 가루가 섞인 탕약을 마셨다. 고름이 흐르던 부위에 새살이 돋자 도자장이 요도 구멍에 꽂아둔 나뭇가지를 제거하고 가느다란 대롱을 끼워 넣었다. 오줌길을 마련할 방책이었다.

아버지는 움막의 거적 너머로 해와 구름과 비가 오가는 하늘을 올려다보며 왕의 그림자로 사는 게 어떨지 몸으로 느꼈다고 한다. 자신에게 예비된 진창길과 마른 길도 얼추 보였다. 반면 나는 대궐에 계신 분의 양자가 되어 호의호식하며 살게 될 거라는 말만 전해들었다. 잠자리에 들면 친부모가 내 머리맡에서 한숨을 섞어가며 낮은 목소리로 소곤대던 기억이 난다. 아마 그게 내시에 관한 말이었을 테지.

아버지의 집으로 들어가던 날에 일등내시가 되겠다던 다짐은 그때뿐, 나는 사춘기를 혹독하게 치렀다. 폭발 직전의 화약고 같았다. 왜 나를 위하며 살지 못하고 타인에게 쓰임

당하는 존재여야만 하나. 인간의 삶이 역경의 연속인 건 받아들이겠으나 자율성마저 배제된 삶이라니. 태생부터 자존감이 결여된 비굴한 존재인 것 같았고 창자를 빼놓고 이행하기 마련인 직업적 비굴함—특히 왕의 대변 색깔과 냄새를 확인하는 것—이 세상의 모든 비굴을 불러와 그 곱에 곱을 더했다. 나는 사명감으로 똘똘 뭉친 아버지와 달리 비굴이라는 단어에 휘감겨 있었다.

'똥을 닦을 때도 사용하지 않는 왕의 손은 대체 어떤 용도일까. 붓을 쥘 때와 수라를 드실 때, 동식물을 더듬을 때만 쓰는 것일까.'

이처럼 사특한 생각에 빠진 나는 아버지와 다른 종자였다. 아버지는 뼛속까지 내시였다. 왕을 함께 모셨던 대령상궁의 말에 의하면 대전에서 물러날 때마다 아버지의 뒤꿈치가 늘 같은 위치의 마루 금에 닿았다고 한다. 문차비를 하려고 대기하던 나인들은 아버지의 뒤꿈치만 훔쳐봤다. 이번에도 맞나 안 맞나, 내기를 하면서. 아버지의 뒤꿈치는 언제나 대전의 문턱 너머 그 자리, 자로 잰 듯 마루 금을 벗어난 적이 없었다. 뒷걸음질을 쳐도 자신이 정한 마루 금에 딱 맞춰 서는 사람. 왕의 곁에 서면 한 치의 틀림도 없는 사람. 왕의 그림자로 평생 굽히고 사느라 목과 허리가 구부러진 사람. 이런 사람이 수많은 내시를 어떻게 통솔했을까. 꺾인 허리와 숙인 고개 틈으로 흘러나오는, 세상에서 제일 귀한 왕의 시중을 들며 사느라 자기 목소리를 낼 수 없었던, 그래서 한껏 낮춘 아버지의 목소리가 호통에 익숙한 귀들을 쫑긋 모으게 한 것일까. 역사의 풍랑 속에서도 상선 자리를 굳게 지켰던 아버지는 철종이 승하하신 후 한 단계 낮은 품계인 상온으로 강등되었다.

고종이 즉위한 이듬해 봄, 가뭄이 극심했다. 논밭이 갈라지고 하천과 우물이 바닥을 드러냈다. 영남지방의 농가에서 기르던 닭과 오리 수천 마리가 원인 모를 병으로 폐사했다는 소식이 들려왔고 우물이 마르지 않은 동네의 진입로에는 물지게의 행렬이 이어졌다. 당산나무 그늘 아래 모인 마을 노인들은 지게부대의 행렬을 바라보며 어린 왕이 부덕하여 생긴 변고라고 수군거렸다. 고종의 즉위식을 치른 지 반년이 채 지나지 않은 때였다. 상갓집의 개라고 불리던 흥선군의 아들이 왕위에 올랐으니 나라가 온전하겠냐는 등 입초시가 구구하게 따라붙었다. 고종은 왕위 승계 후보자가 아닌 상태에서 갑자기 즉위하여 약점이 많은 군주였다. 정통성에 관한 시비가 있거나 정치 위상이 흔들릴 소지가 있었다.

조선은 점술과 소문의 시대였다.

고을마다 당제를 지냈고 글을 모르던 백성은 오일장에 떠도는 소문에 의지하여 나랏일을 이해하기 때문에 소문을 다스리는 자가 정권의 우위를 선점했다. 수렴청정하던 조대비는 이 모든 파란을 잠재울 방편으로 복덕 있고 생기 있는 길한 날을 받아 오룡제를 지내기로 했다. 오룡제는 동교에 청룡, 남교에 적룡, 서교에 백룡, 북교에 흑룡, 중앙의 종루(종로)에 황룡 등 다섯 마리의 용을 그려 붙이고 삼 일 동안 비를 부르는 성대한 기우제였다. 나는 오룡제에서 여 동자군의 선창자 역할을 맡았다. 동자를 상징하는 고깔과 오색 띠는 내시부청사에서 준비할 테니 견습 내시들은 여장을 하고 입궐하라는 통보를 받았다. 오룡제가 열리던 첫날 새벽에 별채로 건너온 어머니는 날 지켜볼 뿐, 손끝이 야문 막손어멈에게 단장을 맡겼다. 여장을 하고 마루로 나가니 막손아범이 나를 쳐다보며 흐물흐물 웃었다.

"우리 도련님이 생각시보다 아리땁소."

옆에 있던 막손이 놈까지 킥킥 웃는 바람에 아침부터 골부림을 하고 효자동가를 나온 터였다. 나는 뾰로통한 낯빛으로 창덕궁 후원을 가로질렀다. 연노랑 저고리에 붉은 치마를 받쳐 입은 견습 내시들은 입술에 연지를 바른 것도 잊은 채 대궐 구경을 하느라 들뜬 표정이었다. 치맛자락이 바람에 나부낄 때마다 단속곳을 갖춰 입지 못한 견습 내시들의 다리와 궁둥이가 활짝 드러났다.

"어허, 부정 탈라. 조용조용. 열을 맞춰, 열을!"

허리가 꼬부장한 교관영감이 끊임없이 재우쳤으나 부용지에 도착했을 때 우리의 대오는 이미 흐트러져 있었다. 북새통을 뚫고 교관영감의 높디높은 가성이 들려왔다.

"주상전하이시다. 부복하라!"

나는 주위가 조용해진 틈에 고개를 살며시 들었다. 팔작지붕을 얹은 어수문 앞에 전하가 서 있었다. 전하의 피부는 눈처럼 희고 눈썹이 가지런했으며 이마가 넓고 반듯했다. 게다가 붉은 곤룡포를 입었으니 얼마나 눈부셨겠는가. 올해 열세 살, 보령이 어려도 참으로 의젓한 풍모였다.

"지심귀명례 나무 대덕천해 일월 용왕대신 사해바다 용왕대신 오방수부 용왕대신 옴 존재 금 금 여름령 사바하 나무 삼주호법 위태천신 용왕대신 나무 좌보처 사갈라 용왕대신 나무 우보처 화수길 용왕대신."

주금사呪噤師들의 주문이 시작되었을 때에야 색색의 깃발이 꽂힌 부용정과 부용지 앞에 차려진 제단이 보였다. 제단 앞에 도열한 주금사들이 용왕경을 읊조리자 기우제를 주관한 관헌이 나와서 큰절을 올렸다. 뒤이어 청홍색의 갑사 한복을 갖춰 입은 주술사가 등장하여 부채와 요령을 흔들며 껑충껑충 뛰었다.

"원아금차 지극정성 청정도량 헌공발원 제자 금일 지극정성 용왕님 전에 소소한 정성을 태산 같은 마음으로 비옵나니, 소래를 대래로 받으시고 소구소원을 들어주옵소서."

북소리에 맞춰 뜀을 뛰던 주술사가 동작을 멈추더니 제단 앞에 놓인 작고 오동통한 도마뱀 항아리를 들고 연못으로 내려갔다. 한동안 용왕경을 따라 읊던 주술사가 도마뱀 항아리를 못물에 띄웠다. 항아리가 못가를 빙빙 돌자 장대로 밀어서 중앙으로 띄워 보냈다.

"여 동자군은 무얼 하는 게냐. 어서 나오질 않고!"

교관영감의 득달같은 성화에 견습 내시들이 우르르 몰려나갔다. 제단 앞에 반원 대형으로 선 여 동자군이 꽹과리를 울리자 오룡제가 절정으로 치달았다. 교관영감이 눈을 홉뜬 채 연신 내게 신호를 보냈다. 준수방(통인동 옥인동 일대)에 위치한 내시부청사에서 회초리를 맞으며 물리도록 연습한 노래였다.

"견습 내시 가운데 네 목소리가 기중 낫다. 부끄러워하지 말고 썩 앞으로 나오래도."

나의 마지막 조선

교관영감은 기우제 노래의 선창자로 날 지목했다. 그는 장동파였고, 아버지는 계동파였다. 양대 계파로 나뉜 내시들은 타 계파와 한자리에 앉아 밥도 안 먹었고 내시묘도 따로 썼다. 당시 교관영감의 나이가 서른일고여덟이거나 갓 마흔에 접어들었는데 쪼글쪼글한 얼굴 주름 탓에 스무 살가량은 많아 보였다. 유독 깊게 잡힌 한쪽의 팔자주름 때문에 웃을 때면 상대를 비웃는 것처럼 그의 입이 비뚜름해 보였다. 그 영향 탓인지 교관영감은 변덕이 심했다. 사소한 일로 눈물을 흘리다가 이내 웃었다.

'오늘은 무슨 변덕으로 저러실까.'

선창자가 곧 장동파 내시로 바뀔 것 같아서 기우제 노래를 건성으로 불렀다.

"열의와 정성을 다해 노래하라. 저멀리 오랑캐 나라에선 아름다운 목소리를 얻으려고 스스로 자궁(거세)하는 자도 있나니."

교관영감이 내시들의 단결심을 알리려고 계동파인 날 선창자로 지목했는지도 모른다. 그렇다면 알차게 노래하리라. 내시부청사에서 하루 네 시진씩 스무 날 동안 연습하여 입에 붙은 노래였다. 나는 제단 앞에 놓인 단상에 올라가 애조 띤 목소리로 선창했다.

"도마뱀아, 도마뱀아. 푸른 머리를 내밀어라. 붉은 머리를 내밀어라. 구름을 일으키게 안개를 토하여라. 주룩주룩 비를 토하여라."

노래가 끝나자 여 동자군이 같은 선율로 재창했다. 여 동자군의 아름다운 노랫소리가 대궐 안에 울려퍼지자 도마뱀 항아리가 못물에 너울너울 떠다녔다. 가뭄은 음양의 조화가 틀어져 생긴 현상이므로 음양이 깨진 고자를 통해 바로잡아야 한다. 견습 내시가 높고 고운 음성으로 노래하는 행위는 양기가 매우 세서 가뭄을 음기로 달래는 효과가 있다고 교관 영감이 가르쳐주었다. 기우제 노래의 중간 소절을 선창하는데 눈물이 찔끔 났다. 어느새 주합루 이층에 오르신 전하께서 단상을 내려다보고 있었다. 제단 앞에 모여 있던 사람들도 흥미로운 눈길로 날 쳐다보았다. 스스로 고자임을 널리 밝힌 모양새여서 창피했고, 어디에든 숨고 싶었다.

'도마뱀아, 도마뱀아. 항아리에서 어서 나와 내 발목을 깨물어라. 다시는 걷지 못하도록 아금받게 깨물어라.'

집에 돌아온 후 고열에 시달렸다. 그날 밤 내내 전하의 목소리가 귓전에 맴돌았다.

"쟤는 계집인가, 사내인가?"

열이 내린 뒤에도 내시부청사에 나가지 않았다. 아버지는 내반원 소속이고 나는 내시부청사 소속이어서 들킬 염려가 없었다. 장번내시는 입궐하면 짧게는 나흘, 길게는 아흐레 동안 근무하기 때문에 집에 있는 날이 드물었다. 나는 어머니에겐 적당한 사유를 둘러댄 뒤 막손아범을 따라다니며 전하에 관해 물었다.

"전하께선 왜 그리 어리신 게야?"

"철종께선 열아홉 살, 헌종께선 여덟 살, 순조께선 열한 살에 등극하셨으니 전하만 어리신 게 아니어요."

"애개, 아기 전하들이시네."

"육십여 년간 세도정치를 하던 안동김문이 의도적으로 어린 왕을 내세워 국정을 농간한 탓입니다요. 헌종 때부터 후사가 없었으니 똑똑한 종친들은 안동김문의 손에 남아나질 않았죠. 대원위대감은 영조대왕의 현손이시니 귀신도 모르게 죽을 목숨이었어요. 하여 철종 십사 년간 살얼음을 밟듯 살아야 했습죠."

"조심은커녕 흉만 잡히던걸."

"그건 한성 사람들이 자신을 그렇게 보도록 위장한 것입니다요."

"대원위대감은 거지꼴인데다 초가삼간에 산다던데."

"어엿한 왕족이신데 설마하니 초가삼간에 살겠어요. 철종

초에 천기를 엿보는 고갯마루에서 왕재가 나온다는 소문이 파다했습니다. 대원위대감의 동네인 구름재가 본디 관상대 터였어요."

"관상대는 어떤 곳이야?"

"일기를 관측하는 집이랍니다. 내일의 날씨가 흐릴지 갤지 미리 안다는 것은 천기를 엿보는 것이지요. 왕실의 자손에게 천기가 미치면 어찌되겠습니까."

"잘하면 나라를 다스리는 왕이 되겠지."

"그러니 처신이 어려워진 대원위대감이 눈속임을 한 것입니다요. 오늘날 어린 전하께서 옥좌에 오르신 연유에는 집터 외에도 제왕의 골상을 타고났다는 말도 있고요."

"하긴."

나는 고개를 끄덕였다. 붉은 곤룡포가 그처럼 어울리는 남자애가 도성 안에 전하 말고 또 있을까.

"청도에 사는 애꾸눈 관상쟁이가 운현궁에 들렀다가 마당에서 제기를 차던 전하를 뵈었답니다. 애꾸눈 관상쟁이는 사랑채를 향해 헐레벌떡 달려갔습죠. 이 댁의 둘째 도령이 제왕의 골상을 타고났으니 이 말을 절대로 누설해선 안 된다며 대원위대감에게 신신당부했대요. 그는 그 공으로 넓은 땅을 받았다 하니 관상을 보는 것도 출세의 한 방편이 분명합니다요."

"막손아범은 애꾸눈 관상쟁이가 부러운 게지."

"저는 인생역전의 주인공인 전하와 관상쟁이가 조금도 부럽지 않습니다요."

"대원위대감은 좋겠네. 둘째아들이 그토록 바라던 왕이 됐으니."

"그게 또 그렇지만도 않습니다요. 전하를 양자로 삼아 왕위에 올리신 조대비께선 계산속이 없겠어요? 친정인 풍양조씨의 입지를 공고히 다질 생각에 대원위대감의 제안을 덜컥 승낙한 것입죠."

나는 막손아범의 얘기가 어려운데다 재미가 없어 흘려들었으나 양자라는 말이 귓속에 또렷이 박혔다. 얼얼하게 매운 바람이 빗장뼈 사이로 스며들었다.

'전하의 뱃속에도 거지 새 한 마리가 숨어살 거야. 음식물이 입속으로 들어오면 그 거지 새가 날름날름 쪼아먹어서 말라깽이가 되신 게지.'

그즈음 양자의 속사정을 완전히 파악하고 있었다. 양자는 원래 아들이 아닌 대체 아들이다. 원래 아들은 요모조모 뜯어보지 않지만 대체 아들의 꽁무니에는 비교 분석하는 눈들이 따라다닌다. 양자는 타인의 집요한 시선을 떨쳐내는 것도 어렵지만 낯선 가정에 적응하는 게 더 힘들다. 나는 하루에도 몇 번씩 양주로 달려가 생모의 치맛자락에 얼굴을 파묻고 싶은 걸 겨우 참았다. 일개 내시가의 양자도 이럴진대 하물며 나라님의 마음은 어떨까.

"우리 전하도 양자시라고."

"왕실에선 대대로 왕자 아기씨가 귀합니다. 양자가 왕위를 잇는 것이 드문 일은 아니지요. 대원위대감은 오자흔을 포섭하여 선왕의 죽음이 임박한 걸 사전에 알고 있었답니다. 때맞춰 조대비께 밀서를 보내 전하의 등극을 종용했다지 뭡니까. 한쪽에선 선왕의 장례를 치르고 다른 쪽에선 신왕의 즉위식을 준비했으니 대궐이 북새통과 다름없었죠. 전하께선 왕위에 오른 것이 마냥 기쁘진 않을 것입니다. 두고두고 갚을 빚이니까요."

"막손아범은 별걸 다 아네."

"제가 뭘 알겠습니까. 나리마님께서 하신 말씀을 그대로 옮긴 것뿐인데요."

나는 그날부터 『소학』을 공부했다. 그걸 마친 후에는 『삼강행실』과 『사서』를 읽었다.

'견습을 어서 떼고 상책 상전 상약 상다 상온 차곡차곡 올라가서 일등내시가 되어야 해. 그리하여 불쌍한 우리 전하를

지켜드려야지.'

 내시가에서 자랐으나 내시가 되고 싶지 않았던 내가, 온전한 사내도 아닌 터에 무얼 하며 살지 남은 생을 따져가며 셈을 하던 내가, 제 밑도 닦지 않는 왕의 손은 어떤 용도로 쓰는 것일까, 라며 빈정거렸던 내가, 하루도 빠짐없이 내시부청사에 나가 공부했다. 내시부청사에서 가르치는 야외 학습은 조금 이상했다. 견습 내시들을 나무에 거꾸로 매달아놓고 물을 먹이거나 구덩이에 던진 후 흙으로 파묻었다. 변란이 일어났을 때를 대비하여 적에게 고문당하면 얼마나 견딜 수 있는지 시험하는 거라고 훈련 교관이 말했다. 그 밖에도 왕을 업고 도망치는 훈련과 눈 감고 대궐의 비밀 통로와 암문을 찾을 정도로 그 위치를 몸에 익히는 훈련을 받았다. 예전이라면 질색했겠지만 꾹 참고 야외 학습에 임했다. 우연히 내시부청사를 방문한 어머니가 견습 내시들의 야외 학습 장면을 지켜보았다. 수업을 마치고 달려가자 어머니가 손뼉을 짝짝 쳤다. 장난꾸러기 애벌레가 한순간에 환골탈태했다며.

 그맘때 아버지는 효자동가에 얽힌 전설을 나직한 목소리로 들려주었다. 나는 먹을 갈며 아버지의 이야기를 들었다.
 "거세하면 움막에서 곰처럼 백 일을 견뎌야 해. 그전에 바람을 쐬면 동티가 난단다. 백 일이 지나야만 요도에 삽입한 대롱을 빼고 움막을 벗어날 수가 있었지. 그토록 조치를 단단히 해도 오줌을 눌 때면 밑이 따끔거렸어."

먹물의 농담 정도를 예민하게 따지는 분이어서 정성껏 먹을 갈았다. 그러면 아버지가 붓에 먹물을 적셨다. 화선지에서 노니는 손길이 거침없었다. 붓질 열한 번에 가파른 절벽이 나타나고 서너 번의 손길로 바람 품은 난이 그려졌다. 빠른 붓질이었으나 웅혼한 기백이 느껴졌다. 붓을 쥔 아버지의 손이 여자처럼 희고 고왔다. 저런 손으로 어떻게 이다지도 역동적인 그림을 그릴까.

"너희 할아버지는 사람이 아닌 것 같을 때가 많았다. 서잠실에서 거세를 당할 때 영혼을 뽕밭에 묻고 빈 거죽만 쓰고 나오신 게 아닐까, 라고 생각한 적도 있었지. 그렇지 않고서야 어떻게 견뎠겠니."

윤이신 할아버지에 관한 얘기를 할 때면 아버지의 목소리가 은밀해졌다.

"오랫동안 수라상의 기미를 봤던 할아버지의 혀는 얄미울 만큼 예민했단다."

내전설리였던 윤이신 할아버지는 밥상에 놓인 생선을 흘긋 보면 생선간에서 산 것인지 마포나루에 직접 나가 산 것인지 정확히 구별했다. 대궐에서 하던 습관처럼 젓가락을 나란히 세워 밥상을 두드린 후 젓가락 끝으로 생선을 살살 훑으면 할머니의 간이 좋아붙었다. 이윽고 싱싱하다 판단되면 가장 먼저 눈알을 파먹었다. 생선의 눈이 맛나다며. 그걸 보노라면 붙을락 말락 하던 정이 구만 리나 도망갔다며 할머니가 입버릇처럼 말했다. 게다가 할아버지는 한 달에 한 번씩 어글탕을 해달라고 요구했다. 어글탕은 쇠고기와 숙주 등을 다진 속재료를 명태 껍질에 돌돌 말아 밀가루와 달걀 물에 굴린 다음 육수에 한소끔 끓인 것으로 물만두와 비슷한 궁중 요리였다. 명태 껍질을 벗기는 일도 수고스럽지만 그보다 힘든 것은 육수였다. 황톳물을 하룻밤 가라앉히면 맑은 웃물이 생기는데 그 지장수에 명태 살을 넣어 푹 고아낸 육수를 써야 입에 착 붙는 어글탕이 완성된다. 이렇듯 정성스레 장만하는 음식이어서 할아버지가 어글탕을 찾는 날이면 할머니의 얼굴이 노래졌다. 그뿐 아니라 속옷도 반드시 다림질하도록 지시했다. 할아버지의 입치레와 옷치레에 죽어나는 건 효자동가의 아낙들이었다.

"너희 할머니와 어머니는 달라도 아주 달랐다. 두 사람의 성격이 완전 딴판이었지."

아버지의 얼굴에 희미한 웃음기가 감돌았다. 나도 어머니의 '아이고 타령'을 떠올리곤 아버지와 마주보며 웃었다. 대대로 왕을 모신 효자동가에는 쉬쉬하며 전해오는 사담이 많았고 할머니는 입이 가벼운 며느리를 단속하느라 골머리를 앓았다.

불사에 참여하느라 집을 비웠던 할머니가 안채로 들어서니 어머니가 방물장수 아낙을 붙잡고 수다를 떨고 있었다. 조선엔 생각보다 허랑한 왕이 많았는데 왕들은 툭하면 질질 짜는 울보였다느니, 폭군으로 기록된 어느 왕은 사실 심지가 굳고 사내다웠다느니, 성군으로 알려진 어느 왕의 뒤를 까보면 눈치만 남은 눈치꾸러기였다느니, 라는 말을 흥에 겨워 제멋대로 했다. 방물장수 아낙은 왕이 있어도 그만, 없어도 그만인 사람이다. 왕과 무관하게 살아온 터라 하나도 재미없다는 표정으로 그저 물건을 팔아볼 욕심에 그 말을 끝까지 듣고 있었다. 그걸 본 할머니가 폭발했다. 누구도 말릴 수 없었다. 퇴궐하던 아버지마저 쩔쩔맸다. 할머니와 어머니는 불과 기름 같은 사이여서 가까이 있으면 큰소리가 났고 지글거렸으며 옆 사람에게 불똥이 튀었다.

벌써 무릎이 저려왔고 이마에 땀이 맺혔다. 나는 연적을 기울여 벼루에 물을 흘려 넣었다. 물에 풀리는 먹을 그윽한 눈길로 내려다보던 아버지가 말을 이었다.

"너희 할머니는 기품이 있으셨지. 세상없이 힘든 일도 그 기품을 빼앗진 못했어. 나는 그게 싫었다. 당신이 양모라는 걸 온몸으로 티를 낸다고 여겼거든. 반면 막손할멈은 따뜻하게 품어주었어. 중국인이 파는 호떡이 하나 생기면 그걸 아꼈다가 내게 주었지. 품속에 오래 넣어둬 찐득거리는 호떡을 입속에 넣어주며 어린것이 어미와 떨어지면 배가 항상 고픈 법이라고 했어. 어미를 잃은 아이의 뱃속에는 거지 새 한 마리가 숨어 있는데, 입속으로 음식물이 들어오면 거지 새가 날름날름 쪼아먹어 아무리 먹어도 살로 가질 않는다고 했다. 주린 배를 허겁지겁 채우는 내게 그토록 따뜻한 말을 건넸지."

"막손어멈도 절 살갑게 대하는걸요."

"그래? 며느리는 시모가 낸다더니 고부간에 무척 닮은 모양이구먼."

나도 막손어멈이 뒤춤에 감춰뒀다가 내어주는 누룽지와 시룻번을 걸신들린 듯이 먹어치웠다. 효자동가에 넘쳐나는 산해진미보다 허드레 음식이 고소하게 느껴졌다. 나는 밤마다 막손 가족이 기거하는 행랑채로 숨어들었다. 할머니의 눈에 띄면 짝딸이―할머니는 땅딸막한 막손어멈을 짝딸이라고 불렀다―인 어멈이 나 대신 불벼락을 맞았다. 밤손님처럼 행랑채의 문을 열고 들어서면 누추한 곳에서 어떻게 주무실 거냐고 걱정하면서도 품속으로 날 끌어당겨 팔베개를 해줬다. 팔을 한쪽씩 나눠 벤 나와 막손은 어멈의 얼굴을 서로 자기 쪽으로 돌리려고 신경전을 펼쳤다. 그 바람에 막손어멈은 언제나 천장을 바라보고 똑바로 누워 우리가 잠들 때까지 '알콩달콩 내 강아지'로 시작하는 자장가를 불러주었다. 그러나 새벽에 눈을 뜨면 어멈은 번번이 막손 쪽으로 돌아누워 있었다.

하루는 막손이 배를 잡고 뒹굴었다. 나는 남대문 밖 복숭아골에 있던 세브란스 의원까지 막손을 업고 뛰었다. 막손어멈 때문이었다. 어멈이 신발을 벗어 들고 쫓아왔다.

"도련님 힘드시게…… 에구 저 염병할 놈…… 저 염병할 놈을 어찌할거나."

막손에게 욕을 퍼부으면서도 달리는 속도를 늦추지 않았다. 나도 덩달아 빠르게 뛸 수밖에 없었다. 허리가 끊어질 듯한 통증을 느낄 무렵 세브란스 의원의 간판이 보였다. 양의가 손쉬운 병이라고 알려줘도 막손어멈은 염통이 저리도록 흐느꼈다. 낮아서 더욱 서럽게 들리는 울음이었다. 의원 대기실에서 곡절을 모르는 서양 의녀가 막손어멈을 따라서 훌쩍거렸다.

'생모는 저런 존재구나.'

시간이 흐를수록 양주 생모의 얼굴이 희미해졌다. 친구들이 목청 터져라 부르는 걸 볼 때면 함부로 대해도 흥허물 없는 존재가 엄마구나, 라는 생각이 들었다. 효자동가에서 긴장하며 지내는 이유가 생모의 부재 때문이라고 미루어 짐작해도 엄마라는 말은 여전히 추상적이고 비현실적으로 느껴졌다. 나는 생모는 물론 혈육조차 만나지 못했다. 그들이 아버지와 어떤 약속을 했는지 모르나 내게는 없는 사람이었다. 우리가 만난대도 몸이 다른 터여서 서로의 처지와 입장이 달라지진 않을 것이다. 환한 대낮이 밤의 어두움을, 어둠의 깊이를 어찌 가늠하겠는가.

그새 방안에 화선지가 어지럽게 흩어져 있었다. 붓을 벼루에 걸쳐놓은 아버지가 북동쪽으로 몸을 틀었다. 정방을 등지고 계방을 향해 고쳐 앉는 몸놀림이 한결같았다. 아버지가 추억을 회고할 적마다 정좌계향丁坐癸向하는 것이, 할아버지의 묏자리 방향으로 앉은 것인지 돌아가신 철종대왕을 그리는 것인지 연유를 알고 싶었으나 깊이 묻지 못했다.

"우리 같은 사람은 취미가 있어야 숨통이 트이지. 나는 어려서부터 먹냄새가 좋더구나."

'우리 같은 사람'은 아버지와 조부, 사당에 모신 선대 할아버지들을 일컫는 말이다. 나는 그 말에 포함될 수도, 포함되지 않을 수도 있었다. 그들처럼 왕을 모시지 않았으므로 우리의 범주에 포함되지 않았다. 하나 내시가를 이어야 하니 그 말에 자유로울 수는 없었다. 또하나, 사당에 모신 아버지의 항아리 속에는 신물이 담겼으나 내 항아리는 비어 있다. 나는 이따금 사당에 들어가 빈 항아리가 내는 울음소리를 들으며 먼 과거의 날 떠올려보곤 했다.

그자 역시 고자인가?
그자 또한 하층민인가?

신물이 없는 내시는 이름 없는 인간과 같았다. 아버지는 적당한 시기에 다른 이의 신물을 비싼 값에 구해주겠노라 말했다. 내가 죽으면 시신과 함께 관 속에 넣을 신물이 필요하기 때문이다. 다음 세상에는 온전한 인간으로 태어나길 바라는 염원으로 내시들은 분리된 자기 신물을 귀하게 모셨다. 아버지도 신물 항아리를 열어봤을까? 당신의 신물을 들여다볼 때 어떤 마음이었을까? 그 또한 내보이면 부끄러운 수제비 같겠거니, 라는 생각이 들었다.

할아버지 윤이신은 퇴궐하면 정갈한 한복으로 갈아입고 사당에 올라가 절을 올렸다.

"소자가 대궐을 비웠습니다. 제가 없는 동안 주상전하의 안전을 지켜주옵소서."

절을 마친 할아버지는 제단 앞에 줄줄이 놓인 상아패를 쓰다듬었다. 손등의 정맥이 움찔거리면 할아버지의 손안에 희디흰 상아패 하나가 쥐어져 있었다. 한쪽에는 '승명承命' 반대쪽에는 '중관中官'이라고 새긴 선대 할아버지들이 차던 패였다. 할아버지는 선대 할아버지와 마주한 양 그걸 오래 들여다봤다. 그때 열린 문으로 바람이 불어오면 벽에 걸린 족자가 살며시 흔들렸다.

입은 화의 문이요, 혀는 몸을 베는 칼이다. 입을 닫고 혀를 깊이 간직하면 어디서나 몸이 편안하고 굳건하리라.

연산군은 자신의 과오가 알려지는 걸 막으려고 내시를 단속했다. 그럼에도 내시 김처선은 폭정을 간언하다 목숨을 잃었다. "늙은 노복이 네 분의 임금을 차례로 섬겼습니다. 고금에 군왕과 같이 행동한 사람은 없었습니다. 늙은 것이 죽음을 두려워하겠나이까. 군왕은 오래가지 못할 것입니다. 다만 그게 한스러울 뿐입니다"라고 간언했다. 그 말을 들은 연산군은 김처선의 팔다리를 자른 뒤 활로 쏘아 죽였다. 배를 갈라 호랑이에게 던져도 분이 풀리지 않자 집을 무너뜨려 연못을 만들었고 칠촌까지 처벌하여 집안을 결딴냈다. 승전색이었던 선대 할아버지는 세 치 혀를 경계하는 뜻으로 연산군에게 받은 글을 사당에 걸어두었다. 그는 보고도 못 본 척함으로써 당신의 목숨과 효자동가를 보존했다.

"선대 할아버지께선 비겁하셨어요."

아버지가 말했다.

"그러하냐? 수중이 너라면 직간했겠구나. 팔다리가 잘리고 몸뚱이는 반으로 갈라져 호랑이에게 먹혔겠구나. 하나만 묻자. 네가 직간한다고 연산군이 폭정을 멈췄겠느냐?"

할아버지가 빤히 쳐다보았다.

"하나, 사람의 도리는 해야지요."

"그보다 앞서는 것이 내시의 도리이니라."

"그걸 어찌 참다운 삶이라 하겠습니까."

아버지의 고민이 깊어졌다. 다양한 성씨가 섞인 『양세계보』와 하자 있는 몸에 관한 사람들의 호기심과 입방아도 따라붙었다. 그걸 견디는 것이 내시가 양자의 첫째 임무였다. 둘째 임무는 직업병을 물리치는 것이다. 작은 물건을 살 때도 단골집을 이용하는 내시들의 풍습―내시의 입을 막고자 조정에서 의도적으로 만들었다. 일례로 낯선 사내가 내시가의 대문 안에 발을 들이면 안 된다는 규칙이 있다. 내시 아낙과의 통정을 막기 위함이나 숨은 목적은 왕에 관한 정보 유출 방지였다. 규칙을 어기면 물푸레 방망이로 곤장 스무 대를 맞았으니 누가 내시가에 발을 들일까—을 익히고 고적한 생활방식에도 적응해야 된다.

"내가 모신 주상은 추운 분이셨다. 너의 왕은 어떠하시냐."

윤이신 할아버지가 물었다.

"부쩍 울적해하십니다."

"모쪼록 기쁘게 해드려라."

그게 할아버지의 유언이었다. 효자동가에 남긴 말은 없었다. 왕의 안녕만 챙긴 조부의 유언을 순리로 받아들인 아버지는 사당을 열심히 쓸고 닦았다. 몸을 낮춘 채 사당마루를 조심조심 걸어다녔으며 선대 할아버지들의 신주를 닦는 일도 게을리하질 않았다.

적을 칠 때는 일렁이는 잔바람에도 주의를 기울여라

아버지가 상온으로 강등되자 계동파 내시들이 효자동가를 뻔질나게 드나들었다. 밤이 이슥하도록 서책을 읽다가 소피를 보러 나오면 사랑채 문밖으로 큰소리가 흘러나왔다.

"저들의 오만방자함이 선을 넘었습니다."

"이대로 당하실 겁니까."

"저들이 손을 쓰기 전에 다른 방책을 모색해야 되질 않겠습니까."

'저들'은 장동파 내시를 가리키는 말이다. 계동파 내시들의 입지가 나날이 좁아지고 있다는 걸 나는 귀동냥으로 들었다.

"그저……"

무슨 말을 하려던 어머니가 갑자기 말문을 닫았다. 나는

나의 마지막 조선

숨긴 말의 내용을 짐작했다. 어서 자라 아버지의 힘이 되어 달라는 부탁이 아니었을까. 그러자니 천둥벌거숭이 같은 내가 미덥지 않아서 입을 닫았을 것이다. 시험 전날 밤에 희미한 염불 소리가 들려왔다. 밖으로 나가니 어머니가 장독 위에 놓인 정화수를 향해 두 손을 연신 비비며 절하고 있었다.

"비나이다. 비나이다. 성신님께 비나이다. 반들반들 알밤 같은 내 새끼. 모르는 것은 알게 하시고 아는 것은 더욱 환히 알게 하시어서 부디 우리 석호의 앞날을 일월日月처럼 밝혀주옵소서."

양주 생모는 내가 중요한 시험을 앞두고 있다는 것을 알까. 설령 안다 해도 효자동 어머니처럼 간절한 마음으로 기원해줬을까. 일반인이 고자를 그림자로 생각하듯 생모도 날 없는 사람 취급하는 건 아닐까. 결락의 아픔 때문에 목이 메었다. 녹슬고 무딘 칼에 베인 듯이 명치가 아리고 욱신거렸다.

아침에 일어나니 막손이 떠놓은 세숫물이 식어 있었다. 낯을 씻는데 손거스러미가 보였고 입가에 물집이 만져졌다. 무명 수건을 가지고 나온 할머니가 고된 모양이라며 상처 부위에 아주까리기름을 발라주었다. 막손어멈은 시험에 부정을 탈까봐 조반으로 붉은 팥죽을 쑤었다. 나는 팥죽 한 그릇을 달게 비운 뒤 필갑을 챙겨 내시부청사로 향했다.

오늘 치를 시험은 졸업 시험인 동시에 정식 내시가 되는 시험이다. 계동파와 장동파의 자존심이 걸려 있기 때문에 모든 내시의 눈과 귀가 이 시험에 쏠렸다. 시험 과목은 『사서』 가운데 견습 내시들이 자원한 서적 세 곳과 『소학』과 『삼강행실』 중에서 시험관이 임의로 정한 세 곳을 강독한다. 나는 여섯 곳 모두 득통得通하여 1위를 했으나 무술에서 조통粗通을 받아 종합 2위로 내려왔고, 양대방은 여섯 곳 가운데 다섯 곳을 득통했으나 한 곳이 약통略通이어서 석차가 2등이 되었다가 무술에서 통通을 받아서 종합 1위의 영광을 얻었다.

"와, 종합 2위라니. 반석호 장하네."

계동파 애들이 내 자리로 몰려와 자기 일처럼 기뻐했다. 이번 시험에서 계동파 애들이 종합 2위와 3위, 4위를 차지하여 모처럼 아비들의 체면을 세웠다. 가벼운 걸음으로 시험장을 빠져나와 내시부청사 건물 뒤로 돌아가자 장동파 애들이 거기 모여 쑥덕거리고 있었다. 그곳을 지나면 서고로 통하는 지름길이 나온다. 장동파 무리에서 빠져나온 양대방이 지름길 입구까지 따라왔다.

"반석호, 간만에 좋겠는걸."

나는 종합 2위를 한 것만으로도 뛸 듯이 기뻤으나 1위만

하던 양대방은 무덤덤한 얼굴이었다. 장동파 무리에 섞여 청사 앞으로 돌아가는 양대방의 넙데데한 등을 쳐다보는데 저쪽에서 지켜보고 있던 계동파 애가 다가왔다.

"양대방이 튼튼해 보여도 실은 배냇병신이란다."

"설마?"

"정말이라니깐."

계동파 애는 양대방에 관한 여러 가지 정보를 전해주었다. 배내고자는 비실거리기 마련인데 양대방은 어쩜 저리도 뚱뚱하고—뚱뚱한 몸은 용모를 평가할 때 우세한 조건으로 작용했다—총명할까. 계동파 애가 시기심 때문에 꾸며낸 말이라고 단정하여 귓등으로 흘렸다. 그애와 헤어진 후 서고로 통하는 지름길로 접어들었다. 시험을 마쳤으니 서고에 둔 책을 집으로 가져갈 생각이었다. 서고문을 열자 소세양 교관이 다가와 축하 선물이라며 꿀밤을 먹였다.

"공부라면 도리머리를 흔들던 녀석이 제법이구나."

소교관은 시험을 잘 친 기념으로 서고 정리를 도와달라고 청했다. 아버지가 계신 내반원으로 달려가 자랑하고 싶었으나 잠자코 소교관을 따라갔다. 나는 서고 뒤쪽에 무질서하게 널린 책을 그러모아 분야별로 분류한 뒤 책장에 꽂았고, 소교관은 책의 해진 면을 풀로 붙이거나 늘어진 끈을 풀어 조여 맺다.

"아이고, 소제만 하면 끝나겠구나. 이것도 일이라고 되우 고되네."

소교관이 앓는 소리를 내며 일어섰다.

"소제는 제가 할게요."

"혼자 할 수 있겠어?"

"상직소환이 되면 날마다 할 텐데 연습하는 셈 치죠."

"녀석, 기특하네."

소교관이 나간 후 마루를 닦는데 등뒤로 서고문이 열리는 기척이 느껴졌다. 문 앞까지 그늘이 진 탓에 상대의 얼굴은 보이질 않았다. 덩치로 봐선 소교관이 아니었다.

"반석호, 여기서 뭐하나?"

양대방의 목소리였다.

"소교관님은?"

"방금 가셨어."

"청소 당번이야?"

"아니, 소교관님이 도와달라고 하셔서."

"여러모로 애쓴다."

여러모로, 라는 양대방의 말이 거슬렸으나 나는 무심히 넘겼다.

"양대방, 교관님은 왜 찾는데?"

"그냥."

"너도 책 가지러 왔니?"

"난 책을 서고에 두진 않아. 아버지가 날마다 공부한 분량을 검사하시거든."

"아까 집에 간 줄 알았는데."

"가다가 책을 읽을까 하고 되돌아왔지."

"역시 1위는 다르구나."

"뭐……?"

"시험 친 날에도 독서하다니. 대단해, 양대방."

"재수없어! 넌 팽팽 노는데도 성적이 좋단 말이잖아."

"그건 오해야."

"오해? 원수는 외나무다리에서 만난다더니."

"내가 네 원수라고? 무엇 때문에?"

그 말을 한 후 내심 후회했다. 양대방의 양부인 오자흔은 대전을 염탐한 공으로 상선 자리를 꿰찼다.

"대전내관이 해서는 안 되는 일을 하시었소."

같은 장동파인 교관영감이 오자흔에게 입바른 소리를 했다가 매타작을 당했다는 소문이 공공연히 돌았다. 득세한 장동파도 뒷전에서 오자흔의 흉을 봤고, 계동파 애들은 첩자의 자식이라며 양대방에게 손가락질을 했다.

"나는 상선어른의 흉을 본 적이 없어."

"그래서 기분 나빠. 내시 놈이면 내시다워야 할 것 아냐."

엄밀히 말하면 오자흔이 아버지의 자리를 빼앗았다. 나도 양대방을 보면 기분이 좋지 않았다.

"솔직히 말해. 계동파 애들과 암통暗通하며 시험 쳤지?"

"맹세코 내 실력으로 친 거야."

"허구한 날 꼴찌만 하던 녀석이……"

양대방이 걸레가 담긴 양동이를 걷어찼다. 양동이가 속에 담긴 구정물을 게워내며 저만치 굴러갔다.

"이 자식이!"

나는 다짜고짜 양대방에게 덤볐다가 구정물이 고인 마루에 미끄러지고 말았다.

"고것 참 잘코사니로구나."

마룻바닥을 짚고 일어났을 때 양대방이 보이질 않았다. 잠시 후 문밖에서 빗장 지르는 소리가 들려왔다.

"야. 문 열어!"

"밤새 서고에서 반성해. 한주먹거리도 안 되는 녀석이 잘난 체는."

양대방의 묵직한 발소리가 점점 멀어졌다. 나는 숙직하던 조관을 부르려고 문을 두드렸다. 내시부청사의 서고는 외진 곳에 위치하여 그 흔한 쥐새끼 한 마리도 기웃거리질 않았다. 망연자실한 채 구정물에 젖은 마루와 기역자로 놓인 책장을 훑어보았다. 책장의 하단에 꽂힌 책이 상당수 젖었고 종이가 부풀었다. 나는 젖은 책을 빼내어 서안 위에 펼쳐둔 뒤 마루의 물기를 걸레로 훔쳤다. 봄날치곤 추운 날씨였다. 기우제의 효험인지 바람소리가 차츰 거세졌다. 미끄러질 때 젖은 바지가 다리에 달라붙었고 판자 틈으로 들어오는 바람 때문에 몸에 소름이 돋았다.

'오늘밤을 어떻게 지낸담.'

낭패한 기분으로 서 있다가 책을 한아름씩 가져다 서고 바닥에 깔았다. 그 위에 누워보니 하룻밤은 그럭저럭 지낼 만했다. 책을 버려놨다고 소교관에게 꾸중 들을 걱정은 내일 하자. 책의 두께가 고르지 않아서 등이 배겼다. 나는 책을 두께대로 분류하여 다시 바닥에 깔았다. 그런데도 잠이 오질 않았다.

'왜 날 서고에 가뒀을까?'

낮에 들었던 계동파 애의 말을 떠올려보았다. 오자흔은 양대방의 성적이 떨어지면 몇 날 며칠이건 굶긴다고 했다. 오자흔의 집에는 양대방을 가두는 전용 창고가 있다고도 했다.

자하문의 비탈진 산자락에 축대를 쌓아서 지은 오자흔의 집은 지붕이 낮고 허술했다. 산중턱에 따개비처럼 붙은 모양새여서 상온대감의 집이라기엔 옹색해 보였다. 자하문을 지나던 사람들은 하늘을 찌를 기세로 치뻗은 효자동가의 추녀를 떠올리기 마련이고 그것으로 두 집안을 비교했다. 풍족하기 그지없는 상선가와 자수성가한 상온가의 차이점을 읊을 때면 처마의 높낮이를 거론했다. 오자흔은 대자리에 누워 잠을 청했고 매 끼니 잡곡밥을 씹으며 상온 시절을 보냈다. 그가 대목수를 불러 자하문 집을 개축한 것은 상선 품계를 받은 후였다. 그때 산자락의 동굴 속에 식품 저장고와 창고를 만들었는데, 값비싼 피륙이며 금과 은, 인삼 따위의 진귀한 물건을 그곳에 무더기로 쟁여놨다는 소문이 돌았다. 게다가 동굴 속에서 사흘 간격으로 귀곡성이 들려와 자하문 사람들은 그 집에 가까이 가는 걸 꺼렸다. 그 귀곡성은 양대방의 울음소리가 분명했다. 날 서고에 가둔 걸 보면 양대방이 학대당한다는 소문이 사실일 성싶었다.

'오늘 하마터면 1등을 내게 빼앗길 뻔하질 않았나. 다행히 무술 시험 때문에 위기를 넘겼지.'

내시들도 무술보다 학문을 중요하게 여겼다. 대궐에 시위 내시를 별도로 두기 때문에 무술은 쓰임새가 많지 않았다.

오늘 치른 시험에 무술 과목이 빠졌다면 양대방은 종합 1위를 못했을 것이다. 이번에 계동파 애들까지 시험을 잘 쳤으니 오자흔에게 분풀이를 당할지도 모른다. 내 학문 점수가 양대방보다 높았으니까.

'상선 오자흔은 양대방을 매질하며 병신이라 욕한다지. 불구가 불구를 못 참는 법. 양대방의 실력이 뛰어나도 그에겐 배내고자에 불과하겠지.'

내시가 얌전하다고 생각한다면, 그건 오산이다. 불뚝 성질을 가진 내시도 있고 쉼없이 떠들어 듣는 사람을 지치게 하는 내시도 있다. 자청하여 고자가 된 시술소 출신은 자부심이 대단하여 새로 들어온 내시를 보면 시술소에서 거세를 했는지 그것부터 확인할 정도였다. 나처럼 사고로 고자가 된 이들은 도리 없이 무리에 넣어주지만 배내고자라고 하면 같은 파여도 흉물 보듯 했다. 오자흔은 배내고자인 줄 모르고 양대방을 양자로 들였다. 오자흔 양대방 부자의 비극은 저 아득한 태중에서 비롯되었다.

같은 기능을 상실한 처지에 가엾게 여기기는커녕 서로 업신여길 구실만 찾는 세상에서 살아갈 생각을 하니 앞날이 캄캄하게 느껴졌다. 나는 그날 밤 엄청난 무언가를, 결코 되찾지 못할 귀중한 보물을 잃어버린 듯한 기분이 들었다. 이튿날 무사히 빠져나온 뒤에도 서고에 갇혔었다는 말을 발설하지 않았다. 하룻밤 사이에 부쩍 자란 느낌이 들었다.

입번 전날에 상직소환─견습 내시는 궐내의 여러 관사에 일정 기간 파견되어 담당 내관의 잔심부름을 하거나 업무를 보조한다. 대궐의 내관과 외관은 우리를 상직소환이라고 불렀다─의 배정표가 발부되는데, 펼쳐보니 내 실습처는 성정각이었다.

"얏호!"

고삐 풀린 망아지처럼 사랑 마당을 뛰어다녔다. 새콤한 꽃향기가 콧속으로 스며들었다. 아버지는 경망한 내 태도를 꾸지람할 듯하더니 금방 얼굴을 풀고 흐뭇한 표정을 지었다. 그 무렵 정전과 편전은 조대비와 대원위대감이 차지했고 침전은 낯설고 몸이 설어 전하가 편편찮아했다. 전하는 강관들과 공부할 때면 작고 조용한 성정각─세자들이 공부하던 곳으로, 1910년부터 내의원으로 사용되었다─을 이용했다. 내가 우리 전하 우리 전하, 경을 읽듯 읊었더니 아버지가 뒤에서 말을 보태었다.

"실수하지 마라. 정식 내시가 되면 일 년에 사도목으로 나누어 인사이동을 실시한다. 그때 감점이 될 수도 있느니. 장동파의 눈에 나지 않게 조심하고."

나의 마지막 조선

"네, 아버님."

드디어 전하를 뵙게 된다. 어서 내일이 왔으면. 한 식경이 지났다. 나뭇잎이 떨어졌다. 두 식경이 지났다. 참새가 날아왔다. 세 식경이 지났다. 그늘이 나무밑동까지 다가왔다. 하루가 천년처럼 아득하게 느껴졌다.

입번 첫날 일손이 부족한 관물헌으로 차출되었다. 우리 전하는 언제 뵙나, 툴툴거리며 소제하느라 걸레질이 거칠어졌다. 그러면 담당 내관이 다가와 회초리로 손등을 매섭게 때렸다. 나는 아픈 손을 다른 손으로 감싸쥔 채 마룻바닥을 응시했다. 한동안 고개를 숙이고 있으면 마루 틈에서 올라오는 서늘한 기운이 눈 안에 고인 습기를 걷어갔다.

양대방의 실습처는 대궐 음식을 담당하는 사옹원이었다. 그는 날마다 참봉어른과 한강 두모포豆毛浦로 나가 싱싱한 해물을 져 날랐다. 상직소환의 처소가 각기 달라 그나마 마음이 놓였다. 나는 대궐에서 양대방을 먼빛으로 볼 때도 있었고 그의 곁을 스쳐지나기도 했다. 서로 거리가 가까워지면 그의 얼굴이 굳었다. 내게 위해를 가하려 하다가도 그때마다 어떤 심리적 요인이 그를 제어하는 것처럼 느껴졌다.

관물헌의 일이 마무리되자 성정각에 재배정되었다. 성정각으로 옮긴 첫날, 열린 문 너머로 전하의 옥음이 들려왔다.

그때 전하는 『소학』을 읽었는데 목소리가 작고 속도가 느렸다. 정식 경연이 아닌, 형식과 절차가 간소한 권강을 하고 있었다. 권강 다음에는 진강, 일강 순서로 국왕의 교육 절차가 엄격히 정해져 있었다. 당시 집권층은 정도를 밝히는 근본이 강학에 있다고 믿었다.

"또 틀리셨습니다."

강기세 강관의 노기어린 음성이 들려왔다.

'웬일이람.'

마루 기둥 옆에 있는 걸레를 들고 문 앞으로 다가가자 탁자 앞에 앉은 전하의 모습이 보였다. 전하의 머리 위에는 근학숭검勤學崇儉이라고 적힌 족자가 붙어 있었다. 마루를 닦는 척하며 방안을 엿보다 그만 전하의 눈과 마주치고 말았다. 나는 안중에도 없는 듯 전하의 눈길이 처마 쪽을 향했다.

"스승님, 처마밑에 붙은 새집 좀 보셔요. 한낱 작은 새가 짚과 나뭇가지로 엮은 것인데 어쩜 저리도 아름다울까요."

전하는 달아오른 양볼을 두 손으로 감싸며 말했다. 도박에 빠지듯 미美를 정신없이 탐하는 성정은 타고난 듯 보였다. 전하는 훗날에도 아름다운 것에 자주 매혹되어 내 피를 말렸다.

"이리도 산만하시니 서책인들 눈에 들어오겠습니까. 본디 예술은 삿된 것이어서 군자를 미혹으로 이끄는 애물덩어리입니다. 예술에 혹하시어 망령되이 행동한 왕족들을 잊지 마옵소서. 공부를 하실 적에는 정신을 다잡으셔야 합니다. 오늘 배운 글은 오늘 반드시 익힌다는 자세로 임하셔야지요. 세종대왕은 해동의 요순이라 일컬어졌고 성종께서는 선비를 사랑하셨습니다. 주상께서는 해가 뜨면 일하고 해가 지면 잠자리에 드는 백성의 시대를 여소서."

"그게 쉬운 일이겠습니까."

"그러니 부족한 소신이 목청을 드높여 가르침을 드리지 않습니까. 주상께선 문약에 흐르기 쉬우니 모쪼록 씩씩한 기풍을 기르셔야 합니다. 사랑이 넘치는 성품부터 고치십시오."

"사랑이 많은 것을 어찌 흠이라 하십니까?"

"군주이기 때문입니다. 그건 나중에 서책을 통해 배우시게 됩니다. 선왕들 가운데 경장更張에 힘을 기울이신 정조대왕을 본받으세요. 정조대왕은 학문을 근본으로 삼았기 때문에 일백 권이나 되는 『홍재전서』를 집필할 수 있었습니다."

대부분의 국왕은 『소학』과 『효경』을 시작으로 『사서삼경』과 『동몽선습』 『국조보감』 등을 수학하는 데 머무른 반면 세종과 영조, 정조와 같은 성군은 강학기가 길고 수학한 교재가 다양했다. 앞선 세 임금과 견주면 전하는 강학 기간이 길거나 학문의 수준이 높지 않았다. 역대 임금과 비교하면 평균 점수를 간신히 받을 정도였다.

"군주께서 솔선하시며 어떻게 인도하느냐에 따라 선한 백성이 되기도 하고 악한 백성이 되기도 합니다. 순자가 일찍이 물을 백성에 배를 군주에 비유하며 물은 배를 뒤집는다고 했습니다. 백성을 두려워하십시오. 한낱 새집에 어심이 팔려서야 백성들이 어찌 전하를 두려워하며 사모하겠나이까."

서양이 문호개방을 강하게 요구할 때여서 강관은 경고성 발언을 거침없이 했다.

"서양의 오랑캐를 등한히 여기면 안 됩니다. 오랑캐를 퇴치하는 길은 성덕을 높이시어 그들이 전하를 존경하게 만드는 길뿐입니다."

별안간 강관이 호통을 쳤다.

"밖에 아무도 없느냐! 정신이 바짝 드시도록 차가운 소셋물을 올려라."

우물에서 정결한 물을 받아 왔을 때 꼬장꼬장한 강관은 보이질 않았다. 소셋물이 담긴 놋대야를 들고 전하 앞으로 다가가자 차지내관이 무엄하다며 나무랐다.

"괜찮다. 앞에 선들 어떻고 옆에 선들 어떠랴. 소셋물을 이리 가져오너라."

내가 놋대야를 댓돌에 내려놓자 전하가 뚫어지게 쳐다보았다.

"가만, 너는 그때 그 아이가 아니냐?"

"그때라 하오시면."

"기우제를 지낼 때 선창하던 아이가 아니냔 말이다."

심장이 쿵 내려앉았다.

"마, 맞사옵니다."

"그날은 분명 여자였는데 오늘 보니 어엿한 사내로구나."

얼굴이 화끈 달아올랐다.

"네가 둔갑술을 쓴 줄 알았다."

미소를 머금은 전하께서 놋대야의 물을 손으로 떠서 내게 뿌렸다.

"어쨌든 피장파장이다. 넌 오룡제 때 여장한 걸 들켰고 나는 강관에게 혼나는 걸 들켰으니."

"……"

"상온 남수중의 아들이렷다?"

"그렇사옵니다, 전하."

"다음 윤대까지는 한 시진 정도 여유가 있으니 부용지에서 낚시나 하자꾸나."

나는 고개를 돌려 차지내관의 눈치를 살폈다. 그는 눈을 내리깐 채 잠잠히 서 있었다.

"상온이 말하길 내 시중을 잘 들 거라고 했다. 그러니 군소리 없이 명령에 복종해야 한다."

전하는 뒤따르던 상궁과 내관들을 멀리 내친 후 부용지에 낚싯대를 드리웠다. 수줍음이 많은 전하가 그날 낚시할 용기를 어떻게 냈는지 모르겠다. 한 다경쯤 흘렀을까.

"네 이름이 무어냐?"

"반가 석호라고 합니다."

"또래 같으니 이름을 불러도 되겠구나."

"그리하셔요, 전하."

"내 이름은 명복이다. 대궐에 들어오니 이름을 불러주는 자가 없구나. 친구가 없어 그런지도 모르지."

"세상에 임금님의 친구가 어디 있겠습니까. 제 소견으론 친구가 없는 것이 당연한 듯싶은데요."

"왜? 임금은 사람이 아니라더냐."

"하늘이 낸 고결한 군주가 아닙니까. 임금님은 사람이 아니라 해와 달, 바람과 구름, 이런 것들과 벗하셔야 될 성싶은데요."

"날 놀리는구나."

"절대 아닙니다요."

"그렇다면 내 이름을 불러보아라."

"소인이 그랬다간 맞아 죽습니다요."

"어허, 불러보래도."

"저희 같은 천것의 이름은 막 불러도 됩니다만, 존귀한 전하의 성함을 입에 올렸다간 불경죄로 소인의 사지가 댕강 찢길걸요."

"푸하하하, 너 동치제를 아느냐."

"네?"

"천하를 호령한 서태후의 아들 말이다. 여섯 살에 즉위하여 올해 아홉 살이 된 청나라의 황제야."

"청나라 황제님도 어리시네요."

"그래선지 강관들이 날 들볶아. 동치제는 학문에 힘쓴 탓에 백성들의 칭찬이 자자하다며 앵무새처럼 떠들지."

청나라 황제와 비교당하는 게 얼마나 싫으면 뜬금없이 동치제 얘길 꺼낼까.

"특별한 날에 쓰는 왕관은 여간 무거운 게 아니야. 고개가 휘청 꺾인다니깐. 그 왕관에 얼마나 많은 신하들의 피가 묻었겠어. 얼마 전에는 늙은 중신의 목이 잘렸단다."

"그때 저희 파였던 내시의 목도 잘렸습니다."

"너희도 중신들처럼 파당이 있냐?"

"그럼요. 저희도 있을 건 다 있습니다. 거시기만 빼고요."

"나는 왕이 되고 싶지 않았어. 얼떨결에 옥좌로 불려나온 것뿐이야."

그 말을 들으니 임금의 신세가 편하지만은 않은 듯했다.

"제가 앞으로 잘 모시겠습니다."

"그 말인즉 충성을 바치겠다는 뜻이지?"

"네, 전하."

"너는 무엇으로 충성할 것이야. 나한테 어떻게 충성할 것이야."

전하는 신하를 대하는 법조차 모르는 미숙한 소년이었다. 왕도부터 차근차근 익혀야 했다. 조대비와 대원위대감은 각자 다른 궁리로 분주하여 전하를 다그치지 않았기 때문에 많은 시간을 무료하게 흘려보내고 있었다. 날이 덥고 고기가 잡히질 않자 전하가 용안을 찌푸렸다.

"에이, 재미없다. 옥류천에 산보나 가자."

"옥류천이라니요?"

"저기 후원이 보이지? 그곳에서 북쪽으로 가면 옥류천이 있어. 그 개울의 바위가 넓고 평평해서 놀기엔 좋아."

부용지 건너편에서 규장각을 드나들던 신료들이 전하를 향해 부복했다. 엎드린 채 혀를 차며 웅얼거리는 신료들의 소리가 이쪽까지 들렸다. 대궐은 여러 말씀이 범람하는 곳이다. 덕담으로 위장했으나 송곳처럼 찌르는 날카로운 말씀, 상대를 압박하며 에둘러 올리는 번드레한 말씀, 야비함도 개의치 않는 노골적인 말씀. 중신들은 그 말씀으로 왕을 죽이고 때로는 살렸다.

"반대, 반대, 오로지 반대. 정치적 반대를 일삼는 대간들을 직면하면 숨이 턱턱 막히네. 적의 기세에 오징어처럼 납작하게 짓눌리는 기분을 자네가 알까. 대간들의 압박에도 불구하고 용상을 지킬 수밖에 없는 짐의 심정을 헤아리겠는가."

뒷날 내게 이런 말을 털어놓으리라곤 그때는 몰랐을 것이다. 부복한 신료들이 흉보는데도 옥류천에 가자며 떼를 쓰자 차지내관이 울상을 지었다.

"옥류천은 길이 멀고 험합니다. 곧 윤대 시간도 다가오고요."

"한 시진이나 남았잖아."

"그건 아까였습죠."

"아버님과 대비마마가 알아서 하시겠지. 윤대에 참석해도 난 어차피 꿔다놓은 보릿자루 신세인걸."

"전하 제발…… 이번 윤대에는 반드시 참석하라는 대원위합하의 엄명이 있었습니다. 또 안 가시면 제가 혼쭐이 납니다요. 상선영감께 불려가서 큰 벌을 받고요."

전하의 고집이 센 탓에 내관의 채근이 조금도 먹혀들지 않았다. 후원으로 행차하는 어가를 따라가다가 돌아보니 차지내관이 울상을 지은 채 오졸오졸 걸어오고 있었다. 북쪽 숲으로 들어서자 전하가 어가를 멈췄다.

"아아…… 숲속에 들어오니 기분이 상쾌하고 좋구나."

어가에서 내린 전하가 고개를 젖힌 채 신선한 공기를 폐부 깊숙이 들이켰다. 옥류천 계곡에서 들리는 청명한 물소리와 새소리에 내 몸도 화들짝 깨어나는 느낌이었다.

"석호야, 저 붉은 것이 무어냐?"

짙푸른 수목 사이로 단풍잎 같은 것이 얼핏얼핏 보였다. 이 계절에 단풍잎이 있을 리 없다. 너럭바위로 올라가 쳐다보니 붉은 댕기를 드린 여자와 검푸른 무명옷 차림의 여자가 떡갈나무숲으로 이어지는 길을 따라 걷고 있었다. 댕기를 드린 여자가 사방치기하듯이 상체를 팔랑팔랑 흔들며 걷는 탓에 머리에 묶인 댕기가 이리 기웃, 저리 기웃 요사스레 흔들렸다.

"여자의 댕기가 아닙니까요."

"그래? 우리도 저쪽으로 가자."

전하의 걸음이 빨라졌다. 두 여자와 간격이 좁혀졌을 때

나의 마지막 조선

붉은 댕기를 드린 여자가 고개를 획 돌렸고 삼단 같은 머리채가 출렁거렸다.

"어허, 눈이 부시구나. 목이 꽃대처럼 가는 아이가 아니냐."

"저게 돼지 목이지 무슨 꽃대여요?"

왜 그랬는지 모른다. 나는 심사가 꼬여 불뚝거리며 대들었다. 이미 혼이 반쯤 나간 전하는 불손한 언행 따위는 관심이 없었다.

"저리 가늘고 긴 돼지 목이 있다더냐. 네 눈이 삔 게로구나."

"꽃대가 아닙니다요."

"내가 그렇다면 그런 게야!"

차지내관은 나의 불경을 탓하고 눈이 삐었다는 등의 상말을 입에 올린 전하의 잘못된 처신을 아뢰느라 경황이 없었다.

"차지내관이 말해보아라. 저 아이가 누구냐?"

자라처럼 목을 길게 뺀 차지내관이 댕기머리를 쳐다본 후 입을 굳게 다물었다.

"대궐에 오래 있었다면서 정녕 모른단 말이냐."

"글쎄요. 검푸른 무명옷은 비자婢子임이 분명하나 댕기머리는 나인 같긴 한데 어디 소속인지는 모릅니다. 침방, 수방, 세수간, 생과방, 소주방, 세답방 등 대궐의 안살림을 맡은 육처소六處所마다 궁녀들의 복색이 다양하와."

"다시 묻겠다. 육처소 중 어디냐?"

전하의 따끔한 일침에 어물쩍 넘기려던 차지내관이 입을 열었다.

"치, 침방의 이나인 같사와요."

"침방나인이라…… 참으로 어여쁘구나. 어여뻐."

전하의 눈이 금세 잠투정하는 아기의 눈 모양으로 바뀌었다. 우리가 딴전을 본 틈에 여인들이 시야에서 사라졌다. 샛길로 접어들었나보다.

"저들을 쫓자꾸나."

"전하, 그리로 가시면 안 됩니다. 거긴 가시덤불이 있어 위험합니다요."

차지내관이 등뒤에서 징징거렸다.

"쉿, 조용히 따라오너라."

나무꾼이 다닐 법한 자욱길을 따라 내려가니 버드나무가 계곡을 안온하게 감싸고 있었다. 이내 질척한 샛길이 나왔고 여인들의 수다한 소리가 물소리에 섞여 들렸다. 자갈밭에서 무수리와 비자 서넛이 쪽 염색을 하는 중인데 빨랫줄에 널린 푸른 바다 빛깔의 천들 사이로 침방나인의 모습이 감질나게 보였다. 전하는 가쁜 숨을 고르며 바위 뒤에 숨었고 나도 따라 숨었다. 나는 그날 맡은 전하의 살냄새를 기억한다. 붉은 용포에 감싸인 몸에서 풍기던 달콤하고 화하고 싸하고 아릿하던 냄새. 그후에도 그 향기가 나면 전하께서 다가오는구나, 라고 생각했다.

차지내관은 우리와 한 발짝 떨어진 곳에서 고개를 돌린 채 잠잠히 서 있었다. 그 자세를 취한 이면에는 어린 왕과 견습내시가 희희낙락하며 여자를 희롱하는 짓거리를 보지 않겠다는 결연함이 칠 할, 왕이 점찍은 여자를 넘볼 수 없다는 송구함이 삼 할가량 내포되었을 테다.

"차지내관의 엉덩이가 보인다니깐. 이리 오래도."

전하가 다그치자 내키지 않은 걸음으로 조촘조촘 다가왔다. 그때 침방나인이 깔깔거리며 용소로 들어갔다. 다듬잇방망이 같은 침방나인의 종아리가 금방 물에 잠겼다.

"항아님, 그곳은 물이 깊어요."

염료가 담긴 오지항아리에 천을 넣고 막대로 섞던 비자가 소리를 질렀다. 가뭄인데도 용소에는 물이 제법 많았다.

"나인의 허벅지가 백자처럼 희디희구나."

침을 꼴깍 삼킨 전하가 내 귓전에 입을 대고 소곤거렸다.

전하의 숨에서 풍기는 은은한 백단향, 돌연 얼굴이 뜨거워졌다.

"어서 물 밖으로 나오셔요!"

비자가 다급히 외치자 나무우듬지에 앉은 새가 푸드덕 날아올랐다.

"가셔야 합니다. 정말이지 이젠 가셔야 합니다."

징징거리는 차지내관 때문에 모처럼의 진풍경을 마저 보지 못했다. 전하는 질척한 샛길을 빠져나오는 동안에도 연신 침방나인을 훔쳐봤다.

"임금님은 역시 미천한 소인들과 급이 다릅니다요."

"나도 안다. 내 얼굴이 좀 생기긴 했지."

"그게 아니오라 전하의 목이……"

"뜸들이지 말고 빨리 말하여라."

"목이 어쩌면 그렇게 유연하십니까. 산대놀이패의 말뚝이도 전하만큼 목을 돌리진 못할 것입니다."

"너랑 말씨름할 짬이 없다."

"전하, 앞을 보셔요. 자빠지시겠습니다."

"자빠지다니? 왕은 자빠지지 않는다."

"소인이 다시 아룁지요. 전하, 엎어지시겠습니다."

"쯧."

"그럼 넘어지시겠습니다, 로 말을 바꿀까요?"

"그만, 됐다. 이마에 쌍그렇게 올라붙은 침방나인의 저 눈썹을 보아라. 앞으로 봐도 어여쁘고 옆으로 봐도 어여쁘고 뒤로 봐도 어여쁘다."

"침방나인이 그토록 예쁘십니까?"

"어여쁜 나리꽃 같지 뭐냐."

전하가 헤벌쭉 웃었다.

"나리꽃은 나리꽃이고, 침방나인은 침방나인으로 보이는 뎁쇼."

"함께 보고도 이러니 답답할밖에."

"침방나인의 주근깨가 나리꽃에 박힌 검은 점을 닮긴 닮았사온데 소인의 눈엔 그것 말곤 닮은 점이 안 보입니다요."

"네놈과 말을 섞으면 내가 왕이 아니니라."

전하가 팩, 토라지면서 그날의 산보가 끝났다. 처소로 돌아온 전하는 침방나인의 소재 파악에 열중했고 차지내관의 발걸음도 덩달아 분주해졌다. 차지내관은 침방에 연통하여 전하의 옷 수발을 이나인이 들도록 조처했다. 그녀가 시중들지 않으면 한사코 옷을 입지 않았다. 침방 이나인은 전하보다 두 살 연상인데 도톰한 뒷박이마에 이목구비가 수려하여 먼 곳에서도 단박 눈에 띄었다. 그녀는 여인네 특유의 수줍음이나 머뭇거림이 없었고 전하의 말에 토를 달며 핀잔을 주기도 했다.

"저것 좀 보라지. 톡톡 쏘는 것이 귀엽지 뭐냐."

사춘기로 접어든 전하가 채신머리없이 헤헤 웃었다. 사랑과 기침은 숨길 수 없다. 대비전에 문안 올릴 적에도 전하의 웃음이 헤펐다. 조대비가 누군가. 대궐에서 늙은 터라 잣나무를 타는 청설모만큼이나 눈치 빠른 여자였다.

"주상, 바람결이 삽상합니다. 머잖아 가을이에요. 남정네는 이맘때면 계절을 탄다지요."

"계절을 타다니요?"

"찬바람이 불면 남정네들의 마음이 싱숭생숭해지고 여인네의 분향기가 가슴을 때린다지 뭡니까."

조대비는 자신이 세운 왕이 어떤 재목인지 조석으로 살폈다.

"대비마마는 계산이 빠르신 분이에요. 자기 인생을 숫자로 환산한 다음 그 숫자에 덧셈과 뺄셈을 하며 평생을 사셨지요. 그러니 행여라도 객기 부릴 생각은 마세요. 그분은 먼저 크게 밑진 후 그 열 배의 이익을 취하는 장사치와 진배없으니. 아암, 여장부의 배포가 그 정도는 되어야지, 어허허허."

대원위대감은 조대비를 '대궐의 큰 여우'라고 칭했고 운현궁은 그 별칭을 암호처럼 사용했다. 대궐의 큰 여우가 떴다는 기별이 오면 운현궁의 안잠자기가 발을 동동 구르며 정주간을 드나들었고 사랑마당에서는 싸리비가 춤을 추며 먼지를 일으켰다. 대원위대감이 대궐의 큰 여우에게 짠물로 보여도 안 되고 맹물로 보여도 안 된다고 신신당부했으나 전하는 새겨듣지 않았다.

"근자에 용안이 활짝 피셨습니다. 숨겨둔 아이가 있는 게지요. 주상의 마음을 흔드는 아이가 대체 누구예요?"

"그 아이를 혼내지 않는다고 어마마마께서 약조해주시면 보여드리지요."

전하의 낭랑한 웃음소리가 대비전 밖으로 흘러나왔다.

"대궐의 모든 여자가 주상의 여인인데 어찌 혼냅니까."

"그건 모르는 일이지요."

"어미와 거래를 하자는 말씀이시오?"

"소자의 말이 그렇게 들렸습니까, 하하."

전하의 옥음에 윤기가 흐르던 그때 잠깐 행복했다. 그 두께가 상추처럼 얇아서 곧 찢길 행복이었지만. 자신의 둘째아들이 성덕군주 반열에 오르길 열망한 대원위대감은 고종의 치세에 방해가 될 자들을 모조리 쓸어버렸다. 태종이 세종의 정적을 제거하고 아들의 처가까지 도륙한 것처럼. 그게 왕을 자식으로 둔 아비의 길이었다. 대감은 파락호 시절부터 거느리던 운현궁 사인방에게 이렇게 일렀다.

"적을 칠 때는 일렁이는 잔바람에도 주의를 기울여라."

가장 먼저 안동김문의 영수 격인 김좌근을 자른 후 그의 양자이자 오른팔인 이조판서 김병기를 광주부유수로 좌천시켜버렸다. 김병기는 재면의 출사를 도운 덕에 광주부유수 직이나마 챙길 수 있었으나 다른 이들의 목은 추풍낙엽처럼 떨어졌다. 이로써 정조 사후 확정된 노론의 일당독재를 한 방에 무너뜨렸으니 안동김문은 운현궁 호랑이의 날카로운 이빨에 심장을 뜯기는 것 같았을 것이다.

정적을 전부 내치면 적의 동태를 파악하기 어렵다.

대원위대감은 전부터 인연이 있던 김병학과 김병국을 포섭하여 안동김문의 소식을 살폈다. 영의정에 조두순, 종친인데도 조대비의 인척이라는 이유로 변방을 떠돌던 이경하를 포도대장에 임명하여 조대비와 동맹관계를 유지하는 것도 잊지 않았다. 위급한 일이 발생할 때를 대비하여 여러 개의 통로를 만든 것이다. 대원위대감은 '건의'라는 이름으로 이 명단을 어전에 올렸고 조대비가 '전교'의 형식으로 수락했다.

전하가 즉위한 후 대원위대감은 경복궁의 재건 공사를 시작했다. 기층민은 높은 곳을 우러러보기 마련이다. 야인 시절부터 심리전에 능통했던 대감은 웅장한 건축물로 전하의 위세와 존엄을 드러낼 심산이었다. 운현궁의 담을 헐어 전하의 전용문인 경근문과 자신이 사용할 공근문을 낸 후 그곳을 통해 대궐을 드나들며 국가 전반에 걸쳐 개혁의 칼을 휘둘렀다. 오랜 금기를 깨고 서얼을 관직에 진출시켰으며 사색당파를 고르게 등용했다. 대원위대감의 주변에 인맥이 없어 가능한 일이었다. 그때 시행한 정책 가운데 백성의 속을 시원하게 긁어준 것이 서원 철폐령이다. 당쟁의 소굴이 된 서원은 각종 명목으로 백성들을 착취했다.

"선현의 제사를 받드는 것이 선비의 길임을 진정 모르십니까. 명령을 거두어주십시오."

서원 철폐령이 떨어지자 각 현에서 상소가 빗발쳤고 지방에서 올라온 유생들이 대궐 앞에 벌떼처럼 모여들었다.

"백성에게 해를 입히면 공자가 살아온대도 내가 용서치 않으리."

엄명을 받은 이경하는 대궐 앞에 엎드린 유생들을 육모방망이로 사정없이 때려 해산시켰다. 그즈음 실시한 호포제—상민 남자에게만 부과되던 군포를 양반 평민 할 것 없이 가구당 한 포씩 내게 했다—는 평등의식을 고취한 결과여서 대원위대감의 위상이 하루가 다르게 높아졌다.

운현궁 사인방은 성격이 급하고 안하무인이었다. 경복궁을 재건할 때 '대원위분부'라는 명을 앞세워 백성을 무단으로 동원했다. 도성 밖의 동교와 서교에서 석재를 조달했고 목재는 경기도와 함경도 일대에서 뗏목으로 모아들였다. 공사중에 목재가 떨어지자 선산의 나무와 성황당의 나무까지 도륙하여 백성의 원성을 샀다. 이때 조대비의 지시로 운현궁도 보수공사를 시작했는데 운현궁 사인방의 활약에 힘입어 나흘 만에 후딱 마쳤다. 그 나흘이 만 사흘인 셈이어서 '조선공사 사흘'이라는 속담이 생겼는데, 이게 뒷날에는 인내심이 부족하여 대궐에서 내리는 정령政令이 조석으로 바뀐다는 뜻으로 변질되었다.

"장안의 파락호가 합하라는구먼, 대원위합하!"

대감을 칭찬하는 사람이 있는 반면 뒷전에서 군말하는 사람도 있었다. 시간이 흐를수록 입을 비쭉이는 백성이 늘어났다. 대감은 어린 왕의 아비요, 조선의 충직한 신하였다. 자신이 강하고 엄격해져야 어린 왕을 지킬 것이라고 믿었다. 본인이 왕이 될 생각은 추호도 하지 않았으므로 무소불위의 권력을 휘두르면서도 자신을 의심하지 않았다. 고종을 대신했던 대원위대감의 십 년 집권은 그야말로 권불십년이었다.

성정각의 소임을 마친 후 내반원에 나갔더니 다음 실습처가 운현궁이라고 알려주었다. 상직소환이 소제와 잔심부름에 동원되긴 하나 엄연히 대궐 소속인데 사가로의 차출이 반가울 리 없었다. 그곳이 왕의 생가라 할지라도. 그때 장동파가 궐내 주요 보직을 차지하고 있었다. 아니나다를까, 운현궁에 파견된 상직소환 모두가 계동파 애들이었다.

"제기랄."

계동파 애들과 앞서거니 뒤서거니 하며 운현궁에 도착하니 기골이 장대한 남자가 솟을대문 앞에 서 있었다. 그가 운현궁 사인방 가운데 한 명인 장승규였다.

"맨 끝줄에 서 있는 희멀건 놈."

장승규가 불퉁한 얼굴로 날 지목했다. 그는 항상 화난 것처럼 보였는데 그게 아랫사람의 억눌린 얼굴빛이라는 걸 훗날 깨달았다.

"너는 길 건너편의 집 짓는 곳으로 가거라."

"길 건너 어디요?"

"이런 멍청이를 보았나. 꾸물대지 말고 후딱 가래도."

장승규가 눈을 부라리며 한 팔을 들어올렸다. 횡액을 당할세라 나는 재빨리 운현궁을 벗어나 묵은 골기와집이 옹기종기 모인 동네 안길을 따라 내려갔다. 갈림길에 이르니 맞은편 샛골목에 아름드리 목재가 쌓여 있었다.

'운현궁 재숫머리가 말한 데가 저곳인가?'

샛골목으로 들어서자 잘 다진 집터에 임시로 세운 막사가 보였다. 누구에게 말을 걸까 고민하며 마당에서 어정거리는데 한 중년사내가 돌아보았다. 한눈을 안대로 가린 모습이 애꾸여서 소름 끼쳤다. 그가 애꾸눈 관상가 박유붕이었다. 명나라 무장인 두사충은 당대의 풍수와 점술, 관상에 일가를 이룬 뒤 조선에 정착하여 비서 한 권을 남겼다. 두사충의 후손과 결혼한 박유붕이 처가의 비서를 입수하여 관상가로 이름을 드날렸다. 박유붕은 그때 전하의 관상값으로 받은 땅에 집을 짓고 있었는데 목재를 조달하는 방법이 특이했다. 소나무의 가격을 일일이 매긴 뒤 그 나무를 집까지 운반해주면 나뭇가지에 적힌 금액을 셈해주었다. 이런 방법으로 목재를 조달한 박유붕은 대원위대감처럼 백성들에게 군말을 듣지 않았다.

"대궐에서 나온 아이냐?"

애꾸눈 박유붕이 물었다.

"네."

"넌 오늘부터 저자를 따라다니도록 해라."

박유붕은 막사 앞에 앉은 상건달 같은 사내를 가리키더니 어디론가 횡하니 가버렸다. 수건으로 이마를 질끈 동여맨 윤가는 행동거지가 천박했다. 나는 대궐에서 곱게 놀았던 터라 불량한 산판꾼의 조수로 차출된 것이 마뜩잖아 시시로 툴툴거렸다. 윤가를 따라 경기도 산기슭에 위치한 주막으로 들어서자 행주치마를 두른 주모가 반갑게 맞아주었다.

"장흥댁, 그간 별고 없었남."

"윤씨도 양반은 못 되네그려. 안 그래도 올 때가 지났다 싶었는데."

"양반공명첩 따위가 무슨 소용이람. 뭐니 뭐니 해도 나는 통사역관가 부럽네."

"그놈의 통사 타령은. 아, 며칠이나 묵어갈 거여."

"달포는 있어야 될걸."

"이번엔 다른 산원이 왔네. 접때 데려왔던 이는 어쩌고?"

"알렌인가 알랑방구인가 하는 미리견아메리카 선교사가 벌써 평안도로 빼갔지. 금광이 좀 재미가 있어야지. 그 산원이 얼씨구, 하고 양코배기를 따라나서는데 무슨 수로 붙잡나."

"요즘 큰 전주짜리들은 죄다 금광으로 모인답디다. 그런데 이 산원은 얼굴이 참 곱소."

"잡과에 합격한 신입을 보낸다곤 했는데 사람이 와야 말이지. 마냥 기다릴 수 없어서 대궐에서 노는 손을 잠시 빌린 참이여."

"대궐에서 노는 손이라면……?"

"딱 보면 모르요. 내시제."

"흐미, 산골짝에서 꽃내시 구경을 다 하고. 참말로 오래 살고 볼 일이여."

"그만 들여다봐. 꽃내시 얼굴 닳겠어. 오늘은 고운 일행도 딸렸으니 큰방으로 내주슈."

"어째야 쓸까. 큰방은 장돌림이 일찌거니 차지하고 남은 건 저 뒷방뿐인데."

"고구마 통가리가 놓인 방 말이여?"

"그 방 말고 또 있남. 싫소?"

"통기도 없이 들이닥쳤는데 방을 가릴 처지는 아니지. 일전에 맡긴 내 짐은 어디 있소."

일정한 거처가 없는 윤가는 각처의 주막이나 산막에 맡긴 짐이 하나씩 있었다. 그 짐 속에는 일하는 동안 그가 갈아입을 옷가지와 소지품이 들어 있었다.

"시렁에 얹어뒀지. 묵은 옷일랑 빨아 입지 그랴."

"그럴 여유가 있남. 나무부터 둘러봐야지."

"씨억씨억한 성질머리하곤. 장국밥이나 한술 뜨게 이리

오슈."

그날부터 고구마 통가리가 놓인 주막 뒷방에 묵었다. 나는 윤가의 발 고린내와 코고는 소리 때문에 밤잠을 설쳤다. 아침에 늦장을 부리면 윤가가 곰방대로 내 머리통을 때렸다.

"왜 때려요? 만만해 보입니까."

울화가 치솟는 바람에 윤가에게 막무가내로 덤볐다.

"빌빌거리는 고자 녀석이 조동아리만 살아서 나불나불."

"뭐요, 고자! 고자가 된 게 내 탓이오."

"네놈이 눈깔을 까뒤집고 덤비면 어쩔 건데. 꾀부리지 말고 얼른 따라와."

조반상을 물리기 무섭게 인근 산으로 내달았다. 숨이 찰 즈음에야 앞에 보이는 소나무를 무작위로 찍었다. 그러곤 마음대로 정한 소나무의 가격을 한지에 쓰라고 지시했다.

"저건 석 냥 팔 전, 고 아랫것은 닷 냥 이 전 닷 푼, 맨 위 소나무는 여섯 냥 구 푼."

내가 도장이 찍힌 한지에 나뭇값을 쓰면 그가 나뭇가지에 매달았다.

'저럴 거면 산꼭대기까지 왜 올라온담. 초입에 있는 나무를 찍을 것이지.'

불만이 차곡차곡 쌓일 무렵에 윤가가 까막눈이라는 걸 알게 되었다. 그후부터 고자라는 말을 입에 올리지 않았고 오히려 날 친동기간처럼 대했다. 유형은 다르나 자신과 같은 크기의 아픔을 지녔다고 생각한 모양이었다.

'내시의 천형을 까막눈 따위의 하찮은 고통과 동급으로 여기다니.'

나는 꺼벙하고 못생긴 윤가가 밉살맞았다. 벌쭉 웃을 때마다 드러나는 들쑥날쑥한 치열이 눈에 거슬렸다. 어느 날 계곡을 따라 앞서 내려가던 윤가가 별안간 걸음을 멈췄다. 자잘한 노랑꽃이 무더기로 피어 있는 풀밭에서 까마귀 두 마리가 먹이를 쪼고 있었다.

"훠이, 더러운 까마귀 새끼들."

윤가가 손을 저어 쫓으면 까마귀들이 날아올랐다가 내려오곤 했다. 까마귀와 실랑이하는 윤가를 지켜보다 풀밭에 누웠다. 하늘에는 회색빛의 층층구름이 낮게 떠 있었다. 바람이 불자 나뭇가지가 느적느적 흔들렸다. 날이 습하면 숲냄새가 짙어진다. 계곡에서 올라오는 비릿한 물냄새, 둔덕의 나무에서 풍기는 아릿하면서도 달콤한 냄새. 전하의 몸에서 나던 백단향 냄새였다.

"너는 무엇으로 충성할 것이야. 나한테 어떻게 충성할 것이야."

전하의 목소리와 함께 옥류천의 추억이 주마등처럼 뇌리를 스쳐가자 그때가 그리웠다. 나는 전하에게 맹세하고 싶었다. 충성과는 결이 다른 나의 특별한 맹세를. 눈꼬리를 타고 흐른 눈물이 귓바퀴를 지나 뒷목을 적셨다. 깍지 낀 손을 풀어 눈가를 훔치는데 그새 다가온 윤가가 물끄러미 내려다보았다.

"아, 그만 일어나. 팔자가 늘어졌네."

내게 핀잔을 주더니 둔덕으로 휭하니 사라졌다. 풀밭에서 일어나 둔덕으로 올라가니 다양한 나무가 자라고 있었다. 같은 수종인데도 양지 쪽 나무는 둥치가 굵었고 음지 쪽 나무는 부실했다. 음지보다 가여운 쪽이 벼랑에서 자라는 나무였다. 척박한 비탈에 뿌리를 내린 탓에 길쭉하니 웃자라 실바람에도 가지가 꺾일 듯 휘청거렸다. 수풀을 헤치며 조금 더 걷자 목에 수건을 두른 윤가가 나무 그늘 아래 앉아 있었다. 내가 다가서자 흘긋 쳐다보곤 앞에 있는 소나무를 가리켰다.

"저것, 저것, 저것."

윤가는 개중 볼품없이 굽은 소나무에 일곱 냥을 쓰라고 말했다.

'저자가 제정신인가. 일곱 냥이면 백미를 자루가 무겁게 살 수 있는 돈인데.'

윤가를 놀릴 속셈으로 한지에 다섯 냥이라고 적었다. 그걸 굽은 나무에 매달고 돌아서는데 곰방대가 날아왔다. 눈앞에서 별이 반짝거렸다.

"네 심사가 팔구월 옥수수수염이 꼬이듯 오지게도 꼬였구나."

씩씩거리던 윤가가 갑자기 한지를 꺼내 글씨를 썼다.

"날 속일 성싶더냐?"

나는 일곱 칠을 거꾸로 쓴—썼다기보다 그린 것에 가까운—한지를 쳐다보며 웃음을 터뜨렸다. 윤가는 눈짐작으로 틀린 글자를 정확히 짚어냈다. 평소 손가락과 나뭇가지를 이용하여 복잡한 셈을 곧잘 했기 때문에 사람들은 그가 까막눈이라는 걸 몰랐다.

"저 나무는 왜 가장 비싼 값을 매겼소?"

"쓸모가 많으니 비쌀밖에. 개가 얇은 죽사발처럼 낮짝은 멀거니 생겨갖고 모자라긴."

"굽은 나무를 어따 쓰시려고요."

"굽은 나무는 단단하여 힘이 좋다. 집을 지을 때 곧은 나무도 필요하지만 굽은 나무도 요긴하게 쓰인다. 나무도 이럴진대 하물며 사람은 어떻겠누. 굽은 나무가 선산을 지키는 법. 어리석은 네 눈에는 이것들이 한낱 나무로 보이겠지만 나는 사람으로 보인다. 환경에 따라 성장이 느린 녀석, 성급한 녀석, 옆 나무에 일생 동안 폐를 끼치며 자라는 덤불 녀석. 나무의 세계도 인간 세상과 똑같아. 내가 나무 곁에서 자란 탓인지 녀석들의 숨소리가 들려. 나는 나무를 자를 적에도 이것들의 기분을 살피며 톱질한다."

"거짓말이 연하고 낭창하여 듣기는 좋소."

"요놈 보게. 또박또박 말대꾸하는 걸 보니 어설피 맞았구나."

나는 그때 글 모르는 윤가에게 일머리 트는 수완과 나무들의 생태에 관해 배웠다. 운현궁의 코앞에 집을 지은 박유붕이 대원위대감의 책사로 들어앉았다는 말도 그 무렵에 들었다. 누구에게 붙어야 목숨을 지키고 권력을 얻을 것인가. 일신의 앞날을 다투는 자들로 대궐이 들썩거렸다. 숨통이 겨우 트이기 시작한 조선의 미래를 근심하는 자도 더러 있었다. 정권을 잡은 대원위대감의 고민은 사람을 판단하는 일이었다. 옥석을 어떻게 가릴 것인가.

"군왕에게 필요한 자질은 용인用人 능력이요, 신하가 갖춰야 할 자질은 용사用事이옵니다."

사람을 적재적소에 쓰는 것이 군왕의 일이며 신하는 맡은 일만 잘하면 된다는 말로 대원위대감의 환심을 산 박유붕은 운현궁에서 내방객의 관상을 본다고 했다.

  산판일을 마친 후 나는 궐문 앞에서 숙직한 조관이나 군사의 표신을 확인하는 일을 했다. 창고에서 빼돌린 약재와 비단을 허리에 둘러 감고 궐문을 나가는 조관이나 군사를 적발하는 것이 내 임무였다. 명목상 내수사 소속이었으나 실상은 대궐의 문지기와 다름없었다. 내수사는 본디 내시부 소관인데 이조에서 파견한 별감이 그 업무를 관장했고 내시는 시중드는 일만 했기 때문에 모두 기피하던 자리였다. 변방의 무지렁이와 다름없는 처지가 한심하게 느껴졌다.

  내시는 대궐의 음식을 감독하거나 왕명출납, 왕실창고의 재정을 맡은 내수사를 관리한다. 정치적인 면에서는 왕명출납이 요직처럼 보여도 개인적인 면에서는 음식 감독이 중요하다. 인간은 누구나 먹어야 하기 때문이다. 대궐의 음식을 담당하는 사옹원의 제조가 있으나 왕과 왕비를 비롯한 최고 위직의 음식 감독은 내전의 도설리(내시부 상선)가 전담한다. 사옹원 제조는 자주 바뀌는데다 궐 밖의 사람이라는 것이 결정적인 하자였다. 근본을 알 수 없는 뜨내기에게 최고 위직의 음식을 맡기지 않는다. 하여 도설리를 역임한 파가 권력을 한손에 쥐는데 내시들은 그걸 '밥주걱을 쥐었다'라고 에둘러 표현했다. 밥주걱을 쥔 장동파는 표나게 계동파를 괴

롭였다.

　내시부에는 고강 제도가 있다. 모든 내시는 사서와 소학, 삼강행실 등의 교육을 받고 달마다 성적을 평가하여 특별근무일수로 환산한다. 특별근무일수와 일반근무일수를 합친 점수가 인사고과의 기준이 된다. 나는 성적이 좋은 편이어서 특별근무일수의 점수가 높았으나 장동파가 일반근무일수의 점수를 낮게 주는 바람에 한직을 맡게 되었다. 역대 왕을 지척에서 모신 효자동가의 양자가 고작 대궐의 문지기라니.

　우울한 나날이었다.

　아침부터 막손아범이 주저앉은 방고래를 고친다며 수선을 피웠다. 소란을 피할 겸 안마당으로 들어서니 이불홑청이 빨랫줄에 널려 있었다. 효자동가는 매년 5월에 연례행사처럼 구들을 청소하고 겨우내 덮은 이불을 세탁한다. 나는 주렁주렁 내걸린 홑청 자락을 헤치며 안채로 들어섰다. 내시가는 안채와 별채가 마주보게 배치되어 있다. 안채에는 부엌이, 별채에는 고방이 딸려 있다. 양반가의 안채는 부녀자의 출입이 편하도록 중문 외에 일각문을 두었으나 내시가의 안채에는 일각문이 없다. 일각문이 있을 자리에 탱자나무를 촘촘히 심었기 때문이다. 세월이 흐르면서 안채를 막아선 탱자 뿌리가 지면에 일부 노출되어 불개미에게 뜯어먹히기도 했다. 비가 내리는 날이면 노출된 탱자 뿌리가 꿈틀꿈틀 움직이며 안마당의 진흙을 악착스레 움켜쥐려는 것처럼 보였다.

고자의 아내야. 바깥은 위험해. 우리가 사력을 다해 지켜줄게.

누가 언제 조성했는지 내력조차 모를 정도로 수령이 오래된 탱자나무는 사시사철 비바람을 맞으며 내시가의 아내들을 굳건히 지켜왔다. 활달한 어머니는 안채에 갇혀 지내는 걸 갑갑해했다. 전옥서의 죄인이 나보다 자유로울 거라며 울화통을 터뜨렸고 안채를 막아선 탱자 울타리를 향해 저주를 맹렬히 퍼부었다.

"집구석에 독한 종자들만 있어서 탱자가 무성하다. 거름기도 없는 퍼석한 땅에서 어쩜 저리도 시퍼렇게 자랄꼬. 독을 품은 탱자 가시 좀 보소. 아우, 징글징글한 저놈의 탱자."

어머니가 악을 쓰면 할머니가 방문을 열곤 혼잣말로 "저런, 흉한" 하며 혀를 찼다. 올해는 탱자 울타리에 흰 꽃이 탐스럽게 피었다. 떨어진 탱자꽃이 싸락눈처럼 깔린 마당가를 하염없이 쳐다보던 어머니는 탱자가 요물이라고 말했다. 그래도 아버지의 낯빛이 평온했다. 천상궁을 에둘러 가리키는 말이 탱자라는 걸 익히 알면서도. 내가 작은사랑을 쓸 때여서 큰사랑에서 지내는 아버지의 움직임이 낱낱이 보였다. 집

나의 마지막 조선

을 자주 비우던 분이 큰사랑에 붙박인 걸 보니 나마저 처량해졌다. 궐문을 지키는 일도 대단히 중요하다며 성심을 다하라고 아버지가 일렀으나 귀담아듣지 않았다. 윤가와 함께 경기도 일대의 산을 오르내리던 시절이 차라리 좋았다.

나는 은연중에 박유붕이 뒷배를 봐줄 거라고 믿었다. 어지러운 집터에서 그를 만났을 때 왠지 운명적으로 엮인 것 같은 예감이 들었다. 운현궁에서 박유붕의 집으로 파견된 것이며 목재를 조달하던 현장에서 윤가를 만난 것도 필연 같았다. 물정에 어두웠던 상직소환 시절에 만난 탓이라고 예사로이 넘기려 해도 알 수 없는 무언가가 내 마음을 잡아당겼다. 그랬는데 그토록 믿었던 그가 남양으로 내려갔단다. 남양도호부는 조선 초기만 해도 왜구의 출몰이 잦은 변방에 속했다. 전하가 왕의 재목이라는 걸 한눈에 파악한 일등공신이자 대감의 책사인 그는 왜 남양부사가 되길 자청했을까.

'정승을 원해도 모자란 터에 기껏 부사직이라니. 그가 남양에 내려가면 대원위대감이 무척 아쉬울 텐데.'

상온으로 강등된 아버지는 자기 앞가림도 못할 듯싶었다. 아버지의 형편이 이러니 계동파 내시들은 말해 무엇하랴. 왕을 모시지 못하는 내시는 죽은 목숨과 다름없다. 나는 길바닥에 굴러다니는 하찮은 돌, 썩은 낙엽 같았다. 전하를 모시기는커녕 대궐문지기로 늙을까봐 궐문을 드나드는 이들의 표신을 확인할 때마다 두 손이 벌벌 떨렸다.

대궐에는 온갖 소문이 떠돌았다. 버릴 것도 있고 새겨들을 것도 있었다. 강학에 매진할 전하께서 술을 마시며 음풍농월한다는 소문이 궐 담을 넘어 저자에 널리 퍼졌다.

"그게…… 험험."

"한창 재미난 대목에서 말을 끊으면 어떡하나. 장터거리 강담사도 자네처럼 야박하진 않네."

"쉿, 들어봐. 어린 나인이 다담상을 들고 침전에 들어가면 전하의 머리가 번번이 이상궁의 치마 속에 들어가 있다는구먼."

침방에서 대전의 지밀로 자리를 옮긴 이나인은 전하의 승은을 입고 상궁이 되었다.

"한창 강학에 열중할 시기인데, 그 무슨 해괴한……"

"그러니 어린 나인의 심정이 어떻겠나. 다담상을 들일 수도 없으니 서둘러 침전을 빠져나올밖에."

"나라님은 이상궁의 치마 속에서 강학을 하시나봐."

"왕이 되면 부끄러움과 염치가 없어진다더니 옛말은 틀린 게 없네그려."

그러나 전하가 이상궁의 치마폭에 싸여 국무를 멀리한다

는 말은 왕의 일정이 얼마나 촘촘히 짜였는지 모르는 자들이 지어낸 헛소문이다. 이상궁이 보고파도 전하에겐 시간적인 여유가 없다. 왕의 하루는 신새벽에 시작된다. 이른 묘시에 기상하면 대궐의 큰어른인 왕대비(조대비)와 대비(철인왕후)에게 아침 문안을 드린 후 공부를 시작한다. 아침 공부가 끝나면 신료들을 접견하여 각종 보고를 받고 낮 공부가 이어진다. 그후 낮것상과 석수라 사이에 들어오는 참을 드시고 오후 업무를 봐야 한다. 이때 전하는 대궐의 숙직자 명단을 일일이 확인한다. 그런 뒤 석강과 저녁 문안, 야참, 각종 상소문 읽기와 독서까지 바늘을 꽂을 구멍조차 없을 정도로 촘촘히 짜인 일과 때문에 취침시간인 늦은 해시까지 고개를 돌릴 짬이 없다. 일과 시간에 약간의 틈이 생기면 궁과 궐을 오가며 웃전의 눈치를 살피느라 여념이 없었다. 전하가 온전한 왕으로 인정받지 못한 탓이다.

그러면 궁과 궐은 어떻게 구분하는가.

궁은 주거 공간이고 궐은 업무를 처리하는 곳이다. 왕은 낮에 궐에서 신하들과 정사를 보고 밤에는 궁으로 옮겨간다. 왕의 침전인 정궁과 중전의 침전, 사랑하는 후궁들의 침소가 궁에 모여 있기 때문이다. 왕이 머무는 두 개의 장소를 합친 말이 궁궐이다.

"여보게 석호. 내자시가 발칵 뒤집혔다네."

수직을 마칠 시간이 되어 궐문을 잠그는데 액정서 별감이 열쇠 보관함을 받쳐들고 뛰어왔다.

"별감어른, 무슨 일로요?"

궐문 열쇠를 보관함에 넣고 돌아서는데 별감이 내 옷소매를 잡고 문루를 받치는 컴컴한 기단석축 옆으로 데려갔다.

"창고에 비축한 물자가 빈다네. 퇴궐을 미룬 주부와 판관이 장부를 확인하느라 시방 내자시 안팎에 불빛이 환해. 우린들 무사하겠는가. 앞으로 줄초상이 날 터이니 단단히 대비함세."

어둠이 깃든 궐 안으로 총총히 들어가는 별감의 뒷모습을 눈으로 좇다가 쪽문을 통해 밖으로 나왔다. 대궐 창고가 손을 탔다니, 예삿일이 아니다. 부랴부랴 집에 도착했지만 아버지는 부재중이었다.

'오늘 퇴궐하시는 날이건만. 대궐 창고가 털렸는데 어고인들 무사할까. 지금쯤 아버지는 초조한 기색으로 내반원에 계실 테지.'

대궐에서 사용하는 물선(물건과 음식 재료)을 관리하는 판관과 주부는 공물을 바치는 이들에게 공공연히 뇌물을 요구했고 이걸 받아들이지 않으면 퇴짜를 놓는 경우가 왕왕 있었다. 뇌물 여부에 따라 공물의 진퇴가 결정되자 담당 관리는 각 관으로부터 받은 돈을 판관과 주부들에게 바쳤다. 검량 점고를 하다가 희귀한 진상품이 사라지면 도회관은 성안에 사는 반감이나 각색장의 집에서 구해오는데 그건 대부분 대궐 창고에서 빼돌린 것이었다. 반감과 각색장은 납품받은 물선을 훔치거나 값싼 것으로 바꿔 사용하고 남은 이윤을 윗선과 나누었다. 인정전을 받은 사용원의 반감이 값비싼 노루고기 대신 염소와 돼지고기를 상에 올리기도 한다. 이들은 염소고기와 돼지고기에 어떤 향신료를 가미한 뒤 이틀을 재워두면 신기하게도 노루고기의 맛이 난다느니, 하는 말을 공적 삼아 떠벌렸다. 이런 형편이니 위아래 썩지 않은 곳이 드물어 잘잘못을 가리기도 어려웠다. 대궐에서 사용하는 물선은 내시부에서도 일부 감독한다.

'어차피 큰 불똥은 밥주걱을 쥔 장동파에게 튀겠지.'

이튿날 궐문 앞으로 갔더니 수문장의 얼굴이 허옇게 질려 있었다.

"사헌부에 다녀오셨어요?"

"어휴, 말도 말게. 사헌부 지평이 여간내기가 아냐. 지평 이래야 기껏 정5품 아닌가. 그 기껏이 겁도 없이 정1품 도제조 영감과 정2품 제조영감을 심문한다며 설치고 있다네."

"그간 묻힌 내자시와 사옹원의 비리를 캘 작정인 겝지요."

"도제조와 제조영감은 구색으로 앉히지 않았남. 실무자는 판관과 주부들인데 그분들을 털어본들 뭐가 나오겠나."

"저도 곧 불려가지 싶은데요."

"자네 부친은 벌써 사헌부에 와 계셨네. 상선영감과 나란히 앉아 있던데 서로 눈도 마주치질 않더군. 장동파의 횡포가 그리 심한가? 여북하면 상온영감께서 저러실까 싶네만. 너 나없이 편을 가르는 게 문젤세. 그 때문에 골칫거리만 생기잖아. 나 같은 졸자도 그 이치를 아는데 왜들 그러시는지."

수문장이 혀를 끌끌 찼다. 내가 사헌부의 소환을 받은 것은 오시쯤이었다. 문을 열고 들어서자 사헌부지평인 듯싶은 사내가 게슴츠레한 눈길로 날 쳐다봤다. 지평은 장부를 한 장씩 넘겨보고 있었는데 눈의 초점이 풀린 것이, 밤샘한 듯 보였다. 지평의 뒤쪽에는 사온서와 제용감의 주부가 앉아 있었는데 그들에게 미묘한 낌새가 느껴졌다.

"요즘 들어 수상쩍은 자를 본 적이 있나?"

사헌부 지평이 마른세수하듯 얼굴을 문지르며 내게 물었다.

"눈에 띄는 자는 없었습니다."

"인상착의 말고, 몸수색을 제대로 했냐고 묻는 걸세. 채색 입염한 능라 두 동과 직조비단 오십 필이 없어졌다네."

말을 마친 지평이 훼살꾼처럼 생긴 제용감 주부를 노려봤다. 제용감은 각지에서 진상한 모시와 가죽, 인삼, 왕실에서 쓰이는 사, 나, 능, 단 같은 고급 천에 채색과 염색, 직조하는 일을 맡은 관아였다.

"각전의 노복까지 꼼꼼히 수색했는데 수상한 점이 없었습니다."

"꼼꼼? 입퇴궐 때 보니 중신들은 몸수색을 하지 않던데."

"저희 같은 말단이 중신들의 몸을 어찌⋯⋯ 하지만 중신들의 관복 치수를 알기에 눈대중으로도 짐작합니다."

"그렇겠지? 얇디얇은 비단을 알몸에 착착 감고 그 위에 헐렁한 관복을 걸치면 금방 눈에 띄겠지. 그뿐이면 괜찮게. 귀한 인삼주가 세 짝이나 없어졌는데 수상한 자가 없었다고?"

이번에는 지평이 사온서 주부를 돌아보자 그가 슬그머니 고개를 돌렸다. 사온서는 술과 탕을 담당한다.

"학문이 높은 중신들께서 물선을 슬쩍하실 리가⋯⋯"

"많이 배운 중신들은 작은 걸 탐하진 않아. 서로 짬짜미하여 큰 걸 훔치시겠지."

지평은 나를 매개로 제용감과 사온서 주부의 주리를 틀고 있는 게 분명했다.

"어제는 공물을 싣고 마포나루에 들어온 배가 감쪽같이 사라졌다네. 원, 정도껏 해먹어야지. 배마저 통째 삼키려 드니 내가 그걸 어찌 보고만 있겠나."

마포나루라면? 눈이 번쩍 뜨였다. 양대방? 일말의 기대감 때문에 가슴이 두방망이질하듯 뛰었다.

"윗대가리 한 놈만 잡아 족치면 쉽게 풀릴 사건이야."

지평이 말하는 중간에 제용감 주부가 가소롭다는 듯 피이…… 입바람 소리를 내며 웃었다. 지평이 험악한 얼굴로 그를 노려봤다.

"나는 이 사건으로 대소 신료들의 마음을 읽었네. 오로지 도덕으로 이끌고 예로 다스릴 때 백성은 비로소 부끄러움을 알고 바른길을 간다던 사마천의 『사기』는 몽땅 헛소리였어. 개 꼬리는 삼 년을 묻어도 황모가 못 된다던 우리네 속담이 옳았네. 큰 도적을 잡으려면 어찌하는 줄 아는가. 굴속에 연기를 피워 스스로 걸어나오게 만들어야 하네."

지평의 말에는 진정성이 있었다. 왠지 모르나 그를 응원하고 싶었다. 이조의 내시부와 호조의 내자시가 한통속이 됐건, 윗선까지 연결됐건 그것과 상관없이 나는 사헌부 지평의 계획이 성공하길 빌었다. 사헌부에서 가벼운 문책을 받고 나오는 길에 양대방을 만났다. 우리는 눈을 내리깐 채 말없이 지나쳤다.

보름 후 사건의 주범이 제용감 노복으로 밝혀졌다. 노복 타내는 제용감에서 사라진 물선을 금강산 굿당의 제물로 썼다고 둘러댔다. 왕비의 명으로 시행한 것이라며 왕비전의 색장(편지 등 외부 연락 담당)이 수결한 위조문서를 내보였다. 타내는 사온서 노복인 안록과 내자시 노복인 중보와 함께 도망치다가 돈의문에서 발각됐다. 주범 타내는 참형에, 그와 사전 공모한 안록과 중보는 곤장 일백 대를 맞고 삼천리 유배형에 처해졌다.

수문장의 말처럼 기껏 정5품인 사헌부 지평, 그의 기개가 높아 한껏 기대했건만. 그마저 노복들의 배후인 큰 도둑을 잡지 못했다. 작금의 조선이 흔들리는 것은 나라가 허약하고 가난하기 때문이 아니라 나랏돈을 훔치는 도적떼가 들끓어서, 라는 사헌부 지평의 말이 저자에 오랫동안 나돌았다. 지평의 실패가 곧 나의 실패인 양 이 사건의 흐지부지한 결말이 마음속의 상처로 남았다.

마음속의 풍경

조선 후기로 접어들자 삼정三政이 문란했다. 부사의 임기는 오 년으로 정해졌으나 과기瓜期 오 년이라는 말은 허울일 뿐 일 년 만에 교체된 자가 수두룩했고 심한 경우에는 부임하던 길에 투숙한 역참에서 말고삐를 돌리기도 했다. 후임자가 부임지에 도착하기 전에 뇌물을 먹인 자가 그 자리를 가로챘기 때문이다. 지방 수령과 서리는 상부에 봉물을 바쳐야만 자리가 유지되는데 육방 권속은 정해진 봉록이 없다. 봉직을 하사받은 대신 봉록은 알아서 채우라는, 즉 들키지 않을 만큼 해먹으라는 뜻이다. 이걸 문서화하지 않았을 뿐 조정에서 허락한 것과 다름없다.

부임지가 가까워지면 신임 수령은 가장 먼저 이방을 만나게 된다. 마중을 나온 이방의 행낭 속에는 읍총기邑總記가 들어 있기 마련이다. 읍총기는 탈세를 목적으로 부민의 전답을 줄여 기록하거나, 전체 면적에서 토지 일부를 누락시켰거나 실제로 경작자가 있어도 토지대장에서 제외시킨 전답의 목록을 기록한 장부다. 읍총기의 마지막 장에는 쌀과 돈의 숫자를 농간하여 사취하는 갖가지 방법이 자세히 나열되어 있다. 이방이 전수한 방법으로 부민들을 쥐어짤수록 조정에선 유능한 수령으로 평가했다.

예를 들면 논의 면적을 넓이가 아니라 수확량으로 계산한다. 곡식 백 짐이 1결이다. 밭의 면적도 소 한 마리가 하루에 갈 수 있는 양을 1일경이라고 한다. 논 1결과 밭 1일경의 면적은 보는 눈에 따라 달라진다. 이런 허점을 노린 이방은 장부에 마음대로 숫자를 기재했다.

또다른 골칫거리가 있다.

흉년이면 나라에서 구호미를 푼다. 백성에게 무상으로 주는 구호미를 수령과 이방이 공모하여 나라에서 싸게 내려준 염가미라고 속였다. 돈이 많은 모리배가 구호미를 싼값에 대량으로 사서 팔아도 글 모르는 백성은 제 몫을 도둑맞은 사정을 알지 못했다.

전하의 관상을 봐주고 두둑이 복채를 챙긴 박유붕은 남양부민의 고혈을 짜지 않을 테고 그리하여 선량한 부사로 이름을 드높이며 임기 오 년을 너끈히 채울 것이다. 나는 조바심과 된시름에 사로잡혀 며칠을 앓았다. 퇴궐하던 길에 시르죽은 낯빛으로 박유붕의 집에 들렀더니 윤가가 대뜸 놀렸다.

"자네가 맡은 일은 어때? 재미나남."

홀로 끓여먹는 밥이 부실했던지 그의 얼굴에 버짐이 폈고 몸에서 군내가 났다.

"대궐 문지기가 재미난 일은 아니지요."

"대원위대감께서 일간 자네를 보자시네."

"그 어른이 어인 일로요."

"해가 되는 일은 아닐 성싶어."

"형님이 제 얘길 했나보죠."

"나는 말품을 팔지 않았네. 부사어른께서 자네를 잘 봤던가봐. 얍삽하게 생긴 이 얼굴이 왜 좋다는 겐지. 우리 같은 천것들이야 웃전에서 그러면 그런 갑다, 라고 해야지 별수 있남."

윤가가 버짐 핀 얼굴을 일그러뜨리며 느물느물 웃었다. 박유붕이 어느 틈에 내 관상을 봤단 말인가. 마음속 깊이 고대했건만 막상 닥치니 근심이 앞섰다. 장동파 오자흔의 뒷배가 대원위대감이다. 그가 계동파인 날 탐탁히 여길 턱이 없는데.

"혼잣손으로 꾸리는 살림이라 대접할 음식이 변변찮네. 기왕 왔으니 헛일하는 셈 치고 운현궁에 가보세."

운현궁이 코앞인데 나중에 혼자 가느니 윤가에게 물어가는 게 나을 듯싶었다. 큰길을 내려가다가 골목으로 접어드니 운현궁의 솟을대문이 보였다. 황동 주물로 만든 호랑이 모양의 문고리가 대문 중앙에 붙어 있는데 이 때문에 대감은 운현궁 호랑이라는 별명을 얻었다. 윤가가 문고리로 대문을 두드리자 구종아이가 나왔다.

"대감마님 계시냐."

"네."

대문 안으로 들어서던 윤가가 다시 물었다.

"승규 형은?"

"수직사에 계시는뎁쇼."

대문채를 지나자 수직사 건물이 보였다. 대궐에서 파견한 경비병 두엇이 두런거리며 수직사 문 앞에 서 있었다.

"여기서 잠시만 기다리게."

건물 안으로 들어간 윤가가 담배 한 대를 다 피울 때쯤 장승규를 데리고 나왔다.

"이자가 대감마님이 말씀하시던 그……"

장승규는 우리가 구면이라는 걸 모르는 눈치였다.

"맞네. 효자동가의 양자일세."

윤가가 대답하자 장승규가 무심한 눈길로 날 쳐다봤다.

"자넨 따라오게."

보수공사를 마친 운현궁은 대궐에 견줄 만큼 우람한 규모였다. 보수공사를 할 적에 전하가 즐겨 오르던 노송만은 손대지 않고 그대로 남겼다던 막손아범의 말이 떠올라서 나는 장승규를 따라가며 정원을 연신 흘깃거렸다. 전하에겐 이곳이 추억의 장소였다. 누구에게나 그런 곳이 있다. 허세와 거짓말, 뻔뻔한 위선으로 얼룩진 가면을 벗어던지고 순수한 어린 시절로 돌아가게 만드는 곳. 내 추억의 장소는 어딜까. 양주 생가의 부엌? 나는 아궁이에서 타오르는 불꽃을 바라보며 곧잘 엉뚱한 상상에 빠지곤 했다. 쪼그려앉은 탓에 다리가 저릴 즈음이면 생모가 짚으로 만든 똬리를 내 엉덩이 밑에 넣어주었고, 나는 폭신한 깔개가 생긴 게 마냥 좋아서 입을 헤벌린 채 불구경을 하다가 꾸벅꾸벅 졸았다. 솥뚜껑이 열리는 소리에 놀라 눈을 번쩍 뜨면 길고 긴 생을 허투루 살아낸 곰배팔이 노인이 된 것 같아서 와앙, 하고 울음을 터뜨렸다. 찰나가 그토록 길던 유년의 몽글몽글한 추억이라니.

'어린 전하께서 자주 오른 노송이 어느 나무인가.'

정원의 소나무를 눈여겨보는데 앞서 걷던 장승규가 채근

했다.

"얼른 오라니깐."

대원위대감이 거처하는 노안당은 운현궁의 중심 건물인 노락당 맞은편에 있었다. 정면이 여섯 칸 측면이 두 칸이고, 동쪽 끝에 일곱 칸을 덧붙여 지은 거대한 사랑채였다.

"어서 들어가봐."

장승규에게 떠밀려 마루에 오르니 동쪽에 있는 영화루가 보였다. 들어열개문(창호문을 들어올려서 말발굽 모양의 사슬고리로 천장에 고정시킨 것) 아래 둘러앉은 한 무리의 손님이 대원위대감을 알현할 순서를 기다리고 있었다. 권력의 구심점이 어딘지 확연히 알 수 있는 풍경이었다. 누구는 강아지만한 황금두꺼비를 상납하고 당상관을 따냈다느니, 대원위대감에게 가는 봉물 행차가 일 년에 설과 추석 두 차례인데 그 시기를 잘 활용해야 된다느니 하는 소문이 널리 퍼져 있었다. 먹고, 먹이고, 밑돈을 깔아두기 위해 웃돈을 얹는 일 따위로 분주한 곳이 운현궁이었다. 나도 이 광경이 낯설지 않았다. 내시일수록 남의 이목이 중요하며 괄시를 받지 않으려면 약간의 재물이 필요하다던 아버지. 잿밥보다 염불이 중요한 남수중마저 뇌물을 받았으니, 눈이 먼 돈을 못 먹는 자는 조선의 바보가 되었다.

사분합문을 열고 사랑방으로 들어서니 서너 명의 손님과 한담을 나누는 대원위대감이 보였다. 기웃 열린 문 너머로 들어온 햇빛 때문에 대감이 쓴 삼단정자관 뒤에 오색찬란한 빛이 서려 있었다. 허공에 퍼진 빛무리의 색이 어찌나 선연한지, 눈이 시었다.

"반가 석호. 존귀하신 어른을 뵈옵니다."

사랑방 손님들의 시선이 내 등에 꽂히는 걸 느꼈다.

'이들도 권력에 눈이 먼 치들이겠지.'

부패와 타락을 일삼는 자들에겐 관심이 터럭만큼도 없었기에 나는 사랑방 손님들에게 반절이나 목례조차 하질 않았다. 절을 올린 후 무릎을 꿇자 내게 편히 앉으라는 듯 대감이 한 손을 내저었다.

"효자동가에서 왔다고?"

대원위대감은 꼬리가 치켜올라간 호랑이 눈을 가졌는데 안광의 기운이 예사롭지 않았다.

"그렇사옵니다."

"어디 얼굴 좀 보세나. 자네가 박유붕을 만난 적이 있던가."

"스치듯 본 것이라 봤다 할 수도, 아니 봤다 할 수도 있습니다."

"젊은 놈의 말본새하곤. 본 것도 아니 본 것도 아니다? 줏대라곤 없어 보이는데 그게 아닌 모양이지. 유붕이 자네를 추천하더군. 주상의 사람으로 말이야. 우리 주상과 궁합이 무척 좋다는 게야. 하여 상선에게 부탁해서 궁적에 적힌 자네 사주를 뽑아봤네. 내가 결례한 것은 아니겠지?"

"네, 대감마님."

노안당 내부는 서안과 탁자, 병풍 등 필요한 집기만 있어 아버지의 사랑방보다 검소했다. 대원위대감이 강아지만한 황금두꺼비를 받고 당상관 자리를 팔았다는 말은 낭설인지도 모른다. 겉으로 보이는 것과 실제는 다를 수 있다.

"주상을 모신 적이 있다고?"

"상직소환일 적에 잠깐 모셨습니다."

대감이 고개를 갸웃거렸다.

"그런데도 자넬 기억하시다니."

전하께서 외로우신 게지요, 라는 말을 무심코 흘릴까봐 입을 굳게 다물었다.

"그 짧은 시간에 주상의 마음을 움직였다니 놀랍구먼."

대감이 뚫어지게 날 쳐다보았다.

"유붕이 추천했으니 자넬 주상 곁에 두겠네만 대신 조건이 있네. 주상의 사람이기 전에 먼저 내 사람이 되어줄 순 없겠나."

'아비가 자식 곁에 첩자를 심겠다고? 어쩌다 콩가루 같은 집구석이 되었을까. 아니, 집구석은 아니지.'

내시들의 꿈은 한결같았다. 일등내시가 되어 왕을 모시는 것인데 나는 고작 대궐의 문지기였다. 그래도 다른 내시에 비하면 유리한 편이다. 사고를 치지 않으면 언제든 지근거리에서 전하를 모실 수가 있다. 그러나 상책 상전 상약 상다 상온의 계단을 차곡차곡 밟고 올라가 아버지처럼 늙은 뒤에나 가능했다. 대감은 지금 그 많은 계단을 건너뛰게 해주겠다는 제안을 하고 있다. 생각이 정리되지 않으면 함구하라고 배웠으나 그건 내 방식이 아니었다.

"그리 하문하심은 미천한 소인이 좁은 소견으로 헤아릴 뜻은 아니겠지요."

"자네가 생각한 그대로일세."

단전에서 뜨거운 불덩이가 솟구쳤다.

"승하하신 두 임금은 섬겨도 살아 계신 두 임금은 섬기지 않는 것이라 들었습니다."

"뭐라, 살아 있는 두 임금을 섬기지 않는다? 말인즉 번드레하고 충심 있게 들리나 그 또한 안전을 도모하려던 내관들의 얍삽한 처세술이 아니겠느냐. 그러지 않으면 목숨을 부지하기 힘들 테니."

"그게 내시가 지켜야 할 법도라고 귀가 닳도록 들었습니다."

내 말이 끝나기 무섭게 사랑방이 후끈 달아올랐다.

"뻔뻔한 작자 같으니라고!"

"어느 안전인데, 저따위 망발을."

"내시 따위가 저리도 불측한 언사를 입에 올리다니요."

"역당의 말이 아니옵니까. 저런 자 앞에서 이마에 갓철대를 붙이고 앉아 있는 것이 면구할 따름입니다."

"대감, 귀 씻을 물을 대령하라 이를까요."

사랑방에 둘러앉은 손님들이 한두 마디씩 말을 보탰다.

"이만한 일로 무얼 그리 발끈하시나. 젊은 혈기에 무슨 말인들 못하리. 우리들의 젊은 날을 돌아보시게."

경을 칠 줄 알았는데 대감은 내 말을 마음에 담지 않았다.

"그래도 자리가 자리인 만큼."

족제비 면상의 갓쟁이가 아니꼬운 표정으로 나를 꼬나봤다. 팔짱을 낀 대원위대감이 굵고 통통한 목소리로 말했다.

"과연 효자동가의 자제답도다. 자네 아비 남수중도 꼬장꼬장하다 들었다. 그때 내가 남수중으로 결정하지 않았길 망정이지 만약 그랬으면 어찌됐겠느냐. 남수중은 거절했을 테고 허면 무사하겠나. 자네 아비의 명을 내가 이어준 셈이야."

철종의 죽음이 임박하면 대감에게 알리는 소임을 아버지가 맡을 뻔했다는 말이다. 과거에 저지른 역당 짓을 손님 앞에서 거침없이 떠벌리다니. 이건 자기 위에 아무도 없다는 자신감의 표출이다.

"그 시절 내 앞에는 두 갈래 길밖에 없었다네. 먹거나 먹히거나 죽거나 죽이거나."

별안간 대감이 상체를 좌우로 흔들며 시조를 읊듯 가락을 넣어 말했다.

"왕실의 일원이어서 눈 감고 귀를 막으면 이 한몸 편히 살 수도 있었지. 그러기에는 내 피가 너무도 뜨거웠다네. 석호라고 했나. 나와 척을 져도 좋으니 부디 우리 주상을 잘 섬겨주게."

나는 그날 자식 사랑이 묻어나는 대감의 절절한 목소리를 들었고 따뜻한 눈빛을 보았다. 그런 분이 뒷날 전하를 끌어내리고 장손을 왕위에 올리려 했으니 고자 아닌 인간의 마음은 참으로 요상했다.

우기였다. 작은사랑의 들창 너머로 비바람소리가 들려왔다. 거센 빗소리는 험난한 앞날을 통보하는 예고음 같았다. 큰사랑에서 아버지의 코고는 소리가 간간이 들려왔다. 아버지는 풍파를 어떻게 견뎠을까.

 '대원위대감과 만난 일을 아버지에게 고해야 할까. 내게 간자라고 역정을 내시면 어떡하나.'

 잠자리에서 뒤척이다 몸을 일으켜 사당으로 올라갔다. 빗속에 잠긴 효자동가는 세월의 더께가 쌓인 탓에 검은색으로 변색되어 우중충하고 을씨년스러웠다. 음험한 기운이 넘실거리는 사당에 불을 밝힌 후 나는 선대 할아버지들에게 절을 올렸다. 무릎을 꿇은 채 두 손을 바닥에 대고 머리를 조아리자 마루의 차가운 기운이 고스란히 느껴졌다. 할아버지가 살아 계셨으면 궂은 날에는 사당에 불부터 지폈을 것이다. 할머니가 정성껏 살핀대도 이럴 때면 어김없이 할아버지의 빈자리가 드러났다.

 '당신과 척을 져도 좋다니? 대원위대감에게 등돌리면 목숨을 내놔야 할 텐데.'

 전하를 모실 수 있다면 내 목숨 따위는 아깝지 않았다. 왕과 내시는 단순한 주종 관계가 아니다. 내시는 왕에게 봉사하는 자로서 노복과 같지만 동시에 왕궁을 수호하는 자다. 왕에게 내시는 필요충분한 존재였다. 내시는 신의 대변자인 왕의 생활을 영위하도록 돕기 때문에 인간과는 구별되는 비인간적 존재라고, 왕이 양陽이면 내시는 음陰에 해당된다고 교관영감이 가르쳐주었다. 왕을 모시는 내시의 운명은 신들이 개입하는 천상의 문제여서 인간 세상에서 궁형당하는 걸 서러워해서는 안 된다는 말을 귀 따갑게 들으니 내 마음이 그쪽으로 기울었다. 천명이 있긴 있나보다, 라고 여기게 되었다. 그게 아니면 끈이 풀린 생가의 똥개가 하고많은 동네 사람 가운데 왜 하필이면 내 음낭을 깨물었겠나. 천상의 옛 신들과 새로운 신들의 개입이 없다면 이 난제를 어떻게 설명할 것이며 또 그걸 어찌 받아들이겠나. 내 인생의 주인공이 왜 내가 아니고 왕일까, 라는 의문도 교관영감의 가르침과 결부시켰더니 자연스레 풀렸고 내시에게 부여된 가혹한 운명 또한 승인하게 되었다.

늦은 아침에 나는 겨우 눈을 떴다. 장지문을 열자 아침햇살이 사랑채의 골마루로 비쳐들었다. 밤사이 비가 그쳤나보다. 큰사랑으로 건너가니 벌써 기침하신 아버지가 서안 앞에 앉아 있었다.

"편안히 주무셨습니까."

문안 인사를 드리는데 아버지의 등뒤로 누런 병풍이 보였다. 병풍 속의 글은 아버지가 썼다. 한 행에 대여섯 글자로 써내려가다가 간간이 네 글자로 변하고 뒷부분에서는 두 행의 공간을 세 글자로 처리하거나 세 행의 공간을 두 글자로 처리하는 등 격식을 따지지 않고 자유롭게 흘려 썼다. 지인에게 빌린 귀한 서책을 필사하느라 아침 문안을 받는 둥 마는 둥 하던 아버지가 문득 고개를 들었다.

"선왕께선 목석같은 분이셨다."

"선왕이라 하시면."

"승하하신 철종대왕을 이르는 것이다."

간밤에 일찍 잠자리에 드시더니 꿈속에 선왕을 뵈었단 말인가. 그리하여 물에 풀린 국수처럼 부드러운 마음이 생겨나 이렇듯 철종을 기리는 것일까. 그게 아니라면 아버지가 아침부터 금지된 말을 꺼낼 리 없었다. 금풍가을바람이 불어오는 계절도 아닌 터에 면수麵水와 같은 마음이라니.

"선왕께선 천년의 국조國祚를 이어받아 조종祖宗의 성덕을 높이 밝히신 분이지만 친조부인 은언군의 무뚝뚝한 성품을 그대로 빼닮으셨다. 그래도 내겐 퍽 다감하셨지. 선왕의 다감함을 전부 적을라치면 서책 한 권으로는 모자랄 것이야. 선왕에 대한 여러 불측한 말이 대궐에 구구하게 흘러다니지만 임금의 다스림은 그 득과 실이 대신에게 달렸다."

아버지의 눈이 일순 매의 눈처럼 날카로워졌다.

"네가 보고 들은 것이 뭔지 묻지 않겠다. 세찬 바람에 굳센 풀을 알고 어지러운 세상을 맞이하면 곧은 신하를 안다고 했다. 자고로 신하된 자는 들고남을 신중히 하며 갈 곳과 안 갈 곳을 구별해야 되느니."

내가 운현궁에 다녀온 걸 이미 알고 있다. 아버지의 눈과 귀는 대체 어디까지 열려 있을까. 호랑이가 운현궁에만 있는 게 아니다. 효자동가에도 발톱을 숨긴 범 한 마리가 도사리고 있었다.

'아버지의 왕과 저의 왕이 다르듯이 아버지의 세상과 제 세상은 다릅니다.'

나는 말을 삼켰다.

"영보당이라고 했느냐."

아버지가 말을 돌렸다.

"네?"

"전하의 여자 말이다. 천상궁과 닮은 것이 마음에 들지 않아."

"어떤 면이……"

"얼굴이 해반주그레한 게 꼭 젊은 천상궁을 보는 듯했어. 그런 얼굴은 복이 없게 마련이지."

입궐할 때 아버지는 말을 즐겨 이용했다. 마을 아낙들은 말 위에 오르는 아버지를 곁눈질하며 신라의 화랑이 환생한 것 같다고들 했다. 그럴수록 어머니는 악을 쓰며 '아이고 타령'을 불렀다.

"서방이란 작자는 물건도 성하지 않은 것이 아이고 아이고…… 천날만날 천상궁을 만나러 가고 아이고 아이고……"

어머니의 기분에 따라 타령의 가사가 바뀌는데 아이고, 라는 후렴구는 바뀌지 않았다. 아버지는 천박하고 노골적인 가사 내용에 개의치 않았고 내시가 여인들의 삶의 방편이라며 '아이고 타령'을 너그러이 묵인했다. 그래서 마을 아낙들은 '아이고 타령'을 알았고 천상궁 또한 모르지 않았다.

필사에 열중하던 아버지가 붓을 내려놓았다. 그러곤 지통에서 꺼낸 새로운 한지를 반듯이 편 뒤 상아 문진으로 모서리를 눌렀다. 상아 문진은 천상궁이 선물한 것이다. 아버지가 정말로 천상궁을 사랑했는지는 알 수 없다. 대궐의 모든 여자는 왕의 여인이어서 누구도 그들을 사랑하지 못한다. 아버지의 목이 여태 붙어 있는 걸 보면 행동으로 옮기진 않았겠으나 그 심중은 아무도 모른다. 그만큼 의뭉한 면모가 있었다. 내시와 궁녀는 대궐에서 자주 부딪쳤고 그 일이 반복되면 서로 눈이 맞기도 한다. 잘못된 사랑 때문에 애태우던 어떤 내관은 파국을 맞는 대신 임금의 비호 아래 궁녀를 부인으로 맞기도 했다. 하물며 헌종과 철종이 사랑하고 의지한 남수중이라면……?

"너는 어머니와 사이가 좋아서 내 마음이 한결 놓이는구나."

"어머니는 따뜻한 분이셔요."

"왜 모르겠니. 조강지처로는 더할 나위 없지."

"그럼 천상궁마마는 어떤 분이셔요?"

지금 묻지 않으면 평생 안고 갈 궁금증이었다. 부자 사이에 묶인 매듭이 풀리자 아버지의 눈매가 서름하게 깊어졌다.

"너희 어머니는 천상궁을 내 외방여자로 간주하는데 그 사람은…… 그런 사람이 아니야."

그 사람. 천상궁을 지칭하는 아버지의 포근한 말. 어머니가 들었다면 당장 목을 맬지도 모른다.

"효자동가에 입양됐을 때 나는 마음 둘 곳이 없었던 추운 아이였지. 상선이신 아버지는 대궐에서 지내는 날이 많았고 막손할멈이 옆에 있었으나 살붙이가 아니어서 마음까지 나누진 못했어. 그때 천상궁을 만났다. 그녀는 생각시였어."

"……"

"며칠 전에 천상궁의 출궁 소식을 들었다. 집으로 여기던 대궐을 떠나게 됐으니 얼마나 섭섭할꼬."

추억에 잠긴 듯 아버지의 눈길이 허공을 더듬었다.

아버지는 천상궁이 장동에 기와집 한 채를 마련했다는 말을 소주방 상궁에게 들었다. 빈손으로 나가면 어쩌나 염려했는데 궐 밖에 집칸이나마 있다니 다행이다 싶었다. 그제야 얼어 있던 아버지의 마음이 얼마간 녹았다. 천상궁에게 만나자는 기별을 띄우고 후원에서 기다리는데 매미가 기승스레 울었다. 씨유— 씨유씨유씨유. 긴 호흡으로 울던 매미가 중간에 울음을 멈추더니 다시 소리를 드높여 울었다.

"상온어른."

발소리도 없이 다가온 천상궁이 쓰개치마를 조금 벗어내리자 고운 눈주름이 드러났고 이마에 상처 자국처럼 진 몇 가닥의 주름이 보였다. 풋사과처럼 앳된 태는 사라졌으나 숨을 들이쉬었다가 후— 하고 뱉을 때 풍기는 냄새가 여전히 달콤하게 느껴졌다.

"이제 뵙지 못하는 것입니까."

아버지의 손이 쓰개치마의 흰 깃으로 다가가자 돌담 너머에서 심술궂은 바람이 불어왔다. 둥글게 부풀었던 쓰개치마가 젖혀질 때 천상궁의 귀밑머리가 보였다. 갓 옮겨 심은 볏모처럼 여리디여린 귀밑머리가 바람에 가벼이 흔들렸다.

"어찌하랴, 자네를."

"쇤네를…… 한 번만."

"내 몸은."

아버지는 잘린 뿌리 부근에서 퍼지는 묵직한 통증을 느꼈다. 환지통과도 같은 허망한 몸의 반응. 두드려도 끝끝내 열리지 않는 문.

"우리는…… 자네도 알지 않느냐."

"작별인사로 그저 안아주십사, 하고."

천상궁이 쓰개치마를 앞으로 끌어내려 붉어진 얼굴을 감추었다.

"그건 헛꽃처럼 허망한 행위일 뿐."

고자의 사랑은 무용하기에 글깨나 읽은 선비들은 그걸 헛꽃에 비유했다. 아버지는 열매를 맺지 못하는 헛꽃의 힘을 빌려서라도 넘보면 안 될 것을 넘보고 싶었다. 자신을 막아선 담을 맨손으로 헐고 뚫어서라도 천상궁에게 다가가고 싶었다. 만지고 쓰다듬다 사나운 감정에 휩쓸리면 그녀의 몸을 할퀴어 영역 표시를 뚜렷이 남기고 싶었다. 같은 환관조차 '헛꽃의 허세'라고 일컫는 고자의 사랑. 들끓는 자신의 마음을 아버지는 허세로 단정하고 싶지 않았다. 그러기에는 천상궁과 보낸 시간이 많았고, 그 향이 짙었다.

"쇤네도 아옵니다, 다만."

울음을 삼킨 천상궁이 잠긴 목소리로 띄엄띄엄 말을 이어가다 담 너머로 수상쩍은 발소리가 들리자 돌연 목소리를 높였다.

"상온어른, 일간 찾아뵙겠습니다."

천상궁이 후원을 벗어나자 간간이 들리던 발소리가 끊겼다.

'우리의 일간이 남아 있긴 할까.'

다음을 기약하지 못하는 두 사람은 헤어질 때마다 마음을 졸이며 일간 보자고 말했다. 그들은 일간이라는 말을 항상 쓸 수 있으려니 생각했다. 죽음조차 그 일간을 비껴갈 거라고 여겼다. 떼고 싶어도 떼어지지 않던 여자. 고자 아닌 사람에게만 그런 사랑이 있으란 법은 없으니까.

천예분. 효정왕후가 사가에서 데려와 친딸처럼 애지중지 기르던 아이. 갓난아기 때 포대기에 싸인 채 대궐로 들어온 예분의 신분은 생각시에 불과하나 그 이상의 대접을 받았다. 대궐이 예분의 집이었다.

"얘, 거기 잠깐 서봐."

예분이 아버지를 불러 세웠다.

"너 효자동가에 살지?"

"그건 왜?"

"내 이름은 천예분이다. 똑똑히 알아둬."

"알고 싶지 않아."

예분의 말을 퉁명스레 받아친 날부터 아버지의 마음이 때없이 들썽거렸다. 상직소환이 머무는 공간에는 툭탁거리는 발길질소리가 끊이지 않았으나 생각시 처소에선 앵앵거리는 벌떼 소리, 새들의 지저귐 같은 명랑한 소리가 흘러나왔다. 아버지는 그후 생각시 처소를 지날 때마다 주위를 살피게 되었다. 오늘은 예분이 나와 있지 않을까, 라는 기대에 부풀어서. 예분은 효정왕후의 전각인 자궁慈宮에 머물렀고 생각시 처소에는 이따금 가는 눈치였다. 그런데도 두 사람은 자주 만났다. 대궐의 동문 앞에서, 갑자기 퍼붓는 소나기를 피하려고 뛰어든 어느 전각의 담장 밑에서, 급한 용무를 해결하기 위해 헐레벌떡 뛰어가던 다리 위에서. 아버지가 대궐의 큰길로 들어서면 예분이 맞은편에서 상궁마마의 뒤를 따라오기도 했다. 천예분은 대궐 곳곳에 있었다. 대궐은 넓다면 넓고 좁다면 좁은 곳이었다.

"남수중, 이건 선물이야. 네 필체가 아주 뛰어나다며."

예분에게 받은 상아 문진을 아버지는 부적처럼 품속에 지니고 다녔다. 어려서부터―생가의 형제 가운데 자신이 효자동가의 양자로 뽑혔으니 차후 그들이 살아갈 방도를 마련해

줘야 한다는—중압감에 짓눌린 아버지와 달리 예분은 한 송이 모란처럼 자랐다. 따사로운 햇빛을 받으면 꽃잎 속에 숨긴 노란 꽃술을 활짝 드러내고야 마는 탐스러운 모란.

아버지는 자라면서 말수가 점점 줄었다. 자신의 몸속을 침묵으로 가득 채웠다. 있을 게 없어서 더 그랬을 수도. 내시가 자존감이 있는 존재란 걸 가르쳐준 건 할아버지 윤이신이 아니라 천상궁이었다. 그녀가 특별한 말을 전한 건 아니다. 그저 누이이며 동무로 옆에 있었을 뿐인데 저절로 알게 되었다. 자존은 높고 귀한 곳에만 존재하는 게 아니라는 것을. 아버지는 그 계기로 내시라는 직업을 곰곰이 되짚어보았다.

대궐에 들어간 지 삼 년이 되자 할아버지가 백미 열 섬을 주고 며느리를 사 왔다. 효자동가에 들어온 어머니는 낚싯바늘에 걸린 물고기처럼 파닥거리며 자신의 존재를 만방에 생생히 과시했다. 하자 있는 몸을 가진 남편과 만만치 않은 시부모 등 열악한 조건 속에서도 오기와 깡으로 하루를 버텼고, 백미 열 섬에 팔려왔다는 소문을 이태 만에 뜬소문으로 만들었다. 어머니가 '아이고 타령'을 읊으면 칙칙한 그늘이 드리운 효자동가에도 생기가 흘렀다.

"서방이란 작자는 물건도 성하지 않은 것이 아이고 아이고…… 천날만날 천상궁을 만나러 가고 아이고 아이고……"

어머니가 '아이고 타령'을 읊을수록 아버지는 천상궁에게 달려가고 싶었고, 천상궁을 바라보기만 해도 내장이 타는 듯했다고, 가질 수 없었기에 몸이 더 뜨거워졌다고 넌지시 말했다. 낯을 붉힐 만한데도 굳은 얼굴로 말했다. 성년이 된 나에게 내시의 성에 관해 알려주던 자리에서였다. 평소 언행이 무거운 분이었기에 매우 놀랐다.

"그 감정을 어떻게 표현하면 좋을까. 폭우로 범람한 강물에 몸이 빨려들어간 듯했어. 황토색 강물이어서 수심조차 알 길이 없었지. 나는 굽이치는 물살에 몸을 맡긴 채로 그냥 떠내려갔다. 안 그랬으면 숨이 막혔을 테니."

"지금은 어떤 마음이셔요?"

"강기슭에 간신히 닿았구나."

"이제 평온하십니까."

"평온하면 그게 사람이겠느냐."

"……?"

"너도 고비가 한 번쯤 있을 게야. 그땐 나처럼 물살에 휩쓸리지 말고 중심을 단단히 잡아야 한다."

나는 그날 비로소 아버지의 마음속 풍경을 구경했다.

사륵사륵 기방

 금방 대전에 들어갈 줄 알았는데 한 달이 넘도록 소식이 없었다. 상심하며 지내던 중에 운현궁의 전갈을 받았다. 나더러 도렴동에 위치한 사역원에 다니라고 했다. 왜인이라면 고개를 흔들던 대원위대감이 왜학 생도방에 들어가라고 콕 집어 하명했다. 사역원은 외국어 교육담당 관아였다. 생도들에게 왜학(일어)과 한학(중어와 청어), 몽학(몽고어), 여진학(만주어)을 가르쳤다. 그해 사역원의 왜학 생도방에는 역관(통사)의 자제들이 유난히 많았다. 열네 명의 당상 역관을 배출하여 명문가로 이름난 현 역관의 열한번째 아들인 일곱 살짜리 생도도 껴 있었다. 학습 시간에 현 생도가 떼를 쓰는 등 면학 분위기가 엉망이어서 나는 신임 훈도에게 한학 생도

방으로 옮겨달라고 부탁했다. 왜어는 뜨는 학문이고 한학은 지는 학문이라 어렵지 않게 옮길 수 있었다. 한학 생도방에서 『노걸대』와 『박통사』를 배웠으나 내 성적은 형편없었다. 내시는 역관의 수장인 수역首譯이 되지 못할뿐더러 역과를 치를 생각조차 없었으니 당연한 결과였다.

나는 사역원이 파한 후 윤가와 함께 장안을 누볐다. 그때 세상 이치를 깨달았고 상선 오자흔의 마음도 헤아리게 되었다. 오자흔의 성정이 혹독하여 양대방을 매질한 게 아니다. 오자흔은 양대방이 아니라 세상을 향해 매를 들었다. 원인은 공정하지 못한 출발선 때문이다. 출발선이 뒤쪽에 있는 사람은 앞사람보다 빨리 달려야 겨우 따라잡는다. 아버지가 날 따뜻이 품은 것은 효자동가의 양자였기 때문이다. 오자흔의 처지와 비슷했다면 아버지도 심하게 다그쳤을 것이다.

왜냐? 우리는 고자니까.

고자는 고자와의 경쟁에서 밀리면 안 된다는, 그것만은 결코 용납하지 못하는 이상한 강박증이 있었다. 고자는 기세 싸움에 능하고 매우 정치적이다. 자의든 타의든 어려서부터 대궐에서 지낸다. 대궐이라는 정치판에서 자라고 그곳에서 늙기 때문에 고자와 정치는 분리할 수 없다. 윤가는 바깥세상으로 통하는 관문과 같았다. 그를 만나면 한동안 붙들려 있어야 했다. 산을 타던 사람이 해종일 집에 있자니 무료하여 생병이 날 지경이라며 어떤 방법으로든 날 붙잡아 그 자리에 주저앉혔다.

"우리가 알게 된 지는 오 년 남짓하나 먹고 자며 혈육처럼 지냈으니 실로 기이한 인연일세."

그날도 윤가의 방에서 노닥거리는데 끄무레하던 서창이 훤하게 밝았다.

"형님, 비가 그친 모양입니다."

"이런 날은 술을 마셔야 되는데."

윤가가 참참, 하는 혓소리를 내며 입맛을 다셨다.

"꿉꿉한데 뭔 술이오?"

"술은 흐린 날에 마셔야 한다네."

나 같은 골샌님은 장통방 기생집에 가봐야 한다며 윤가가 설레발을 쳤다. 나는 아버지처럼 살기 싫었고 여느 내시들처럼 고만고만하게 살기도 싫어서 윤가의 말에 동의했다. 우리는 중문 쪽의 샛문을 열고 밖으로 나왔다. 날이 개는 줄 알았는데 검은 구름 사이로 지던 노을이 잠깐 나온 거였다. 천변을 끼고 새다리 수표교로 올라서자 바람에 나부끼던 이슬비가 제법 굵은 빗줄기로 변했다. 장통교를 지나니 기방의 중노미들이 나와 대문 앞에 홍등을 걸고 있었다. 나는 웃옷을 걸어들고 골목으로 뛰어들었고, 입구에서 가까운 어느 기방의 겹집으로 된 봉당에서 젖은 옷을 털었다. 갓모를 벗고 웃옷을 벗어드는데 툇마루의 기둥에 등을 기댄 기생이 보였다. 그녀는 초록 치마의 끝자락을 저고리 앞섶에 착 말아 붙인 채로 비가 내리는 정원을 바라보고 있었다.

"오마나, 운현궁 선다님 아니셔요. 어찌 기별도 없이 오셨다요."

초록 치마가 봉당으로 들어서는 윤가에게 호들갑을 떨었다. 장승규 패거리와 자주 어울린 탓에 운현궁 사인방으로 오해한 모양이다.

"심심하게 지냈더니 불현듯 임자 생각이 나더구먼. 마침 목도 컬컬하고."

윤가가 초록 치마를 쳐다보며 벌쭉 웃었다.

"안 그래도 발길이 뜸하여 궁금하던 참입니다. 청수하게 생긴 이 도령은 누구신가요."

"내 귀인일세. 잘 모시게나."

"이를 말입니까. 큰방인 매화실로 드시지요."

초록 치마가 배시시 웃으며 앞장섰다.

"오늘밤 풋도령의 꼭지를 따자고."

"선다님 덕분에 모처럼 좋은 구경을 하겠네요."

장통방 색주가는 중앙 복도인 골마루를 중심으로 여러 개의 방이 좌우로 들어서 있다. 방과 방은 창호가 발린 여닫이문으로 연결되는데 굳이 중앙 복도로 나가지 않아도 창호문을 밀면 바로 옆방이 나온다. 복도 왼쪽에 들어선 다섯 개의 방은, 가벽 역할을 하는 다섯 개의 창호문을 차례차례 밀어 젖히면 하나의 큰방이 되었다. 두 개의 방을 트면 이십 명, 세 개의 방을 트면 삼십 명의 단체 손님을 받을 수 있다. 손님이 술을 한 잔 비울 시간에 기생들은 다섯 개의 방을 가뿐히 드나들었다. 조선의 건축물 가운데 동선의 효율성을 가장 많이 고려한 것이 색주가의 기방이었다.

초록 치마를 따라 매화실로 들어서니 벌써 열서너 개의 등촉이 휘황하게 밝혀졌다. 매화실은 상하 방으로 길게 나뉘었는데 윤가와 내가 상방에 자리를 잡자 초록 치마가 하방의 창호문을 열어젖혔다. 그 문으로 밑머리에 큰머리를 얹은 기생들이 엮인 굴비처럼 줄줄이 들어왔다. 그때 문밖이 어수선해졌다.

"분홍이가 매화실에 있다 하질 않았느냐."

"먼저 오신 손님들이 계셔서요."

"분홍의 얼굴만 살짝 보고 갈 터이니 잠시 불러주게."

"조금만 기다려주시면 기회를 봐서 그리합지요."

"됐다, 어느 세월에."

문밖에서 두런거리는 소리가 들리더니 낫살이 지긋한 기생어미가 들어와 윤가에게 뭐라, 뭐라고 귓속말을 건넨 후 밖으로 나갔다.

"궂은 날에 한방에 머무는 것도 잠깐의 인연으로 알면 고만 아니겠느냐."

점잖은 사내의 목소리가 문틈으로 들려왔다.

"그건 저희로서도."

사내를 막아서는 기생어미의 목소리도 들렸다.

"어험. 듣자 하니 손들이 매화실에 들기를 청하는 모양인데 허물없이 어우러져 일 잔 술을 나눌 양이면 그리하시라 일러라."

윤가가 점잔을 빼며 기생어미에게 느긋이 말하자 문밖에 있던 선비들이 멋쩍은 듯 헛기침을 하며 매화실로 들어섰다.

"마음을 써주어 고맙소."

의관이 멀끔한 선비가 윤가에게 인사치레를 했다. 그들의 행색을 훑은 윤가가 재빠르게 선수를 쳤다.

"행여 이 방에서 양반티를 낼 생각일랑 마시오."

"곁다리로 낀 형편에 반상을 논할 처지는 아니지요."

"오늘밤은 귀천도 반상의 구별도 없는 것이오."

"그럽시다. 돈이 있으면 양반을 사고 벼슬도 사는 놈의 세상. 감투 팔아 한 냥 반, 개 팔아 두 냥 반에 앗싸 멋져라 개화양반, 돌양반까지. 반상의 법도가 무너진 지 하마 오래됐지요."

전작이 있었던 듯 선비들은 윤가의 너스레를 불쾌하게 생각지 않았다. 그들이 자리에 앉자 윤가가 통성명을 했다.

"이 근방에 몸 붙이고 사는 윤가라 하오."

"효자동에 사는 반가 석호라 합니다."

나도 짧게 끊어 인사했다. 선비들은 패랭이를 쓴 목자 불량한 윤가와 새침한 나의 조합을 괴이하게 여기는 눈치였으나 그들도 곧 통성명을 시작했다.

"동소문 안 홍문동에서 온 김구한이오."

"남산동 딸깍발이라 하오. 여름이면 나막신을 신는데 딸깍거리는 소리가 유난히 크다며 동무들이 그리 부른다오."

"북촌에 사는 안영이오."

의관이 멀끔한 선비가 마지막으로 통성명을 한 뒤 윤가를 바라보았다.

"혹시 대원위대감댁에서 일하는 분 아니시오. 운현궁 근처에서 자주 뵌 것 같소만. 사인방의 활약이 대단하다 들었소."

"잘못 짚으셨소. 그들과 무람없이 지내긴 하나 운현궁 사인방은 아니오."

"내가 사람 보는 눈이 어두워 헛갈렸나봅니다. 오늘 우리가 결례를 한 것은 분홍의 가야금 때문이라오. 분홍의 가야금을 들은 뒤로는 잠이 안 오고 서책도 손에 잡히질 않으니 낭패도 이런 낭패가 없답니다."

대화가 잠깐 끊겼을 때 주안상이 들어왔다. 두 명의 사내가 목판에 들고 온 음식을 뒤따라 들어온 부엌어멈이 교자상에 늘어놓았다. 온면과 편육, 정과, 수란, 국화전이 놓였고, 갈비찜과 오징어순대가 교자상 가운데 자리잡았다. 선비들과 합석하니 술과 안주가 푸짐하여 좋았다. 처음에는 나와 윤가, 선비들이 따로 얘기를 나누다 술이 한 순배 돌자 격의 없이 서로 어울렸다. 선비들은 동문수학한 사이여서 정이 두터워 보였다. 그들은 다가올 식년시를 준비한다느니 시문초집을 준비중이라느니 하는 말을 가끔 입에 올렸다.

"이번 과거시험의 급제자도 암암리에 정해졌다는 소문이 파다하네."

"나도 들었네만, 설마 그렇게까지 하려고. 천하의 권력자도 과시는 건드리질 못했잖아."

"순진무구한 사람 좀 보게나. 그러니 자네의 시문이 그토록 담박했던 게야."

"안영, 대놓고 날 욕보이는군."

"고귀한 가문에서 태어난 놈은 공부하지 않아도 합격이 보장되고, 사수 없이 홀로 독학한 자는 눈가가 짓무르도록 서책을 파도 낙방거사를 면하기 어려우니. 이래서야, 원."

안영이 푸념하자 다른 선비들도 한마디씩 말을 보탰다.

"우리처럼 없는 놈들은 이제 움치고 뛰어본들 뾰족한 수가 없다네."

"밟고 올라갈 사다리마저 없어졌으니 조선의 미래도 없다고 봐야지."

"큰일일세. 주나라의 도가 크고 풍성한 것은 대사도大司徒가 탁월한 인재를 뽑았기 때문이고, 한나라의 정치가 밝은 것은 공거부公車府에서 조서를 내려 현량을 구한 것이라 했거늘."

"망조가 들어도 단단히 든 세상, 노사숙유老師宿儒의 한탄이 끊기질 않는다네."

"조선의 앞날이 걱정이구먼."

"시국이 이럴 때는 술독에 빠져 지내는 것도 한 가지 방편일세. 술판도 푼푼히 벌어졌겠다, 근심 걱정일랑 내려놓고 오늘은 어우렁더우렁 어우러져 실컷 마시세."

오늘밤의 돈줄로 보이는 의관이 멀끔한 선비가 호탕하게

웃으며 술잔을 돌렸다. 기생들이 노래와 웃음으로 주흥을 돋우자 술잔이 두어 순배 돌았다. 내 눈에는 매화실에 둘러앉은 기생들이 모두 아름다웠고 제각각 취할 면이 있어 보였다.

"이곳에 빼어난 예기가 있는 모양이오. 여러 번 왔는데도 나는 분홍의 가야금 가락을 듣지 못했소."

윤가가 안영에게 말했다.

"흥취가 돋아야만 가야금을 잡는 아이여서 그렇습니다."

"누가 분홍이더냐. 선비님들 덕분에 귀호강 좀 하세."

윤가가 청하자 끝에 앉은 기생이 한 손으로 저고리 고름을 살며시 누르며 일어섰다. 분홍의 얼굴은 평범한 축에 속하나 눈썹이 짙었고 콧대가 오똑하여 성깔깨나 있어 보였다. 그녀는 매화실의 하방에 책상다리를 하고 앉더니 가야금을 무릎 위로 비스듬히 올렸다. 이어서 왼손으로 기러기발을 눌렀다 놓았다 하며 가야금을 퉁기자 한 기생이 나와서 장구채를 잡았다. 자리에 앉고 서는 그녀들의 동작이 물 흐르듯 자연스러웠다.

덩기덕 두르릉 쿵 따.

가야금산조였다. 진양조에서 중모리인가 싶으면 중중모리로 휘몰아치다 자진모리로 건너뛰는 등 가락을 가지고 놀았다. 소리가 맑되 새되지 않고 정하되 가볍지 않았다. 안영의 어깨가 움찔거리더니 수굿이 처진 그의 두 팔이 가락을 타고 느릿느릿 움직이기 시작했다.

"무명실로 꼬아 만든 가야금 열두 줄에 이렇듯 사로잡히다니."

"안영, 자네는 가슴을 베일까 겁먹은 얼굴일세."

"가야금 실력의 끝이 어딘지 도무지 모르겠구먼."

"장단을 맞추는 연주자는 상대의 옷깃만 보고도 전체 화음을 탈 줄 안다고 하더니 저 장구잡이의 실력도 여간 아니네."

"한두 해 맞춰본 사이겠는가."

선비들이 저마다 소감을 밝혔다.

"웬일이냐. 콧대 높은 분홍이가 선뜻 가야금을 타다니."

"청수하게 생긴 도령에게 관심 있는 모양이오."

초록 치마가 날 지목하자 기생들이 와그르르 웃음을 터뜨렸다.

"꽃처럼 고운 애야. 저 풋도령에게 한 잔 따라 올려라."

윤가가 옆구리를 찌르자 노랑 저고리를 입은 기생이 술잔을 쥐고 일어섰다.

"잡으시오. 잡으시오. 이 술 한 잔 잡으시면 천만년이나 사오리다. 명사십리 해당화야 꽃 진다고 설위 마라. 명년 삼월 봄이 오면 너는 다시 피려니와 가련하다 우리 인생 뿌리 없는 부평초라."

"크, 권주가 가락이 잔잔하니 좋구나. 석호 뭐해. 어서 받질 않고."

윤가의 성화에 노랑 저고리가 건네는 술잔을 받았다.

"자네는 이런 술자리가 처음이지. 첫잔은 아랫사람이 먼저 따르고 둘째 잔은 윗사람이 응대하여 따라주면 셋째 잔부터 자유롭게 마시는 거라네."

내가 빈 잔에 술을 따르자 노랑 저고리가 받아서 단숨에 들이켰다.

"잘생긴 도령이 주는 술이라 그런지 꿀처럼 달구려."

"그 도령이 누군지 아느냐? 효자동에 가서 인물 자랑하지 말라던 소문의 주인공이니라."

"어쩐지 예사 인물이 아니다 싶었어요. 소문의 당사자를 만나다니 사뭇 영광이어요."

본디 소문은 남이 내는 것인데 어머니가 동네방네 냈다.

"아드님이 훤칠한 미남이 될 거라는 건 까까머리일 때부터 알아봤네요. 고대광실의 귀한 공자님도 내 새끼 인물만 못하지요."

"부끄럽습니다. 고슴도치도 제 새끼는 곱다고 했어요."

어머니는 소문의 근원지가 당신이라는 걸 끝내 숨겼다. 준수한 용모가 내시한테 무슨 소용이겠느냐만 그렇게라도 내게 힘을 실어주고 싶었나보다. 내시의 아내는 인내심을 가지고 양자를 길러야 한다. 갓 낳은 새끼를 낯선 둥지로 밀어넣는 뻐꾸기의 심정과 하루아침에 낯선 둥지로 떨어진 새끼 뻐꾸기의 마음을 동시에 헤아리며 제 새끼인 양 품어야 한다. 그러구러 키운 양자가 성년이 되면 반말을 하지 못한다. 일껏 키우고 대접은 절반만 받는 셈이다. 게다가 나는 순한 새끼 뻐꾸기가 아니었다. 앞날에 대한 상심 때문에 방문을 닫아걸고 상스러운 욕설을 혼잣말처럼 조용히 내뱉기도 하던 사춘기. 이렇게 귀여운 양모가 곁에 있어주어 질풍노도의 시기를 무탈하게 보냈다.

"아침에 까치가 울더니 금란이가 횡재를 했구나."

기생들이 생긋벙긋 웃으며 추파를 던졌다. 효자동 도령이라면 내시가의 자제냐고 안영이 물었다.

"상온영감의 양자라오."

윤가가 말하자 의관이 멀끔한 선비가 노랑 저고리를 돌아봤다.

"밤일은 물건너갔는데 그래도 좋으냐?"

"효자동 도령의 품에 안기는 것이 제 소원이오. 밤일은 없어도 좋고요."

의관 멀끔한 선비가 피식 웃었다.

"작히도 좋겠구나."

"남정네들은 우리네 마음을 모른다니까."

"요망한 것하곤."

"효자동 도령의 거시기를 바지랑대처럼 꼿꼿이 세우면 어떡할 참이오?"

"고자는 거시기가 없다는 걸 정녕 모르느냐?"

얼떨결에 말을 뱉은 남산동 딸깍발이가 제 손으로 입을 막으며 눈치를 살폈다. 방안에 한동안 정적이 흘렀다.

"술이 과해서 나온 언사이니 상궤를 벗어난 동료의 허물을 용서하길 바라오."

의관 멀끔한 선비가 너름새 있게 말머리를 추스르자 윤가가 술이 담긴 잔을 탁자에 힘껏 내려놓았다. 출렁이던 술이 잔 밖으로 흘러내리자 선비들의 얼굴이 굳었다.

"에헤, 이 친구가 앞으로 고자라는 말을 숱하게 들을 테니 오늘은 신고식 하는 셈 칩시다. 고자라는 말에 굳은살이 올라야 세상살이가 편하질 않겠소. 안 그런가, 석호."

취한 윤가가 말을 멈출 리 없었다.

"이 친구의 거시기는 멀쩡히 붙어 있소. 소피보는 걸 훔쳐봤다니깐."

"음경이 있으면 음낭만 없을 테니 스무 번에 한 번 정도는 성교가 어찌어찌 가능하나 파정은 어려울 게요."

남산동 딸깍발이가 또 아는 체를 하자 옆에 있던 선비가 헛기침을 했다. 이게 성인식이라면 얼른 끝내고 싶었다. 한편으론 나도 좌중의 분위기를 능수능란하게 휘어잡는 윤가처럼 도량 넓은 어른이 되고 싶었다.

"이참에 날 기생첩으로 들여앉히시구려."

노랑 저고리가 내 팔짱을 끼자 얼굴이 붉게 달아오르며 사타구니가 뻐근해졌다. 처음 접하는 몸의 반응이었다. 지레 놀라서 아랫도리의 변화에 집중하자 뻐근하던 기운이 이내 시들어버렸다. 푸시시…… 꺼져버린 욕망, 거품처럼 가벼운 고자의 욕정.

"너의 노력이 가상하다. 오늘밤 풋도령의 수청을 들 것이냐?"

윤가가 성긴 턱수염을 쓰다듬으며 느물거렸다.

"하방천기로 효자동 도령 같은 사내를 모시는 것은 제 분에 넘치는 영광인데 싫다 할 리 있소이까."

노랑 저고리가 흥흥거리며 콧소리로 대답했다.

"우린 들러릴세."

"오늘 술을 달게 마시고 분홍의 가야금을 들었으니 입가심 귀가심은 톡톡히 했네."

선비들이 벗어놓은 웃옷을 주섬주섬 입었다. 언제 사라졌는지 분홍은 보이질 않았다. 선비들과 매화실을 나와 우물마루를 지날 때였다. 까치등거리에 깔때기를 쓴 의금부나장과 붉은 옷에 호화로운 장식을 단 액정서 대전별감이 불콰한 얼굴로 정원에 내걸린 홍등 아래를 지나갔다. 나장이 관복을 걸친 채 기방을 무시로 드나드니 장안의 이름난 주먹패도 인정전을 얼마간 베풀지 않으면 자기 구역을 지키지 못할 정도였다.

"나라꼴이 어찌될지 말세네그려."

"기생을 옆구리에 끼고 해결할 중차대한 임무가 생긴 게지."

빗대어 험담하는 선비들을 보낸 후 윤가와 초롱을 든 아이를 앞세우고 대문을 나섰다. 수청을 든다는 노랑 저고리를 떼느라 대문 앞에서 옥신각신하다가 담 위에 박힌 뾰족한 사금파리를 보았다. 다른 기방의 담 위에도 사금파리가 빼곡히 박혔다. 저따위 사금파리를 겁낼 도둑은 없으나 저게 있는 것과 없는 것의 차이는 크다. 내게도 사금파리 역할을 하는 것이 하나쯤 있으면 좋으련만. 노랑 저고리에게 얻은 지우산을 펼쳐 드는데 윤가가 도포 자락을 잡아당겼다.
"어서 가세. 순라군이 돌 시간이네."

괴이한 주검이 가리키는 진실

훗날 나는 장통방 색주가에서 박유붕의 집까지 걸어간 그 길을 수십 번 떠올렸다. 좁은 골목이나 어두운 갓길에서 사건의 실마리를 찾지 않을까, 라는 간절한 소망 때문에. 그날 기방을 나오니 비단실 같은 이슬비가 내렸고 짙게 낀 안개 때문에 앞길을 분간하기 어려웠다. 갓길의 수채에선 역한 음식찌끼 냄새가 풍겼다. 수표교 어귀에 이르자 파시가 된 장마당은 휑뎅그렁하게 비었고 함지박을 머리에 인 노파 한 명이 은행나무 밑을 지나 안개 속으로 사라졌다. 나는 윤가와 함께 종루의 시전 행랑까지 내려와 피마동으로 접어들었다. 설렁탕과 선지탕 등 장국밥을 파는 점방이 줄지어 이어졌는데 거반 문을 닫아 골목이 어두웠다. 불을 밝힌 선술집이 한 군데 있었으나 주인인 듯싶은 초로의 사내가 바깥 화덕 앞에 벌인 좌판을 걷는 중이었다. 윤가는 진흙이 묻은 미투리를 선술집의 문 앞에 깔린 가마니에 문댔다.

"무슨 날씨가 이래요. 노중 객사를 해도 모르겠네요."

나는 무심코 뱉은 이 말을 두고두고 후회했다. 그날 윤가와 인적이 뜸한 길을 가는 동안 짙은 안개가 서서히 풀리던 풍경이며 비루먹은 개가 얼쩡거리던 좁은 골목과 나지막한 처마밑에서 발작적으로 울어대던 갓난아기의 검질긴 울음소리를 분명히 기억한다.

"오늘은 내 방에서 자고 가게."

"어머니와 할머니가 걱정하실 텐데요."

"곧 인경인데 효자동까지 언제 넘어갈 텐가. 도중에 순라군에게 잡히기 십상일걸."

박유붕의 집이 있는 골목 앞에 다다랐을 때 종루의 대종이 연이어 울렸다. 알맞은 시간에 도착했다며 숨을 돌리는데 옆에 있던 윤가가 중얼거렸다.

"대문이 웬일로 열려 있지?"

허둥지둥 대문으로 들어선 윤가가 부시와 부싯돌을 찾아서 대초롱의 불을 밝혔다.

"부사어른이 오셨나? 기별 없이 오시진 않는데."

"급한 일이 생겼나보죠."

윤가가 고개를 갸웃거리며 말했다.

"어라? 마구간이 비었네."

대문채에 딸린 마구간을 쳐다보니 괴괴한 적막이 감돌았다. 뭔가 이상하다. 박유붕이 마방에 말을 맡길 턱이 없다. 여기서 가까운 마방이랬자 오십 리 밖에 있다.

'박유붕이 마방에 말을 맡기고 오십 리를 걸어서 집에 온다고? 이렇게 궂은 날에 딸린 겸종도 없이……'

내가 생각에 잠긴 사이 윤가가 걸음을 재촉했다.

"집을 한 바퀴 둘러봐야겠네."

대문채의 왼편에는 청지기 방이 딸린 행랑채가 바깥담에 잇대어 있고 오른편에는 기와를 얹은 사랑채의 흙담이 막아섰다. 그 옆에 쪽문이 하나 있는데 내외를 구분한 뒷간이었다. 뒷간 앞에서 윤가가 대초롱을 들어 바깥마당을 비추었다.

"나는 안채로 건너갈 테니 자네는 사랑채로 가게. 부사어른이 오셨다면 둘 중 한 곳에 계실 테니."

외피를 씌운 대초롱에 불을 붙여 들고 사랑채로 들어서니 나를 반기는 건 컴컴한 어둠뿐, 인기척이라곤 없었다. 가구를 들어낸 흔적이 완연한 사랑방을 살펴보는데 담 너머로 탁

나의 마지막 조선

한 비명이 들렸다.

"형님."

윤가를 소리쳐 불렀으나 사방이 고요했다. 대초롱을 들고 안채를 향해 부리나케 달렸다. 둘둘 말린 가마니가 외벽을 의지한 채 층층이 쌓인 창고를 지나 행랑채 어귀에 이르자 바깥마당의 짙은 어둠 속에 둥글게 뭉친 검은 덩어리 같은 것이 어슴푸레 보였다.

"거기 형님이죠?"

무섬증이 왈칵 일었다.

"어어…… 주인어르신."

윤가의 목소리였다. 주인어르신이라면 박유붕을 칭하는 말이 아닌가. 나는 검은 형체 쪽으로 한 발 한 발 다가갔다. 일렁이는 초롱불 아래로 관복 차림의 남자를 껴안은 윤가의 얼굴이 드러났다.

"이럴 수가!"

관복을 입은 박유붕의 눈에 화살 한 발이 박혀 있었다. 고개가 꺾여 있어 화살이 박힌 눈에서 나온 핏물이 안대를 쓴 눈 쪽으로 흘러내렸다. 그 바람에 얼굴의 절반이 핏물에 젖은 터라 박유붕은 반쪽짜리 붉은 복면을 쓴 것 같았다.

'애꾸가 하나뿐인 눈마저 잃다니.'

박유붕의 코밑에 손을 대보니 숨이 끊겨 있었다. 내 심장이 무섭게 요동쳤다.

"어어, 어허허…… 이 어인 횡액이오!"

기어이 윤가가 쇳소리 섞인 울음을 쏟아냈다. 나는 화살 박힌 눈으로 손을 가져가려다 이내 물러섰다. 박유붕의 심장에도 짧은 화살 한 발이 박혀 있었다. 윤가가 화살을 뽑다가 화살대의 중동을 꺾어버린 모양이다. 박유붕의 성한 눈에 박힌 한 발의 화살. 그 뒤에 숨은 자가 가리키는 명령 혹은 의도가 너무 강하게 느껴지는 바람에 심장에 박힌 짧은 화살은 미처 보지 못했다. 박유붕의 성한 눈을 겨냥한 것은 보지 말아야 할 것을 봤다는 뜻인지도 모른다. 애꾸를 장님으로 만든 뒤 숨통을 끊어버리는 것처럼 무서운 일이 또 있으랴.

이런 방식의 기이한 주검이 전에도 있었다. 내시 김처선의 죽음. 연산군 때 일어난 김처선 사건과 박유붕 사건은 유사한 부분이 많다. 팔다리를 잘린 김처선은 가슴에 화살을 맞고 죽었다. 애꾸인 박유붕은 첫번째 화살로 장님이 되었고, 두번째 화살로 죽음을 맞았다. 김처선은 연산군의 분노 때문에 죽은 뒤에 배가 갈라졌고 그의 시신은 호랑이 먹이로 던져졌다. 박유붕은 무엇 때문에 살해당한 것일까. 내시 김처선과 관상가 박유붕, 연산군과 일인지하만인지상의 자리에 오른 대원위대감.

'아니, 아니지.'

장안 제일의 관상가인 박유붕이 웃전의 성정을 모를 리 없고, 대원위대감은 연산군처럼 포악하지 않다. 대원위대감의 최측근인 박유붕을 죽일 만큼 배포 큰 자가 조선에 있었다니.

"정신 차려요!"

나는 윤가의 어깨를 와락와락 흔들었다.

"행랑채에 쓰러져 계신 줄도 모르고 다른 곳만 뒤졌으니. 이 미련퉁이는 죽어서도 머리를 둘 곳이 없소. 어어어…… 어헝……"

울고 있을 때가 아니라며 채근하자 윤가가 양 발끝을 안으로 우긋하게 모으며 일어섰다. 박유붕을 안고 있느라 무릎이 뻣뻣해진 것 같았다. 바깥마당에 관솔불을 밝힌 후 윤가와 함께 박유붕의 시신을 들어 반듯이 뉘었다. 윤가는 박유붕의 심장에 박힌 화살을 뽑은 다음 성한 눈에 박힌 화살마저 뽑으려 했다.

"그건 나중에. 범인부터 잡아야 되질 않겠습니까. 부사어른의 시신을 보셔요. 피가 굳지도 않았어요."

우리는 집안을 꼼꼼히 수색하기로 했다. 중문을 둘러보고 있는데 윤가가 별채의 담장 앞에서 손짓을 했다.

"이것 봐. 놈들이 여기 있었어."

대초롱을 기울이자 그의 발 주변에 떨어진 기와 조각들이 보였다.

"담장에 올라가야겠네. 저기 사다리 좀 주게."

사다리를 가져다 별채의 담장에 걸치자 윤가가 그걸 밟고 재빨리 담 위로 올라갔다. 그때 검정 쾌자를 입은 장정들이 중문으로 뛰어들었다. 머리에 벙거지를 쓰고 곤봉을 휘두르는 품이 순라군들 같았다. 그 뒤로 화승총과 창검으로 무장한 한 떼의 포졸과 동네 사람들이 모여들었고, 전립을 쓴 중년 사내가 사람들을 헤치며 앞으로 나섰다. 전립에 깃털 장식을 한 것으로 봐선 포도부장쯤 돼 보였다.

"저놈을 포박하라!"

포도부장의 호령이 떨어지자 사다리를 타고 올라간 포졸들이 윤가를 끌어내렸다.

"이거 놓으시오. 나는 부사댁 사람이오."

반항하는 윤가를 붉은 오라로 묶은 포졸들이 화승총을 겨누자 포도부장이 등채를 흔들며 느긋이 말했다.

"부사댁 사람이라면? 하인이라는 말인데."

"뭐, 그와 비슷하게 눌러 지내는 형편이오만."

"주인이 참변을 당했는데 하인 놈이 담을 타고 도망을 쳐?"

"아니오! 담 밑에 떨어진 기와 조각이 수상하여 담장을 살펴보던 중이었소."

"한데 나는 왜 네놈이 수상하게 느껴질까?"

"집에 오니 부사어른이 쓰러져 계셨소. 화살을 맞고 돌아가신 후였단 말이오."

"남양부사가 참변을 당하던 시간에 네놈은 이곳에 없었단 말이지?"

"장통방 색주가에 있었소."

"허."

포도부장의 얼굴에 야릇한 미소가 번졌다. 그는 발밑에 떨어진 기와 조각을 주운 뒤 소매 안에서 꺼낸 손수건으로 그걸 소중히 감쌌다.

"담을 탄 행위는 그렇다 해도 주인이 본가 행차를 하는데 하인 놈이 집을 비운다?"

"연통이 없었단 말이오. 마구간에 가보시오. 부사어른의 말도 없소."

"세마를 타고 올 수도 있는 게지."

"부사어른이 경마잡이도 없이 본가 행차를 한다는 게 말이 되오. 주인은 화살을 맞으신 지 얼마 되질 않았소. 제발 수색 좀 해주시오!"

윤가가 묶인 손을 흔들며 애걸하자 포도부장이 중문에서 대기하던 순라군들에게 외쳤다.

"집 안팎을 샅샅이 수색하라!"

그러곤 내 앞으로 다가왔다.

"뭐하고 섰느냐? 이놈도 묶질 않고."

내가 두말없이 손을 내밀자 윤가가 길길이 날뛰었다.

"이자는 놔주시오! 이 일과 무관하오."

"시끄럽다. 포청에서 조사하면 알게 될 터."

그때 포졸 몇몇이 수군거렸고 한 포졸이 고변하듯 말했다.

"이자가 바로 효자동 도령입니다."

뜻하지 않은 장소에서 뭇시선을 받자 얼굴이 달아올랐다.

"효자동 도령? 아…… 소문 속의 그 사내. 듣던 대로 매초롬하게 생긴 것이 조선 최고의 미남이구먼."

포도부장이 흥미로운 눈빛으로 날 훑어보았다.

"자네 부친과 남양부사는 다정한 사이가 아닐 텐데. 상온 남수중의 아들이 박유붕의 하인 놈과 짝패로 붙어 지낸다고? 햐, 요것들 봐라. 벌써 색주가를 드나드는 고자 녀석에다 원수의 하인 놈이라. 수상한 조합인데. 이거 일이 점점 재밀어지는구먼."

포도부장이 검지로 점호하듯 우리를 한 번씩 가리켰다.

"요것조것 맞추며 재어볼 생각에 입맛이 싹 도네그려."

그가 오해할까 두려운 나머지 내가 상직소환 때 박유붕의 집에 파견된 것이며 윤가와 함께 일하게 된 내력을 설명하는데 포졸들이 우르르 몰려왔다.

"집 안팎과 골목을 샅샅이 뒤졌는데 검둥개 한 마리도 보이질 않습니다."

"바깥마당 쪽에도 수상한 자가 없더냐?"

"아녀자와 노인을 제외하면 장정이 셋뿐인데 그들의 손은 활을 다루는 손이 아닙니다요. 셋 다 이 골목에 사는데 신원도 확실하고요."

"그럴 줄 알았다. 이놈을 포청으로 압송하라. 남양부사의 사인이 밝혀질 때까지 네놈은 바깥 구경을 못할 게야."

"제발 내 말 좀 들어보시오!"

애원하는 윤가를 향해 코웃음을 친 포도부장이 고개를 돌렸다.

"모두 집으로 가시오. 지금부터 남녀 고하에 관계없이 금줄 부근에 있는 자는 죄다 포청으로 끌고 갈 것인즉!"

불호령이 떨어지자 동네 사람들이 대문으로 썰물처럼 빠

져나갔다.

"자네도 이만 돌아가게. 이자를 심문한 뒤 진술이 필요하면 상온영감 편에 통보할 테니."

포도부장이 냉랭하게 말했다. 주위가 어수선한 틈에 슬며시 다가온 윤가가 운현궁에 연통을 넣어달라고 청했다.

"형님, 뒷일은 저한테 맡기고 몸조심하셔요."

"사리에 맞게 대하면 설마 날 죽이기야 할까."

그제야 눈치를 챈 포졸이 쥐고 있던 오랏줄을 세게 당겼다. 붉은 오라에 묶인 윤가가 비틀거리며 말했다.

"석호, 부탁하네."

나는 끌려가는 윤가를 멍하니 쳐다볼 수밖에 없었다. 대원위대감이 나서면 곧 방면될 거라는 안도감이 드는 한편 일의 형세가 어딘지 수상쩍었다. 연락하지도 않았는데 포청에선 어떻게 여길 때맞춰 왔을까. 지나가던 순라군이나 들이닥칠 시간인데. 다른 일로 이곳을 지나던 길이라고 좋게 넘기려 해도 완전무장한 포졸들의 매무새가 눈에 걸렸다.

'야심한 시각에 화승총과 창칼을 들고 출동할 데라곤 살인 현장인 이곳뿐인데.'

박유붕은 단 두 발의 화살로 목숨을 잃었다. 어섯눈으로 봐도 전문가의 솜씨였다. 그는 누군가의 사주로 살해된 게 틀림없다. 사주한 자가 박유붕의 적이면 대원위대감의 적이기도 하다. 근자에 조정에서 축출당한 김좌근과 김병기의 얼굴이 어른거렸다.

'안동김문이 박유붕과 사이가 나쁘다는 것은 누구나 아는데 노회하기 그지없는 그들이 제 무덤을 판다고?'

휘청거리는 걸음으로 집에 돌아와 파루를 알리는 종소리가 들릴 때까지 눈을 붙이지 못했다.

이튿날 동이 트자 진둥한둥 대문을 나섰다. 귀신은 경문에 막히고 사람은 인정에 막힌다. 나는 장승규의 바짓가랑이를 잡고 늘어질 작정이었다.

"자네가 식전부터 웬일인가."

장승규가 거드름을 피우며 말했다. 나를 달가워하지 않는 자여서 대접은 바라지도 않았다.

"간밤에 남양부사댁에 변고가 있었습니다. 윤가 형님이 좌포청에 끌려갔어요."

"그걸 어찌 아누?"

"제가 현장에 있었으니까요. 윤가 형님이 연통을 넣어달래서 급히 오는 길입니다."

"안 그래도 낙동대감댁에서 사람이 왔었네. 자네가 현장에 있었다는 말은 없었는데."

조정의 실권을 잡은 대원위대감은 세도정치를 타파하기 위해 조선의 최고 의결기구인 비변사를 폐지하고 문관이 재직하던 병조의 각 대장직에 무관을 임명했다. 문장을 후벼파는 문관보다는 충성스러운 무관이 나은 것 같다며. 그때 이경하가 훈련대장 겸 포도대장을 맡았다. 삼군부를 통하여 군권을 장악한 이경하는 조선 최초로 의정부의 문관과 동일한 반열에 올랐다. 그는 감읍하여 대원위대감의 개혁정책에 방해가 되는 자는 닥치는 대로 잡아들였고 그 때문에 '낙동 염라'라는 별칭을 얻었다. 낙동 염라가 온다고 말하면 떼를 쓰며 울던 아이도 울음을 그칠 정도로 기세가 높았다.

"윤가 형님을 좌포청에서 빼내야 하질 않겠습니까. 부사어른이 살해되던 시간에 형님은 저와 함께 장통방 색주가에 있었습니다. 그 자리에 다른 선비들도 있었으니 부사어른의 죽음과 무관하다는 것이 증명될 것입니다요."

"자네가 나설 일이 아니야."

장승규가 시퉁하게 말했다.

"좌포청이 어딥니까. 낙동대감이 포장(포도대장)으로 계신 곳이에요. 거기로 잡혀가면 성한 사람도 하루 만에 병신이 된다고 합니다."

"조선말을 당최 이해하지 못하는구먼. 이 사건은 자네 같은 애송이가 나설 계제가 아니라니깐 그래."

 낙동대감에게 다리를 놔달라고 거듭 부탁했으나 장승규는 들은 체도 하지 않았다. 그가 샛눈으로 노안당을 잇따라 힐끔거렸다. 그건 내게 어서 자리를 뜨라는 암시와 다름없었다. 장승규에게 떠밀리듯 운현궁을 나와서 무작정 걷기 시작했다.

 '저자가 어찌 저럴 수 있나. 윤가가 잡혀간 걸 뻔히 알면서도 거드름을 피우며 미적대는 꼴이라니. 윤가와 형님 동생으로 지냈으면 발바닥에 땀이 나도록 뛰어다녀야 옳건만.'

 박유붕이 살해당했는데 운현궁이 조용한 이유는 무엇인가. 박유붕에게 쏜 화살은 운현궁을 향한 것일 수도 있는데. 창졸간에 당한 변고여서 대응 방안을 논의하느라 시간이 필요한 것인가. 발길이 닿는 대로 걷다보니 광화문 앞 육조거리였다. 나는 종루의 시전 골목으로 접어들어 어느 외진 모시점방의 툇마루에 걸터앉았다.

 '박유붕은 대원위대감의 밀명을 받고 남양으로 내려간 게 아닐까. 남양과 운현궁 간에 접점이 있을 텐데. 현고학생부군신위. 박유붕의 입에서 느닷없이 튀어나온 이 말은 무얼 가리키는가.'

 미루어 짐작건대 박유붕은 죽음을 예감하고 있었다. 항간에 떠도는 소문처럼 그가 이 시대의 진정한 예언가라면 하나뿐인 목숨을 걸고 왜 이런 도박을 감행했을까.

"소인이 죽은 후 현고학생부군顯考學生府君으로 신위에 적히는 게 싫으니 학생 신세만 면해주십시오."

박유붕이 남양부사의 관직을 청했다. 대감은 일리 있는 말이라며 그의 청을 받아들였다. 남양부사는 행정권과 사법권을 부여받은 종3품 도호부사에 불과하여 그가 탐낼 만한 관직이 아니다. 내 사람이 부족하여 전전긍긍하는 형편인데 박유붕의 청을 덥석 수락한 대원위대감도 이상하긴 마찬가지였다.

'박유붕은 왜 남양이라는 지역을 원했을까? 하필이면 남양이라니……'

별안간 정월대보름날 달집 앞에 선 듯 눈앞이 환해졌다.

'천주, 그렇지. 남양은 천주교도들의 처형지였어!'

올해 들어 천주교도의 목이 추풍낙엽처럼 떨어졌다. 전국에 척화비를 세우고 위정척사를 국론으로 표방한 대원위대감은 천주교를 사교로 규정했다. 천주교도가 성리학을 기반으로 한 조선의 지배 질서를 무너뜨릴 위험이 크다고 판단했다. 내 예측이 맞는다면 이건 안동김문과의 권력투쟁과는 비교할 수 없을 만큼 큰 사건이다. 천주교도 박해 사건은 자그

나의 마지막 조선

마치 네 번에 걸쳐 이어졌는데 도합 팔천 명의 천주교도를 몰살한 잔인한 피바람이었다.

'정초에 프랑스 신부와 천주교도가 포청으로 줄줄이 끌려가질 않았나. 낙동 염라에게 문초를 당한 지 반나절 만에 살갖이 너덜거리고 흰 뼈가 드러난 사람이 태반이라는 말이 있었는데. 한성이 뒤집힐 정도로 큰 사건을 내가 잊고 있었다니. 그런데…… 천주를 믿는 자들이 박유붕의 하나뿐인 눈을 화살로 쏜 뒤 또다른 화살로 그의 숨통을 끊는다고? 장안의 왈짜패도 고개를 흔들 만큼 냉혹한 짓거리인데.'

목숨을 겨우 부지한 천주교도는 뿔뿔이 흩어져 도주중이다.

'무리조차 이루지 못하는 그들이 이렇게 큰일을 벌였다고? 사건의 배후에 음모가 도사리고 있는 게 분명하다. 천주교를 박해한 대원위대감과 남양부사를 자청한 박유붕, 그리고 윤가. 여기서 윤가가 맡은 역할이 뭘까. 그가 남의 바둑판에 물색없이 껴든 형국은 아닐까.'

의문에 휩싸인 채 효자동가에 도착하니 막손아범이 대문을 열어주었다.

"아버지는요?"

"방금 퇴궐하셨어요."

무슨 일이냐며 막손아범이 묻는데 나는 말없이 돌아섰다.

이번에는 아버지의 바짓가랑이를 붙잡고 늘어질 심산이었다. 아버지의 신세가 처량해졌으나 그래도 상온영감이다. 측근 가운데 낙동 염라와 연결되는 사람이 한두 명은 있겠지. 조선 사람은 두 다리를 건너면 모두 아는 사이라고 했다. 그만큼 조선은 땅덩이가 좁다.

"사역원에서 학습에 정진할 시각이 아니더냐."

아버지가 심상한 목소리로 물었다.

"대궐에 계셔서 말씀드리지 못했는데요. 간밤에 남양부사 어른이 돌아가셨습니다. 제가 현장에 있었고요."

"그 얘긴 퇴궐하던 길에 들었다."

"좌포청에 가야 되질 않겠습니까. 진술이 필요하면 부른다곤 했는데 여태 소식이 없으니."

"네가 좌포청에 갈 일은 없을 게다."

"제가 조목조목 해명하면 윤가 형님은 금방 풀려날 겁니다."

"형님이라니? 의형제라도 맺은 게냐. 내 아들의 마음이 거적문을 닮았구나. 아무나 벌컥벌컥 열고 들어서는 허술하기 짝이 없는 거적문."

아버지의 말투가 매섭게 변했다.

"윤가 형님은 아무나가 아닙니다. 제가 처음으로 마음을 연 사람이에요."

"엄중한 사안이니 섣불리 나서지 마라."

"아버지, 한 번만 도와주세요."

"소나기는 피하는 게 상책이니라."

아버지와 얘기를 나눌수록 강한 의구심이 일었다. 나서지 말고 피하라. 장승규도 내게 같은 말을 했다. 안동김문의 사람인 아버지와 운현궁에 소속된 장승규. 상대 진영에 몸을 의탁한 두 사람이 사전에 입을 맞춘 듯 같은 말을 하다니. 숨겨진 내막이 있지 않고서야.

"내시는 눈과 귀를 닫아야 한다고 혀가 닳도록 얘기했건만. 보고도 못 본 척, 들어도 못 들은 척."

"이 일은 다릅니다."

"다르긴 뭐가 달라. 사람은 일대, 사직은 만대라 했다. 너는 작금의 조선이 누구의 나라라고 생각하느냐."

"당연히 왕의 나라입지요."

"틀렸다."

"하면, 백성의 나라입니까?"

"나라가 생긴 후로 백성이 주인인 적은 한 번도 없었다. 태평성대라 일컫던 영조, 정조 때가 백성의 나라였다 말하는 이도 있으나 그건 착각일 뿐, 백성에게 물으면 자기네 나라는 존재하지 않았다고 고개를 흔들 테지."

"그럼 나라의 주인이 누굽니까."

"조선은 사대부의 나라이니라. 사대부는 문중을 위해 살아가지 나라를 위하며 살지 않는다. 조선이 전제군주제라곤 하나 우리가 모시는 왕은 사대부의 꼭두각시에 불과해. 이참에 너도 왕의 자리가 맷방석보다 거친 가시방석이라는 걸 똑똑히 인지해야 하느니. 작금의 주상은 선대왕들과 처지가 다르단다. 주상의 머리 위에 조대비와 대원위대감이 앉아 계시니 층층시하, 여염의 며느리와 진배없는 신세여서 매우 고달프시단다."

아버지의 말 가운데 헤아리지 못한 대목이 있었을까. 나는 납덩이처럼 무거워진 머리를 겨우 가눈 채 큰사랑을 빠져나왔다.

왕비 간택령

 한식을 앞둔 음력 2월 25일. 대궐의 서쪽 담을 따라 걷는데 구불구불한 나뭇가지가 얼굴에 그늘을 드리웠다. 나는 걸음을 멈추고 담 너머로 뻗어나온 회화나무 가지를 쳐다보았다.

 '을씨년스러운 괴목 같으니.'

 대궐에 많이 심긴 회화나무는 등치가 굵고 나뭇가지가 심하게 구부러졌다. 회화나무 가지에 목을 맨 내시와 궁녀의 수가 수십이 넘었다. 왕이 계신 대궐에서는 누구든 함부로 목숨을 끊지 못한다. 감찰부는 자결한 이들이 저승 명부에 들지 못하도록 눈알을 파낸 후 열 개의 손가락과 발가락을 자른 뒤 시체를 거적에 말아 시구문 밖에 버렸다.

내관들은 자결한 내시와 궁녀의 원혼이 회화나무에 서려 있다고 믿었다. 바람이 사나운 밤에 흔들리는 나무를 보면 머리를 풀어내린 궁녀 귀신이 나뭇가지에 거꾸로 매달린 것처럼 보였다. 나뭇잎을 흔드는 바람 소리가 귀신의 울음소리처럼 들리는 밤이면 요에 오줌을 지린다 하여 상직소환과 생각시는 회화나무를 '오줌싸개 나무'라고 불렀다. 반면 조정 대신들은 가지가 구불구불 뻗은 것이 학자의 기개를 닮았다며 오히려 회화나무를 '정승나무'라며 반겼다. 회화나무를 두고 의견이 갈리듯 내관과 외관은 대궐의 잡무를 볼 때도 다툼이 잦았다.

대소 신료들이 내시와 궁녀를 홀대하거나 업신여기면 너희가 대궐에 회화나무를 심은 것은 명나라를 본떠 심은 것이요, 그 나무를 좋아하는 것은 명나라의 성현흉내를 내는 것 아니냐며 따졌다. 너희가 말하는 충이 올바른 충이며, 너희가 말하는 의가 진정한 의더냐. 너희 외관은 가문의 영달과 개인의 이익 때문에 일하는 집단이 아니냐며 입술을 뿔룩거리던 내시도 있었다. 그는 오래전 칼에 찔려 죽었다.

밤마다 상직소환들은 단체로 뒷간에 갔다. 오줌을 지릴까봐 요의가 느껴지지 않아도 뒷간에 쪼그려앉아 하초에 힘을 주었다. 하루는 덩치가 큰 상직소환의 부추김에 힘입어 가까운 뒷간 대신 회화나무를 선택했다. 대궐에는 자그마치 스물여덟 개의 뒷간이 있다. 우리는 그걸 마다하고 대소 신료들이 정승나무라고 섬기는 회화나무 아래 둘러앉아 킬킬거리며 오줌을 누었다. 궁녀 귀신 따위는 없었다. 그때부터 그곳이 상직소환의 밤 뒷간이 되었다.

입가로 비어져나오는 웃음을 참으며 금호문으로 들어서자 수직청의 행랑 쪽마루에 앉아서 해바라기를 하던 별감이 돌아보았다.

"이게 누구야?"

체구가 뚱뚱한 별감이 씨암탉걸음으로 아기작아기작 다가왔다.

"예끼, 무심한 인사 같으니. 어찌하여 그간 얼굴도 안 비쳤는가?"

"사역원에서 놀다보니 그렇게 됐어요."

"여길 떴다고 마음조차 멀어진 건 아니고?"

"오고 싶다고 무시로 드나들 수 있는 곳이 아니잖아요. 대궐 소속이 아니라며 차고 있던 개문부開門符까지 반납하라던 걸요."

"개문부가 없다고 대궐에 들이질 않을까. 자네 얼굴이 신분이구먼."

"수직청의 형편은 어때요?"

"북궐 공사를 한다고 사람들이 그리로 몰리는 바람에 동궐을 출입하는 인사가 적어서 몸은 편하다네."

"북궐 공사가 큰가보죠."

"대궐을 크게 짓는다고 나라가 융성해지는가, 추락한 왕실의 권위가 올라가는가. 북궐을 중건한다며 발행한 원납전과 당백전 때문에 물가가 올라서 집집마다 형편이 어려워졌다네. 우리네야 쥐꼬리만한 녹봉이라도 받으니 어찌어찌 허기를 끄고 사네만. 치솟는 물가와 부역 징발에 등골이 빠지는 건 불쌍한 백성들이지. 서원 철폐와 호포제 실시로 얻은 호감이 한 방에 날아가게 생겼는데 대원위대감은 그걸 알려나."

"저는 세상 돌아가는 형편을 모르고 지냈네요."

"자네야 그럴 나이지. 헌데 여긴 무슨 일로?"

"내반원에 볼일이 있어서요."

"아무튼 잘 왔네. 오늘은 대궐 찬이 좋을 걸세. 아침에 사옹원 별좌가 물 좋은 생선을 바리바리 들여가드만. 이따 점심이나 같이하세."

나는 별감과 헤어진 후 진선문으로 들어섰다. 내병조와 호위청, 상서원, 배설방을 지나자 저멀리 숙장문의 지붕이 보였다. 숙장문을 통과하니 단층 팔작기와지붕 아래로 희정당의 당호와 화려한 단청이 조금씩 드러났다. 희정당과 대조전이 갈리는 지점에서 몸을 돌려 선평문을 올려다보았다. 선평문 너머로 대조전이 보였으나 희정당 쪽으로 발을 옮겼다.

'전하께선 잘 지내고 계실까.'

희정당의 남쪽 행랑에 내반원이 있다. 내반원 주위로 승정원과 상의원, 소주방이 자리했다. 상전어른이라면 좌포청에 줄이 닿을 것이다. 아버지와 교대로 장번을 서기 때문에 지금쯤 내반원에 있을 터였다. 좁은 통로를 지나 내반원의 바깥 툇간으로 들어서자 칸막이 방에서 담소를 나누는 내관들이 보였다.

"말씀 좀 여쭙겠습니다. 상전어른 안에 계신가요?"

"방금 출타하셨는데."

실망하여 돌아서는데 칸막이 안쪽 방에서 늙은 내관 하나가 버선발로 뛰어나왔다.

"자네, 석호 아닌감."

성정각에서 전하를 함께 모셨던 차지내관이었다.

"차지어른 그동안 강건하셨어요."

"여긴 어쩐 일로?"

"상전어른을 뵈러 왔어요."

"오늘이 초간택 날이어서 궐 밖에 나가셨네. 저녁참에나

들어오실 텐데."

"초간택 날이라니요."

"정초에 금혼령을 내리지 않았나. 처녀 단자를 수봉한 지도 여러 날이 지났는데."

"금시초문인걸요."

"효자동가의 일원이 나라의 중대사를 몰랐단 말인가. 하긴, 금혼령은 여식을 둔 사대부에게나 해당되는 일이니."

"전하에겐 배필이 있으시잖아요."

"김병학 대감의 따님을 말하는 겐가. 그건 대원위대감이 측간 가기 전에 했던 약속이지. 전하를 왕위에 올릴 욕심에 대감이 술자리에서 맺은 혼약을 굳이 지킬까 싶네만. 오늘 흥인군 대감께서 가례도감 당상이 되셨네."

"흥인군 대감이요?"

가례도감 당상은 삼정승 가운데 한 분을 앉히는 것이 일반적인 관례였다.

"물고기 어魚 자와 노나라 노魯 자도 구분을 못하는 양반에게 엄중한 대사를 맡기다니요. 혼주인 대원위대감과 사이가 나쁘다고 들었는데."

"대궐에서 일어나는 일은 번번이 예측을 벗어나니 우린들 내막을 알겠는가."

내가 대궐에 오지 않았으면 며칠 뒤에 이 소식을 들었을 것이다. 요즘 아버지는 대궐의 사정을 모르쇠로 일관했다.

'오늘이 초간택 날인데 박유붕은 이틀 전에 죽었다. 이게 우연일까. 조대비께서 그새 흥인군과 손을 잡으셨나. 박유붕은 가례도감 당상에 흥인군이 오르는 걸 반대하다 목숨을 잃은 것일까. 아무려면 임시직에 불과한 가례도감 자리 때문에 살인을 저지를까. 흥인군은 그만한 지력과 세력이 없는데. 혹여 조대비 쪽에서……?'

"전하께는 영보당마마가 계시질 않나. 두 분의 연심이 얼마나 도타운지 자네도 알 테지. 어젠 활쏘기 대회도 불참하셨네. 활쏘기는 예禮와 악樂을 연마하는 방도이자 정신 수양의 수준을 보여주는 것 아니겠나. 그토록 중요한 일정을 거를 만큼 어심이 무거우신 게야."

왕비를 맞이하는 것은 대궐의 지엄한 법도이니 전하는 두말없이 따를 터였다. 어젯밤 아버지가 난데없이 왕의 자리를 가시방석이라고 표현했다.

'그 말속에 숨은 뜻이 무얼까.'

대전내시인 아버지는 선왕을 추대한 안동김문과 가까이 지냈고 김병학 대감과는 자별한 사이였다.

'김병학 대감의 상심이 크겠지. 대원위대감과 맺은 혼약이

나의 마지막 조선

깨졌다는 소문이 한성 양반가에 짜하게 퍼질 테고. 위엄과 신망을 소중히 여기는 김병학 대감은 이번 일로 추락한 위신을 어떻게 세우시려나. 김병학 대감과의 친분 때문에 아버지가 박유붕 사건에 연루된 건 아닐까. 아무렴 살인사건에 엮이시겠어. 의심이 깊으면 무슨 생각인들 못할까.'

"차지어른께 드릴 말씀이 있는데요."

"어? 저쪽으로 가세."

차지내관이 서둘러 갓신에 발을 욱여넣었다.

"좌포청에 아는 분이 계신가 해서요. 형님과 다름없는 분이 잡혀갔는데 제겐 손쓸 방도가 없네요."

"남양부사의 변고 때문인가. 안 그래도 내반원에서 그 얘길 하고 있었어. 그건 상온어른께 말씀드리는 게 가장 빠를 걸. 상온어른께서 대궐에서 일하신 지 올해로 몇 해던가. 좌포청 안팎을 손금 보듯 들여다보실 텐데."

"저더러 입도 뻥긋 못하게 하셔요."

"중한 일이라 그러신 게지. 내가 대궐 밥을 먹은 지 하마 수십 년인데 상온께서 허투루 일하시는 걸 본 적이 없네."

내반원으로 들어간 차지내관이 소개장을 써주었다.

"생가의 사촌이 좌포청 옥사정으로 있다네. 직급이 낮은 터라 큰 도움이 되진 않을 것이나 면회 정도는 가능할 걸세."

차지내관의 소개장을 접어 품속에 넣자 허기가 느껴졌다. 내가 그동안 섭취한 음식이라곤 밥 두 숟갈과 안동식혜 한 모금, 막손어멈이 베보자기에 걸러준 배즙 반 사발뿐이었다.

"전하께선 종종 자네 얘길 하신다네. 오늘처럼 볼일이 있을 때도 좋지만 일이 없을 때도 한 번씩 들르게나."

"어른의 은혜 결코 잊지 않겠습니다."

차지내관이 헤어지기 아쉬운 얼굴로 남쪽 행랑까지 따라왔다. 나는 돌아서서 내반원으로 돌아가는 그의 뒷모습을 지켜보았다. 조촘조촘 걷는 차지내관의 머리 위로 내반원의 푸른 깃발이 펄럭였다. 내반원에는 다양한 재능을 가진 내시들이 모여 있다. 조선 개국 초기에 유교의 이념을 표현할 다수의 건축물이 필요했다. 태조의 신임을 얻어 일개 내시에서 공조판서에 오른 박자청은 경회루와 창덕궁, 건원릉 등의 건물을 지었다. 그는 한양이 도성의 기틀을 갖추는 데 기여한 천재 건축가였다. 그런가 하면 내시들은 정치적인 사건에 자주 휘말렸다. 내반원이 어전 가까이 있기 때문이다. 심지어 연산군 때는 내반원의 깃발이 떨어졌었다. 지금 펄럭이는 푸른 깃발은 중종반정 때 새로 해 단 것이다.

남쪽 행랑의 끄트머리에 다다르자 전하의 목간통이 보였다. 그 옆에 붙은 쪽문을 열면 전하의 나무욕조와 세수용 물병, 대야, 오수통 따위를 넣어두는 골방이 나온다. 목욕용품 가운데 가장 귀한 것이 세수용 물병이다. 표면에 푸른 파도 무늬를 두르고 가장자리에 금빛 안료를 뿌려 장식한 도자기 물병이었다. 전하의 소세 수발을 담당하는 세수방 궁녀들은 세수용 물병을 보석처럼 신중히 다루었다.

'전하께선 낮것상을 받으셨겠지. 면이나 만두, 떡국을 드시고 계시겠지.'

나는 내전의 으뜸 건물인 대조전을 향해 큰절을 올렸다.

'전하, 조금만 기다려주서요. 억새가 구슬프게 울고 도랑가로 고개를 내민 붉은 꽃들이 찬바람을 원망하는 계절이 오면 반드시 대궐로 돌아올게요. 그때까지 추워하지도 슬퍼하지도 마셔요. 제 말이 들리십니까?'

내가 전하를 향해 큰절을 올릴 때 대조전은 회오리바람에 휩싸여 있었다. 왕비 간택령 때문이다. 훗날 그에 관한 일화를 차지내관에게 소상히 들었다. 그날 김병학, 김우근, 조면호, 민치록의 딸이 초간택에 올랐다. 아버지는 전하와 혼인 말이 오간 김병학의 딸을 왕빗감으로 지지했다. 김병학의 딸이 재간택에서 떨어지자 김병학과 연합하여 김우근의 딸을 지지했고, 조대비는 조면호의 딸을, 대원위대감과 오자흔은 민치록의 딸을 지지했다. 최고점을 같이 받은 김우근과 민치록의 딸이 삼간택에 나란히 올라오는 게 정상인데 어찌된 영문인지 민치록의 딸이 단독으로 올랐다. 이 때문에 대조전에서 석 달 동안 팽팽한 설전이 오갔고 결국 민치록의 딸을 왕비로 간택했다. 휴전 상태를 유지해오던 계동파와 장동파는 왕비 간택령으로 말미암아 또다시 맞서게 되었다.

  그날 오정시에 사옹원에서 별감과 점심을 먹고 대궐을 빠져나왔다. 중부 정선방의 큰길로 나서자 파자교가 보였다. 그 다리를 건너면 동북쪽에 좌포청이 있는데 동별영과는 한 골목 사이였다. 정문에서 수직을 서는 포졸에게 아무개 옥사정을 만나러 왔다고 말했다. 면회를 하려면 접수부터 하라며 늙수그레한 포졸이 사령청 건물을 턱으로 가리켰다. 사령청으로 들어서자 중인인 듯싶은 서원 두 명이 책상을 지키고 있었다. 개중 나이가 지긋해 보이는 서원에게 인정전을 찔러준 뒤 준비한 소개장을 아무개 옥사정에게 전해달라고 부탁했다. 한식경이 지나서야 옥리들이 드나드는 작은 쪽문을 통해 옥사로 들어갔다. 나무벽에 인두와 주뢰, 주창이 걸린 징벌방을 지나자 그다음 방에 앉아 있는 윤가가 보였다. 그는 칼을 쓰지도 차꼬를 차지도 않았다.

  "형님!"

  내가 다가서자 나무 칸살 틈으로 윤가가 두툼한 손을 내밀었다.

"오늘쯤 자네가 올 줄 알았네."

풀린 상투머리가 윤가의 어깨까지 내려왔으나 치도곤을 당한 것 같진 않았다.

"부사어른의 사인은 밝혀졌나."

"그 어른을 걱정할 때가 아닙니다. 형조로 넘어가기 전에 여길 벗어날 궁리를 해야지요."

"낙동대감을 포장영감으로 앉힌 분이 대원위대감이셔. 좌포청이 그분의 안마당이나 다름없는데 나야 곧 풀려나겠지."

이 일을 대수롭지 않게 여기는 윤가가 미련해 보였다.

"참 태평하십니다. 본인이 겪을 고초는 염두에 두질 않고."

"이봐 석호, 내가 불려나가 문초를 당했는데 말씀이야. 형리가 매를 치는 소리는 큰데 맞아보니 조금도 아프질 않아. 허풍선이 매였다고. 희한하지 뭐야. 이쯤 되니 때리는 것도 예술이다 싶더라고. 이 모든 것이 대원위대감의 하해와 같은 은덕 때문 아니겠나."

윤가는 대원위대감을 철석같이 믿고 있었다. 나는 장승규의 괘씸한 행태며 대원위대감뿐 아니라 누구도 나서지 않는다는 말을 차마 전하지 못했다.

"형님의 옥바라지는 제가 하겠습니다. 옥리와 서리들에게 인정전을 먹이고 갈 테니 여기서 주는 주먹밥만 먹지 말고 끼니마다 포청 앞에 있는 국밥집에서 시켜 드십시오. 국밥집에 선돈을 맡길게요. 갈아입을 옷가지는 막손이 편에 전하겠습니다."

"곧 나갈 텐데 뭘 그렇게까지 하남."

"몸이 축나면 어쩌려고요."

"고마우이. 동생밖에 없네."

윤가와 작별인사를 나누고 밖으로 나오니 어느덧 해질녘이었다. 동별영 골목으로 접어드는 과객들의 걸음걸이가 분주했다. 필시 대폿집을 찾는 것이리라.

'윤가 형님은 범인이 아니라는 걸 알 텐데 왜 잡아두는 걸까. 대원위대감은 몇 수 앞을 내다보고 계신가. 포석을 깔아두는 시점인가, 끝내기 바둑을 두는 중이신가.'

구름은 용을 따르고 바람은 범을 따른다고 했다.

'대감은 용일까, 범일까? 한 마리의 시끄러운 고라니에 불과한데 우리가 지레 겁을 먹은 건 아닐까.'

나는 타오르는 노을을 머리에 이고 하염없이 걸었다. 무엇이 참이고 거짓인지 알지 못했다.

박유붕 사건으로 마음이 어수선하던 그때 내시부 신입교

관으로 발령을 받았다. 내 수평이동에 실망한 어머니는 저고리 고름으로 눈가를 문질렀고 아버지는 알겠다, 라며 고개를 숙였다. 전하가 혼인하던 날에도 나는 교관실의 책상 앞에 앉아 있었다. 발 앞에 떨어진 불덩이 탓에 국혼을 축하할 마음의 여유가 없었다. 부대부인이 친정 대표로 민씨 처녀의 혼인 준비를 맡았기 때문에 운현궁에서 가례를 올렸다. 대궐로 들어가는 어가를 구경하려는 인파로 한성이 들썩일 때도 내시부청사에 있었다. 진술이 필요하면 소환하겠다던 좌포청에선 소식이 없었다. 나는 안도감에 젖기는커녕 막막한 심정으로 하루하루를 흘려보냈다.

국혼 날로부터 열흘가량 지났을까.

양대방이 오자흔의 생가붙이와 함께 박유붕 사건의 진범으로 지목되어 좌포청으로 압송되었다. 윤가의 방면 소식을 막손에게 전해듣고도 마음껏 기뻐하지 못했다. 아닌 밤중에 홍두깨였다. 양대방은 힘이 세나 살인사건에 가담할 만큼 멍청하지 않다. 양대방의 머리가 굵어진 후부터 오자흔도 눈치를 살핀다고 들었다. 총명한 양대방이 왜 제 편인 박유붕을 해치겠는가. 나는 양대방과 정정당당히 겨루고 싶지, 누명을 쓴 그에게 기권승을 얻어낼 생각이 추호도 없었다.

문초를 받은 양대방은 좌포청 옥사에서 마지막 처결을 기다리고 있었다. 죄가 무거우면 형조로 보내는데 좌포청에 남은 것이 다행이라며 동료 교관들이 떠들어댔다. 그날 전하를 왕위에 올리는 데 혁혁한 공을 세운 박유붕과 오자흔이 심하게 다퉜다는 말을 들었다.

'그렇다면……?'

정권을 잡은 대원위대감의 손발이 눈앞의 먹이를 두고 싸웠단 말인가. 본인의 공적과 상대의 허물을 대조하며 다툰 결과 박유붕이 오자흔에게 무릎을 꿇었단 얘기였다. 인간 세상도 짐승의 세계와 다르지 않다. 박유붕 사건은 먹이 때문에 벌어진 것이다. 대궐 내부의 먹이사슬 구조도가 세책방에서 빌린 춘화의 그림첩처럼 머릿속에 좌르륵 펼쳐졌다.

오자흔은 표정의 변화가 없고 말할 때에도 눈동자를 움직이지 않는다. 얼굴에 감정을 싣지 않아서 생각이 읽히지 않는다. 그가 드물게 감정을 표출하는 순간이 있는데, 그건 예상치 못한 장소에서 아버지와 마주할 때였다. 그럴 때면 인상이 어찌나 고약해 보이던지 혐오감이 솟구친다던 아버지의 말이 생각난다. 그런 자라면 박유붕을 사로잡아 제 패거리 앞에 던질 수도 있다. 박유붕의 뼈가 드러날 때까지 살점을 알뜰히 바를 것이다. 오자흔의 생가붙이는 그의 명령에 무조건 따랐다. 내가 이렇게 될까봐 우려한 아버지는 생가붙

나의 마지막 조선

이와 접촉하지 못하도록 단속했다. 외척의 발호를 염려한 대원위대감과 아들의 생가붙이가 효자동가의 권세를 업고 날뛰는 것을 경계한 남수중. 두 사람은 이런 부분이 놀랄 정도로 닮았다.

살인사건이 일어난 후부터 좌포청의 낙동대감은 마음이 불안하여 잠시도 가만있질 못했다. 살인사건은 피해자와 가까운 이부터 탐문하는 것이 포청의 수사 원칙이다. 운현궁은 조사를 피할 길이 없어 보였다. 안 그래도 당백전 문제로 백성의 입길에 오르내리는데 포청까지 들락거리면 대원위대감의 신상에 좋을 턱이 없다. 사건을 빨리 덮는 게 능사라고 생각하던 참에 포도부장에게 현장에서 붙잡은 박유붕의 수하가 있다는 보고를 받았다.

'웬 떡이람.'

낙동대감이 입을 벌리고 헐헐 웃었다.

"그자가 아직 여기 있나?"

"네."

"진작 보고를 했어야지."

"범인도 아닐뿐더러 중요한 사안이 아니라고 판단했습니다."

"판단은 내가 해."

낙동대감은 부장의 보고만으로도 박유붕 수하의 소행이 아니라는 걸 알았다. 하지만 어쩌랴. 만들면 죄가 되는 것을.

'하필이면 참외밭 옆에서 신발 끈을 고쳐 맬 게 뭐람.'

옥사에 갇힌 윤가의 면면을 뜯어보니 뒤탈이 없게 생겼다.

'큼, 호박이 넝쿨째 굴러왔네.'

낙동대감은 윤가에게 살인죄를 덮어씌울 예정이었다. 하나 박유붕 사건이 잔혹하고 충격적이어서 백성들의 이목이 쏠렸다. 마지못해 윤가를 석방한 후 내시 몇 명을 잡아들여 문초를 시작했다. 정치적 사건의 배후에는 반드시 내관이 엮이기 마련이다. 다음은 상궁과 나인을 잡아들일 차례인데 그가 자리를 털고 일어났다. 잔챙이 몇 명을 잡아들여 해결할 사건이 아니었다.

'이참에 효자동가를 털면 좋겠는데.'

남수중의 양자가 엮인 터라 일을 꾸미기 쉬웠다. 흩어진 조각을 잘 꿰맞추면 모양 좋은 그림이 그려질 것도 같았다. 그러자니 남수중 뒤에 도사린 안동김문이 마음에 걸렸다.

'부자는 망해도 삼 년을 간다던데.'

안동김문이 남수중과 합세하여 눈을 치뜨면 잘 이끌어온 박유붕 사건을 망칠 수도 있었다.

'에라, 모르겠다.'

부정부패 타파, 라는 기치 아래 창검을 높이 치켜든 낙동대감 일행은 효자동가로 향하던 말고삐를 자하문으로 돌렸다.

'자고로 제 살을 깎아야 평판이 높아지지.'

자하문 상선가를 급습하니 그의 짐작대로 동굴 속에서 금은보화가 쏟아져나왔다. 오자흔은 아수라장으로 변한 상선가의 사랑방에 꼿꼿이 앉아 있었다.

"토사구팽이라…… 드디어 올 것이 왔군. 죽은 박유붕이 내 뒷덜미를 잡아챘구나. 역시 영발이 센 자였어."

오자흔이 눈을 질끈 감았다.

'남수중은 주구장창 꽃길을 밟는데 내 앞에 놓인 것은 가시밭길뿐. 그나마 낭떠러지로 밀려났군. 다음을 기약하려면 여기서 살아남아야겠지.'

체념한 오자흔이 뒷거래를 은밀히 제안했다. 오자흔이 넘긴 양자와 생가붙이 가운데 생가붙이를 선택한 낙동대감은 그의 명줄을 끊는 것으로 사건을 깔끔히 매듭지었다. 구사일생으로 목숨을 건진 양대방은 그후 소리소문도 없이 사라졌다. 내시가 불미한 사건에 연루되면 파양하는 것이 불문율인데 자하문 상선가의 파양 소식은 듣지 못했다. 같은 길을 걷던 동료이자 호적수를 잃어버린 나는 풀이 꺾였다. 내가 맞을 벼락을 양대방이 대신 맞아주어 그런 게 아니다. 내시가 양자의 삶은 언제 뽑힐지 모르는 마당의 잡초와 다르지 않다는 것을 새삼 깨달았기 때문이다.

세상에 비밀은 없다

"상소의 배후를 밝혀내시오!"

대원위대감의 쩌렁쩌렁한 목소리가 울리자 운현궁이 삽시간에 조용해졌다. 우의정 한계원과 좌의정 강로는 노안당에 들지도 못한 채 마루 앞에 서성거렸다.

"날 비난하는 상소가 어전에 공공연히 올라오다니. 이게 역모가 아니면 뭐겠소?"

상소는 신하가 국왕에게 중요한 의견을 개진하는 동시에 여론을 형성하고 정국의 방향을 흔드는 고도의 정치적 행위였다. 조선 역사의 고비마다 상소가 큰 역할을 했다.

"상소의 초안을 잡은 이가 누구며 중간에 자구를 고친 이가 누군지 찾아내세요."

상소의 명목은 동부승지 최익현이나 실제 작성자가 다른 사람일 수도 있다. 공동으로 쓴 상소를 한 사람의 이름으로 올리는 사례도 간혹 있었다.

"본디 익현의 성정이 사납고 독합니다. 부드러운 화합과 타협을 모르는 것이 그자의 병통입니다."

얼굴이 핼쑥해진 우의정이 체머리를 흔들며 대답했다.

"상소를 동부승지가 혼자 썼다 여기시오?"

"그럴 것이옵니다."

"한데 상소의 글귀에서 왜 정치공작의 냄새가 나지? 대감들도 알다시피 내가 편하자고 북궐을 중건한 건 아니잖소. 도둑의 소굴인 서원 철폐는 당연한 순리였고요. 당백전만 해도 그래요. 외세의 침략에 대응하자면 군사비 조달이 시급한데 갑자기 그 돈이 어디서 나오겠소. 함경도 갑산 동광이 문을 닫아 돈을 만들 원료가 없다 하여 급한 김에 당백전을 유통시켰잖소. 그런데 그 돈을 북궐 공사에 써버렸다는 둥 물가가 폭등한 게 모두 내 탓이라는 둥 입 있는 자마다 헛소리를 해대니."

"합하, 우린들 손놓고 있겠나이까."

"이런 내용의 상소가 두 번씩이나 어전에 올라오는데 한소리 안 하게 생겼소. 대감들은 참으로 느긋하시오. 이게 나만 급할 일이오."

"우리도 연명 상소를 올릴 예정입니다."

"그놈의 예정! 예정! 일각이 급합니다. 아시겠소, 대감들."

문밖에서 서성거리는 좌우의정을 노려본 대원위대감이 소리 나게 방문을 닫았다. 중용진강을 마친 전하께선 정치를 주관하고 싶다는 의지를 가까운 신하들에게 종종 내비쳤다. 때마침 대원위대감의 실정을 비판하는 최익현의 상소문이 올라오자 과감하게 그를 호조참판에 임명했다. 일사천리로 진행된 일이어서 대원위대감의 측근조차 입을 떼지 못했다.

'주상이 원하는 방향으로 여론 몰이를 하려고 동부승지에게 상소를 쓰게 한 건 아닐까. 순정한 우리 주상께서 그러실 리가…… 혹여 중전께서 부추긴 건 아닐까.'

대원위대감이 운현궁에 틀어박혀 전전긍긍하고 있을 때 전하는 우의정 한계원과 좌의정 강로를 파직하고 대원위대감의 무력적 기반인 삼군부마저 약화시켰다. 그때 운현궁과 가까운 인물이면 조정 대신은 물론 지방의 방백까지 불이익을 당했다. 고종 초기에 정권을 잡은 대원위대감이 안동김문을 칠 때와 똑같은 모양새였다.

"으흐흐흐…… 많이 배우셨어. 나는 그것도 모르고 주상

나의 마지막 조선

께서 늦을까 노심초사했으니."

수하에게 보고를 받던 대원위대감의 얼굴이 잔뜩 일그러졌는데 어찌 보면 우는 듯하고 또 어찌 보면 웃는 듯했다. 전하는 영의정에 이유원, 우의정에 박규수를 임명하고 백부인 흥인군을 좌의정에 등용하여 대원위대감의 집권명분을 축소시켰다. 길고 지루한 강학기에 공격보다 방어술을 익힌 전하께서 정적에게 최초로 가한 일격이었다. 그후에 행한 크고 작은 공격은 일제와 친일파에 의해 숨겨졌거나 묻혔다. 망국의 폐주는 무능하거나 욕되게 실록에 기록되어야 했으므로.

최익현의 상소가 올라온 지 한 달 만에 전하는 별다른 잡음 없이 정권을 장악했다. 정치는 명분에 의해 움직인다. 정치의 시작도 명분이요, 끝맺을 때도 명분이 필요하다. 옥좌의 주인이 맡긴 권력을 찾겠다고 나서자 말릴 명분이 없었다. 전하는 대원위대감의 반대 세력과 처족 세력을 적절히 이용하며 집권 기반을 차근차근 구축했다. 왕비의 손발처럼 움직이던 민승호, 민규호 형제가 어느 날 대원위대감의 전용문을 봉쇄했다. 그건 대궐의 무단출입을 불허한다는 뜻이다. 대궐에 볼일이 있으면 정문으로 입궐하되 대감을 대전에 들이는 문제는 왕비가 결정하겠다고 통보했다.

"김가의 뿌리를 뽑으려고 숱한 세월을 바쳤건만. 겨우 이가의 나라가 되나 했더니 되레 민가의 나라가 되었구나. 내가 피눈물로 쌓아올린 공든 탑이 하루아침에 무너져버렸어."

청천벽력 같은 사태를 받아들이지 않으려는 대원위대감과 매서운 공격을 서슴지 않는 왕비의 투쟁을 지켜보노라면 나라의 주인이 대원위대감과 왕비처럼 느껴졌다. 내적으로는 철저한 개혁자였으나 쇄국정치를 한 대원위대감과 시대정신에 대한 이해의 폭은 크나 애민정신이 부족했던 왕비. 대척점에 서 있던 두 사람은 충돌할 수밖에 없었다. 남의 눈의 티끌은 보여도 내 눈의 들보는 보이지 않는 법. 왕비는 국제 정세를 읽지 못하는 시아버지가 갑갑했고, 대감은 아들의 머리 위에서 척신정치에 골몰하는 며느리를 두고 볼 수가 없었다. 왕비와의 권력 투쟁에 패하여 양주 곧은골로 향하던 가마 속에서 대원위대감이 서슬 퍼런 얼굴을 내밀고 저주의 말을 쏟아냈다.

"요망하고 사악한 것아! 나를 헐뜯으며 임금의 목을 조르는 적신들아. 하늘이 무섭지도 않느냐."

전년 겨울에는 경복궁에 화재가 발생하여 자경전을 비롯한 사백여 칸의 전각이 소실되었다. 운현궁 사인방의 소행이라는 소문이 파다했으나 곧 수그러들었다. 자신이 재건한 법궁에 불을 지를 만큼 옹졸한 어른은 아니시다, 라는 것이 백성의 중론이었다. 세간에는 여전히 대원위대감을 믿고 따르는 이가 많았다.

경복궁의 화재 때문에 창경궁으로 이어할 무렵에 나는 어명을 받고 대전으로 들어갔다. 전하께서 상전의 직책을 내려주었다. 품계는 정4품에 불과하나 왕의 입이자 정보통이 되는 자리, 그 무기를 효율적으로 이용하면 권력의 핵심이 될 수도 있기에 내시라면 누구나 탐내던 직책이다.

"아드님의 앞날이 어쩜 이다지도 안 풀릴까 조바심을 냈는데 이제 1품만 뛰어넘으면 당상이십니다."

인두로 관복의 접힌 부분을 다리던 어머니가 눈물을 훔쳤다. 나는 손질한 관복으로 갈아입고 사랑으로 건너가 아버지에게 절을 올렸다.

"너는 내시로서 출발점에 섰다는 걸 잊지 마라. 시작은 늦었으나 품계를 몇 단계 건너뛴 만큼 대궐의 모든 눈과 귀가 너를 향해 열릴 터, 모쪼록 자신을 경계하고 또 경계해야 한다."

아버지가 기쁨과 근심이 교차하는 눈길로 바라보았다.

"내시의 옳고 그름은 군주제에서 파생된다고는 하나 이는 핑계에 불과할 뿐."

"아버님의 말씀 가슴에 깊이 새기겠습니다."

그새 소식을 들은 할머니가 사랑채로 건너왔다. 한 줌도 안 되는 머리카락을 야무지게 정리하여 비녀로 찌른 모양새가 전날과 같았다. 내가 절을 올리자 할머니는 가랑잎처럼 마른 손바닥을 펼쳐 할랑할랑 흔들었다.

"장한 우리 손자. 네 자리인 대궐로 어서 가거라. 궐은 오래 비우면 안 된다."

대문 앞까지 따라온 어머니가 저녁에 잔치를 벌인다며 일찍 들어오라고 말했다. 동네방네 소문을 내려고 잔치의 규모를 키울까봐 적잖이 불안했다. 그러나 장동파의 기세에 위축된 어머니는 닭 몇 마리를 고아서 식솔들의 밥상에 얹는 것으로 내 승진 잔치를 갈음했다.

화재로 대피한 두 해 동안 내관들은 대궐의 이삿짐을 네 번이나 싸고 푸느라 분주했다. 경복궁에서 창경궁으로, 창경궁에서 경복궁으로 이어지던 지난한 과정. 대궐의 이사 준비를 하는 데 상상을 초월할 정도로 많은 일품이 들어 나는 녹초가 되었는데 효정왕후는 어수선한 틈에 천상궁을 대궐에 들일 계획을 세웠다.

"어찌 지내고 있을꼬. 궐 밖은 낯설고 물설을 터인데."

나인과 침모를 딸려 내보내긴 했으나 천상궁이 항상 눈에 밟혔다. 순조 31년, 돈령부영사 홍재룡의 딸로 태어난 효정왕후는 열네 살에 헌종의 계비로 뽑혀 입궐했다. 그녀는 시어머니인 조대비 곁에서 풍양 조씨와 안동김문의 세력 다툼을 신물이 나도록 지켜보았다. 남편이 요절하자 입을 닫고 지내는 것이 자신의 살길이라 여긴 터라 천상궁을 데려오겠다는 말을 차마 하지 못하고 조대비의 눈치만 살폈다. 상궁과 나인이 옆에서 거들어주면 좋으련만. 효정왕후가 일찍 죽은 자기 딸을 보듯 애지중지 키운 천상궁은 왕실의 일원이 아니다. 왕후전의 상궁들은 같은 신분인데도 공주처럼 자란 그녀를 고깝게 여겼다. 그때 천상궁은 이도저도 아닌 모호한 입지 때문에 대궐로 돌아올 절호의 기회를 놓쳤다.

세상 물정에 어두운 천상궁은 대궐 밖에서 궁핍한 생활을 이어갔다. 아버지가 알게 모르게 그녀를 돌보았다. 천상궁이 소장한 궁중 패물을 알음알음 발품을 팔며 비싼 값에 팔아주기도 했다. 그때부터 어머니의 의심 증세가 깊어졌다. 빠끔히 열린 대문으로 장에 가는 부부를 보면 마당에 털썩 주저앉아 통곡했다.

"남들은 부부 동반으로 다정히 장 나들이를 하는데 반쪽짜리 우리 서방은 천상궁을 따라다니느라 아이고 아이고…… 길바닥에 싸갈긴 소똥만도 못한 내 신세 아이고 아이고……"

어머니가 아이고 타령을 시작하면 집안사람들은 으레 그러려니, 하곤 내다보질 않았다. 그맘때 할머니는 금방 부스러질 것처럼 몸이 여위었다. 어머니는 할머니가 드실 죽을 종류별로 다양하게 쑤었다. 그러나 고운 말을 쓰지는 않았다. 어머니의 날카롭고 험한 말은 갓 끓인 죽과 함께 할머니의 밥상에 뜨겁게 얹혀 있었다. 끼니마다 정성껏 죽을 쑨 수고를 당신의 입이 다 깎아먹는다는 걸 모르는 눈치였다. 그런 탓에 할머니의 위장이 점점 나빠졌다.

"해도 해도 정말 너무하시네요."

나는 참지 못하고 어머니에게 대들었다.

"할머니한테 받은 구박과 설움이 얼만데요? 나도 이때다, 하고 본전을 뽑아야 되질 않겠소."

고된 시집살이를 떠올렸는지 어머니의 얼굴에 분한 기색이 설핏 어렸다.

"당신이나 내나 고자 남편을 만난 처지에 잘나면 얼마나 잘났을까. 할머니가 천하고 경박하다며 멸시하는 눈길로 날 요래 뜯어보곤 했디더. 아마 뱀눈도 그보다 따실 게요. 사람마다 생김새가 다르듯 성격도 각각인 법인데 몸가짐을 조신

나의 마지막 조선

하게 하라며 날 자꾸만 윽박지르니."

"어머니가 고생하신 것은 압니다만."

"아주 점잖은 양반이지만도 어쩜 그렇게 맵차던지. 할머니는 하관이 빼족한 것이 영락없는 부엉이지요. 부엉이 상이 복 없다는 말은 순 거짓부렁이오. 내가 효자동가에 들어왔을 때 할머니의 위세가 하늘을 찌릅디다. 시집살이가 어찌나 고되던지 징글징글하더만. 다들 눈 감고 귀 막고 삼 년을 넘기면 살 만하다던데 나는 십 년을 납작 엎드려 지냈소. 그 호랑이 시어머니도 세월 앞에선 용빼는 재주가 없었던 거라. 늙어서 힘이 빠진 뒤로는 청나라와 아라사에서 사들인 귀한 패물을 나한테 주데요. 아버지가 바람을 피울 적마다 날 뒤란으로 불러내어 비녀와 노리개를 하나씩 주었소. 남정네가 한눈을 팔면 반짝거리는 패물에 마음을 붙여야 한다며. 그게 정인갑지요. 미운 정, 그거 가벼이 볼 게 아니오. 살아보니 고운 정보다 무서운 게 미운 정이라."

젊은 어머니는 끓는 쇳물처럼 몸이 뜨거웠을 테지. 할머니는 며느리의 뜨거움을 잠재울 방편으로 아끼던 패물을 하나씩 내주었는지도 모른다. 어머니는 그걸 미운 정이라고 말했으나 할머니의 사랑 표현이었을 것이다.

어머니가 안채를 물려받던 날은 기온이 뚝 떨어진 늦가을이었다. 아침나절이어서 한 줄기의 햇빛이 장독대를 지나 닭장으로 비쳐들었다. 어머니는 개선장군처럼 위풍당당하게 안채로 향했다. 기품 있는 할머니에게 눌려 지낸 날들을 한꺼번에 보상받은 듯이 개운한 얼굴이었다. 그때 횃대에 앉은 닭이 날개를 펼치며 꼬꼬댁, 요망스레 울었다. 그러곤 닭장을 빠져나와 새처럼 날았다. 안채로 들어서던 어머니는 날아오르는 닭을 피하려다 장독대에 낀 살얼음을 밟고 미끄러졌다. 엉덩방아를 찧는 바람에 발목이 겹질렸는데 상한 발목보다 엉덩방아를 찧은 것이 더 민망했던지 "저노무 달구새끼가!"라며 노발대발 화를 냈다. 그후부터 나쁜 일이 생길 적마다 닭이 요망스레 날아서 그렇다며 닭 핑계를 댔다.

일 년 후 할머니가 돌아가시자 닭장은 폐쇄되었고 어머니는 "그노무 달구새끼 때문에"라는 말을 한동안 입에 달고 살았다. 그 말을 많이 하면서 자연히 아이고 타령을 부르지 않았다. 할머니가 돌아가신 탓인지 아이고 타령을 부르지 못해 변한 것인지 어머니의 몸이 말린 살구처럼 오그라졌다. 하루아침에 오목하게, 이빨 빠진 노인이 되었다. 아버지는 할머니와 어머니의 미묘한 관계를 이렇게 빗대어 말했다.

"고부관계는 풀기 힘든 산학이나 역법 문제와 닮았어. 풀면 풀수록 가닥이 점점 꼬이거든."

양주로 쫓겨난 대원위대감은 노근란露根蘭과 나목을 그리며 하루를 소일했다. 난의 대가로 꼽히는 대감이니 그림을 그리는 건 이상하지 않았다. 그런데 하고많은 난 가운데 노근란과 나목이라니. 노근란은 바위틈에 뿌리를 드러낸 채 칼날처럼 시퍼런 잎사귀를 꼿꼿이 세운 난이 아닌가. 원나라에 의해 송이 멸망하자 정사초라는 이가 뿌리 내릴 땅을 잃었다고 한탄하며 친 난이어서 그후 충의와 정절의 상징이 되었다. 게다가 잎을 남김없이 떨어뜨린 채 삭풍에 가지가 흔들리면서도 꼿꼿이 버티고 선 나무가 나목이다. 곧은골에서 은거중인 대감이 겨울을 앞둔 나무의 처절한 몸부림을 표현한 그림을 그리고 있다니. 미심쩍은 느낌을 떨치지 못한 전하께선 달포 간격으로 곧은골 소식을 전하는 양주 목사에게 아버님을 잘 살펴보라 일렀다. 정계 복귀를 꾀하는 등 불순한 조짐이 보이면 즉시 파발을 띄우라고 당부했다.

그후 한 계절이 지나도록 잠잠하던 양주 목사가 급한 서찰을 보내왔다. 펴 보니 곧은골에 계신 대원위대감이 사흘 동안 곡기를 끊고 밤낮없이 울고 있다는 내용이었다. "허욕이 지나치면 패가라 했거늘. 작은 걸 탐하다 자네를 잃었구나. 마침내 나의 집을 불태웠구나"라고 중얼거리며 전하를 그리

위한다고 적혀 있었다. 아버님에 대한 연민 때문에 전하께선 눈시울을 붉혔다. 작은 걸 탐하다 자네를 잃었구나, 라는 서찰의 한 대목이 심중에 잔잔한 파문을 일으킨 것 같았다.

"곡기를 끊으면 병환이 덮칠 텐데. 짐의 불효를 무엇으로 용서받을까."

"단단한 분이니 염려하지 마소서."

"그래도 타격이 크실걸세."

"갖은 고초를 겪어도 흔들리지 않던 대원위대감이신데 이번엔 며느리에게 쫓겨난 형국이니…… 제가 말이 많았습니다."

"치밀하지 못한 것이 아버님의 약점이야."

"야망이 큰 어른이니 둘러볼 게 많아서 그러신 게지요."

"정치는 살아 있는 생물과 같아서 피라미가 지나는 작은 물목도 예의 주시해야 되건만. 그걸 놓치셨어."

"지금 누구 편을 드십니까?"

나의 물음에도 묵묵부답, 전하께선 열린 문으로 정원을 내다보며 망부석처럼 서 있었다.

"대원위합하가 걱정되십니까."

"상전도 불같은 아버님의 성정을 알잖아."

그러나 곧은골에서 대원위대감이 눈물을 흘리며 중얼거린

'자네'라는 호칭은 전하를 가리킨 게 아니다. 그가 밤낮없이 울며 그리워한 이는 박유붕이었다.

"유붕이 죽음을 불사하며 내게 덤빈 이유가 이 때문이었어. 주상이 저 요망한 중전과 혼인하면 불구가 태어나거나 왕실에 파국이 닥친다는 걸 유붕은 알고 있었어."

대원위대감은 민치록의 딸을 왕비로 들이면 2대에 걸친 혼맥을 들먹이지 않아도 아군이 될 거라고 믿었다. 아군은커녕 적군이라며 반대했던 박유붕. 천지 사방 둘러봐도 손 내밀 곳이라곤 운현궁밖에 없는 가난한 과부의 외동딸이 적군은 무슨, 하며 유붕의 진언을 흘려들은 것이 패착이었다. 일도창해불복환 一到滄海不復換, 푸른 바다에 다다른 물은 다시 돌아오기 어렵다.

"내 눈이 멀었구나. 우매하여 자네의 깊은 충정을 몰랐구나. 다시없을 충신을, 참다운 은인을 내치고 말았으니. 유붕의 명줄을 내 손으로 끊고야 말았으니."

대원위대감은 주먹으로 방바닥을 내리치며 진한 피울음을 토했다. 세상에 비밀은 없다. 양주 곧은골에서 박유붕의 사망 원인이 솔솔 새나왔다.

대원위대감은 오래전부터 운현궁에 드나드는 민치록의 딸

을 눈여겨보았다. 눈이 외까풀인데다 눈꼬리가 길어서 마음에 쏙 들었다. 참하게 빗어 넘긴 댕기머리도 보기 좋았다. 아버지를 일찍 여의고 변변한 일가붙이조차 없는 몰락한 집안의 양반 처녀, 그동안 찾던 왕빗감으로 손색없었다. 금혼령을 내리기 전에 자신의 속마음을 주변에 슬쩍 흘렸는데 가장 믿었던 박유붕이 반대했다. 저러다 말겠거니 했는데 목에 핏대를 세우며 달려들었다. 대원위대감은 끓어오르는 부화를 억누르며 세 번을 참았다. 금혼령과 왕비 간택령 등 줄줄이 이어질 대사를 그르칠까 두려워 박유붕을 남양으로 내려보냈다. 멀리 떼어놓으면 잠잠해지겠거니 생각했다. 삼간택 전날에 박유붕의 혈서가 운현궁에 전달되었다. 민치록의 딸은 전하와 음양의 조화를 이루지 못하는 상극의 사주이니 왕빗감으로는 최악이다. 김병학의 딸이 탐탁지 않으면 차선인 김우근의 딸을 선택하라는 내용의 글이 한지에 붉은 피로 적혀 있었다. 남양으로 내려간 뒤에도 박유붕의 기세가 등등했다.

'내가 은인 대접을 하느라고 오냐오냐했더니 이놈이 제정신이 아닌 게야. 일개 술사 따위가 중차대한 나랏일을 좌지우지하려 하다니.'

대원위대감은 혈서를 찢어버린 후 상선 오자흔을 불렀다.

"이 자리까지 어떻게 올라왔는데? 어? 나는 피눈물을 흘리며 안동김문의 가랑이 사이를 개처럼 기어다녔어."

용의 턱밑에 돋은 비늘은 건드리지 말아야 한다.

'술사 따위가 분수를 모르고 까불어대더니 고것 참 고소하네.'

오자흔은 일이 잘 풀릴수록 입은 굳게 닫고 귀를 넓게 열었다.

"왕권이 튼튼해진다면 까짓 수모쯤 참아야 한다고 다짐해도 심장이 조각조각 잘리는 것 같았어. 난들 귀가 없겠나? 그긴 세월 동안 역대 임금을 똥 친 막대기 취급했던 것이 안동김문일세. 한데 놈들의 여식을 중전으로 들이라고? 무슨 뜻이겠어. 겨우 잡은 정권을 내주라는 거잖아. 박유붕이 미치지 않고야 이런 글을 나한테 어찌 보내나. 그것도 혈서를!"

대원위대감의 분노가 극점에 다다랐다.

오자흔은 박유붕을 곁에 두는 대원위대감이 마뜩지 않았었다. 대궐을 수호하는 내시는 뜨내기 술사를 경멸한다. 내시와 술사가 견원지간이 된 것은 타고난 입의 운명 때문이다. 입을 닫아야 하는 자가 입을 놀려야만 하는 자의 마음을 헤아리겠는가.

'천기를 알면 미천한 제 앞날이나 열 생각을 해야지, 왜 남의 점사를 볼까. 서푼어치도 안 되는 권력을 믿고 요사스레

입을 놀려 나라를 망친 술사가 그동안 얼마나 많았던가. 대원위대감께선 그걸 잊으셨나.'

　정치판에서 자란 오자흔은 박유붕을 버리지 못하는 대감의 심정을 얼마간 헤아렸다. 정권은 한반도의 뼈대를 이루는 백두대간의 정상에서 몸을 날리는 자가 잡는다. 뒤돌아보지 않고 살아갈 여지도 마련하지 않고 모든 것을 던지면 비로소 정권의 끄트머리에 선다. 정권을 쥐려면 천운이 따라야 한다. 모두가 원하는 천운, 그건 모양과 냄새가 없다. 쥐도 모르게 왔다 새도 모르게 사라지는 천운은 산술과 과학을 동원해도 설명이 불가하다. 그것이 정치판에 참개구리 끓듯 술사가 끓는 이유다.

　정권을 쥐려는 자가 술사를 찾는 것은 길을 묻기 위함이 아니다. 그 길은 아무도 모른다는 걸 너도나도 안다. 그럼에도 술사를 왜 찾을까. 백두대간의 정상에서 몸을 날릴 담력을 키우려면 황당무계한 조언일수록 힘이 된다. 선은 이렇고 후는 이렇고, 정치판에서 똑똑하다고 이름난 자의 앞뒤 딱딱 맞아떨어지는 조언을 들으면 될 일도 안 된다. 백두대간의 정상에서 몸을 날리는 것, 그게 황당무계한 일이므로. 역대 정권은 주로 황당무계한 자가 잡았다. 고종이 왕이 될 거라고 누가 짐작했겠는가.

그러나 왕권은 다르다. 정권은 노력한 자가 잡지만 왕권은 하늘이 내린다. 정권을 한 손에 쥐고 주무른 김좌근도 왕권은 잡지 못했다. 그가 자신의 생가붙이를 기껏 중전으로 내세웠기 때문에 권좌에서 밀려난 것이다. 한데 대원위대감은 왕권과 정권을 한 손에 쥐었다. 그만큼 종잡을 수 없었고, 그게 그의 장점이자 약점이었다.

"눈에 뵈는 게 없는 자는 그 눈을 뽑아야겠지."

울분을 삭이지 못한 대원위대감이 씩씩거리며 오자흔을 다그쳤다.

"한 눈밖에 없는 자인데요."

오자흔이 조용히 아뢰었다.

"남은 눈마저 뽑아야 성에 찰 것 같네."

"유붕의 목숨까지 거둘 생각은 아니시지요."

"지금도 이리 날뛰는데 살려두면 어찌되겠나?"

"알겠습니다."

'사냥이 끝나면 내가 가마솥에 삶기는 건 아닐까.'

오자흔은 이내 불길한 생각을 떨쳐버렸다. 대원위대감의 곁에 사인방이 있어도 그간의 궂긴 일은 자신이 처리해온 터였다. 오자흔은 또릿또릿한 생가붙이를 자하문 집으로 불렀다.

"뛰어난 궁수 스무 명의 명단을 적어오게. 궁수들에겐 알리지 말고."

"네."

며칠 후 또릿또릿한 생가붙이가 상선가의 대문을 두드렸다. 안내하던 검종을 물린 후 사랑방으로 들어선 생가붙이는 궁수들의 명단이 적힌 두루마리를 오자혼에게 바쳤다.

"이들 가운데 가족이나 가까운 일가, 다정한 친구가 없는 자로 추리게."

"네?"

"외톨이 말일세."

"궁수들의 신상을 모르니 제게 한 이틀 말미를 주시면."

"시간이 없네. 여기서 아는 만큼 고르게."

고개를 갸웃거리던 생가붙이가 이윽고 붓을 들어 한지에 적힌 이름 위에 드문드문 흑점을 찍었다.

"간추린 자가 몇 명이더냐."

"넷입니다."

"그중 몸은 날래되 머리가 나쁜 순으로 두 명을 다시 뽑아 봐."

생가붙이가 붓을 내려놓자 골똘히 생각에 잠겨 있던 오자혼이 고개를 들었다.

"내일 밤 이들을 부르게."

만반의 준비를 마친 오자흔은 운현궁에 소식을 전했다. 대원위대감의 부름을 받고 한성으로 올라온 박유붕은 그날로 외톨이 궁수들의 표적이 되었다. 박유붕 시신의 모양이 처참했으나 그 정도는 되어야 대원위대감의 분노가 풀릴 것 같았다.

이튿날 상선가 사랑에 또릿또릿한 생가붙이가 들었다.

"외톨이 궁수들은?"

"저희 집에서 쉬고 있습니다."

오자흔이 문갑 안에서 은자가 담긴 두 개의 자루를 끄집어냈다.

"그들에게 한 자루씩 나눠주게."

생가붙이는 얼떨결에 건네받은 자루를 슬며시 밀었다.

"그러기엔 너무 많습니다."

"이만한 값은 치러야 입을 다물지 않겠나. 이걸 받고 대신 혀를 달라 전하게."

"혀를 자를 것까지야. 대원위분부라고 하면 조선 팔도의 산천초목도 떨지 않습니까."

"벌레는 따뜻할 때 꼬이지. 시절이 좋아도 조처가 단단해야 후환이 없네. 그들에게 국경 너머로 가라 이르게."

"국경은 위험합죠. 잡힐 확률이 높습니다."

"낙동대감이 길을 터줄 게야."

"윗선은 모르는 일이라 하질 않았습니까."

"이젠 낙동대감도 아시지."

"그러면 일이 수월합지요."

"무릇 궂긴 일은 이렇게 처리하는 걸세. 자네도 배울 수 있을 때 잘 배워두시게."

한 다경 뒤 또릿또릿한 생가붙이가 그림자처럼 상선가를 빠져나왔다. 그는 자하문 골목 어귀에서 걸음을 멈추더니 혀를 내밀며 고개를 짤짤 흔들었다. 그러곤 마침표를 찍듯 한숨을 길게 내쉬었다. 그게 생가붙이의 버릇인 모양이다.

오자흔이 발 벗고 나선 덕분에 국혼을 무사히 치른 대원위대감은 대전 앞에서 우연히 그와 마주쳤다. 오자흔의 됨됨이를 알면서도 무기로 사용할 수밖에 없었다. 그가 어떤 보상을 요구할까, 마음을 졸이며 지켜보았다. 맡은 바 소임을 다할 뿐이라는 듯 오자흔이 고개를 숙이며 뒷걸음질치자 그제야 마음이 놓였다.

"중전이 아들을 생산해야 왕권이 튼튼해지련만."

대원위대감은 원자의 탄생을 손꼽아 기다렸으나 주상은

영보당(본디 이상궁의 처소 명인데 그녀의 호칭이 되었음)과 밤낮으로 붙어 있었다. 그 틈을 비집고 들어서는 것이 중전에겐 만만찮은 일이겠다 싶었다. 야릇한 신음이 흘러나오는 영보당의 처소 앞에서 눈물을 흘리며 돌아서던 모습을 누가 목격했다는 소문을 들었을 땐 중전이 딱하고 가엾게 느껴졌다. 이른 시간에 퇴궐한 대감은 새로 지은 안채인 이로당을 향해 부지런히 발을 놀렸다.

'정실은 이럴 때나 필요하지.'

양반가의 정실부인은 집의 몸채와 다름없다. 그건 왕실도 다르지 않았다. 대감은 의논할 집안일이 생기면 반드시 부대부인을 찾았다. 결혼할 적에 정표로 건넨, 그것도 대감이 마련한 게 아니라 왕실에서 하사한 패물마저 자신의 생일잔치 비용으로 팔아버렸기 때문에 부대부인에게 미안한 감정을 지니고 있었다.

'이참에 수고했다며 부인의 어깨나 두드려주어야지.'

이로당으로 들어선 대감은 푸근히 웃으며 두런두런 속내를 털어놨다.

"여염에서 없이 산 탓인지 중전에겐 엽렵한 구석이라곤 없네그려. 말이 없진 않을 성싶은데 주상 앞에선 통 입을 열지 않아요. 불곰 같은 중전을 옆에서 지켜보는 나도 속이 터지는데 주상께선 오죽 답답하시겠소."

그때만 해도 부대부인은 별다른 낌새를 보이지 않았다.

"주상인들 상글상글 웃는 영보당을 두고 불곰 같은 중전에게 가실 마음이 생기겠는가. 한창때인 주상을 탓할 수도 없는 노릇이니 이 일을 어쩌면 좋을까요, 부인."

그때 베개 하나가 표표히 날아왔다. 한 쌍의 기러기가 곱게 수놓인 연두색 베개였다. 종이로 만든 것이 아닐까, 싶게 무게감이 없어 보였다. 날개를 활짝 편 한 쌍의 기러기가 면전으로 날아들자 고개가 홱 꺾였다.

"망할 놈의 영감태기가!"

부대부인의 찰진 목소리를 들었을 때도 대감은 사태의 전모를 파악하지 못했다. 뭔 일이 났나, 하며 고개를 드니 부대부인이 이불을 밟고 서 있었다. 집안일은 정실과 의논하는 것이 상례였다. 아들이 임금이니 나랏일이 곧 집안일이다. 왕실의 일원이어서 전에도 그러했다.

'어엿한 가장에게 상욕을 하다니.'

대감은 헛말을 들었거나 헛것을 봤거니 여겼다.

"불곰. 불고오오옴! 네놈이 내 친정을 거머리가 끓는 수채보듯 하지만 않았어도 이런 일은 없었다. 어린 중전께서 운현궁을 드나들 적에 뒷구멍으로 무얼 빼돌리는 게 아닌가 하

나의 마지막 조선 **221**

여 네놈이 중전의 치맛자락을 얼마나 살폈더냐. 한데 이제 와서 뭐라고? 중전이 없이 살아서 불곰이 되셨다고. 에라, 쩨쩨하고 더러운 놈아!"

부대부인의 악다구니를 듣고서야 자신이 무슨 일을 겪는지 알았다. 대원위대감은 꼬리에 불붙은 강아지처럼 천지를 헤매고 다닐 적에 볼 꼴 못 볼 꼴을 죄 봤다고 생각했다. 그때도 이런 수모는 당하지 않았다. 억장이 무너지자 눈앞이 희미해졌다.

"이, 이……"

정신 줄을 놔버린 대감은 말을 잇지 못했다. 버버리처럼 한 음절씩 끊어 말했다.

"부인께서…… 마침, 내…… 실, 실성을…… 하신, 게요."

이번엔 목침이 날아왔다. 단단한 목침으로 이마를 된통 맞는데도 통증이 느껴지질 않았다.

"너처럼 괴상한 놈과 수십 년을 살았는데 정신이 온전하면 그게 사람이겠느냐!"

부대부인의 망발에 소스라치게 놀란 나머지 바지에 오줌을 쌌다.

"왜 이러시오…… 무, 무섭……소."

뜨뜻한 오줌이 가랑이 사이로 흐른다는 것을 인지했으나 창피한 생각조차 들지 않았다.

"허수아비보다 못한 왕실에 시집와서 나는 이날 입때 고생만 했다. 이제 이가라는 말만 들어도 치가 떨린다. 임금이고 나발이고 소용없다. 불쌍한 내 새끼 내놔라! 어어······"

흐르는 오줌을 막으려고 다리를 꼰 채 항문에 힘을 주자 전신이 파들파들 떨렸다.

"욕을······ 임금의 어미가 상욕을······"

김칫국 채어 먹은 거지 떨듯 대감은 그날 밤 무한정 몸을 떨었다.

"짐승도 제 새끼는 사지로 안 보낸다. 약병아리처럼 살 보드레한 그 어린것을, 벌벌 떠는 명복이의 털을 뽑아서 짐승의 아가리에 처넣은 금수만도 못한 놈아. 명색 선대왕의 지손인 재면이가 과거시험에 번번이 떨어져 노심초사하는 줄 알았더니 대궐의 큰 여우와 꾸민 흉계의 미끼로 쓸 줄이야. 그 덕에 왕실의 체통은 세웠으나 이를 어이할꼬. 다 죽게 생긴 우리 명복이 살려내라. 어어······"

젖은 바짓가랑이를 치켜올린 대감은 어허어허, 라는 탄식조의 말을 동강동강 뱉으며 노안당으로 줄행랑쳤다.

그날 밤 부대부인은 무얼 예감했던 것일까.

나의 마지막 조선 **223**

이튿날 새벽 그녀는 평온한 모습으로 아침상을 챙겼다. 대감의 밥상에 올릴 음식에 부정한 것을 섞지도 않았다. 토란국이 담긴 그릇의 온도를 손끝으로 점검하던 부대부인의 얼굴이 모처럼 개운해 보였다. 같은 시각, 이부자리를 개키러 노안당에 들어간 안잠자기는 대감의 이마에 솟은 밤톨만한 혹을 보곤 질겁했다. "존귀하신 대원위합하의 마빡에 종기가 돋았다!" 하고 말하며 부산스레 문을 열고 나왔다. 아침을 거른 안잠자기는 용한 의원이 있는 구리개로 서둘러 길을 나섰다.

대원위대감은 뜬눈으로 밤을 새웠다. 부대부인의 패악에 관해 떠벌려봤자 식솔들은 믿지 않을 것이다. 되레 노망이 난 게 아닐까, 라는 의심스러운 눈초리로 자신을 쳐다볼 게 틀림없었다.

'장차 이 일을 어찌한담.'

문득 제금살림을 낸 장자 재면이 보고 싶었다. 사내끼리 허심탄회하게 얘기하면 좋으련만. 골치 아픈 타성바지들 싹 내치고 우리 이가들만 아랫목에 졸래졸래 둘러앉아서, 라고 생각하며 토란국을 떠먹다 입천장을 데었다. 대원위대감은 간밤에 나쁜 꿈을 꾸었다 간주하기로 마음먹었다. 눈을 비비고 다시 쳐다봐도 부대부인의 몸가짐이 여전히 음전했다. 조정 일로 바쁜 대감은 그날 밤의 일을 곧바로 잊었다.

 국혼을 치른 지 오 년 만에 드디어 원자가 탄생했다. 대원위대감은 노안당의 마루에서 얼쑤, 하며 선비춤을 추었다. 도포의 소맷자락을 힘차게 펼칠 때 나라는 어떻게 지속되는가, 라며 그간 머리를 싸매고 몰두하던 문제도, 쥘부채로 손바닥을 슬쩍 치며 돌아설 적에 나라다움이란 무엇인가, 하고 고민하던 난제도 내일이면 순하게 풀릴 성싶었다.

 '원자를 얻었는데 무엇이 겁나랴. 이젠 대통을 버젓이 이을 수 있겠어.'

 그러나 원자는 항문이 막힌 채로 태어난 불구였다.

 "어인 날벼락이람. 주상과 음양이 맞질 않는다더니 중전이 그예 병신을 낳았구나!"

 꺼이꺼이, 대원위대감의 비통한 울음소리가 노안당의 담 너머로 새어나왔다. 대궐의 산실청에서 이 말을 전해들은 왕비가 미역국이 담긴 대접을 팽개쳤다. 탕약을 들여오던 입직 의관이 뒷걸음질을 칠 정도로 사나운 기세였다. 항문이 막힌 원자는 탄생 오 일 후 죽었고, 이 년 뒤 어렵게 얻은 공주는 이백이십이 일 만에 죽었다. 불과 이 년 사이에 두 아이를 잃은 왕비는 거칠 것이 없었다.

 "이 무슨 조화일꼬. 불경한 죽음의 행렬이라니."

나의 마지막 조선

5와 2의 불길한 숫자가 대감의 뇌리에서 사라지질 않았다. 불현듯 부대부인의 난동을 떠올렸으나 두려움에 사로잡힌 나머지 그날 밤의 일에 대해 물어볼 엄두를 내지 못했다. 불행 중 다행으로 영보당이 생산한 왕자가 곁에 있었다. 대원위대감은 달덩이 같은 완화군을 어르며 마음의 안정을 간신히 되찾았다.

궁과 궐의 속사정

쪼들리는 중궁전의 살림 때문에 왕비의 시름이 깊었다. 영롱하게 빛나던 홍장삼을 떨쳐입고 의기양양하게 입궁한 국모가 궁핍에 시달린다니 그게 웬 말이냐며 백성들은 허튼소리로 여길 것이다. 그러나 궁의 형편은 백성의 생각과 사뭇 다르다.

나는 달마다 각 궁에서 올린 장부를 확인한 뒤 결재한다. 각 궁의 운영비를 조목조목 살피는 것도 내시부 업무에 속한다. 중궁전의 서사書寫상궁인 김상궁은 내관들 가운데 필체가 가장 뛰어났다. 각 궁의 장부가 올라오면 김상궁의 명필을 감상할 양으로 중궁전의 장부에 손이 먼저 가게 마련인데 그때 중궁전의 재정이 늘 적자 상태였다. 각 궁마다 재물을 따로 관리한다. 웃전은 업무량이 많고 그에 비례하여 돈의 씀씀이도 크다. 그만큼 중전의 자리가 무겁고 고되다는 뜻이다. 왕비는 조선의 3대 명절과 대비들의 생신을 반드시 챙겨야 한다. 중궁전을 방문하는 대신들의 부인에게 나눠줄 작은 선물을 준비하는 데도 돈이 필요하다. 이뿐인가. 중궁전에 딸린 식구들의 수가 적지 않았고 그들을 부릴 때도 소소하게나마 뒷돈을 줘야 한다. 각 궁은 다달이 정해진 분량의 은자를 운영비로 받는데 그 금액으로는 중궁전의 살림을 꾸리지 못해 선대왕의 비는 사가에서 마련한 재물을 지니고 입궁했다. 친정이 가난하여 빈손으로 들어온 왕비는 가례를 올릴 때 부대부인이 하사한 장신구를 저당잡혀 얻은 돈으로 중궁전의 경비를 감당하고 있었다.

각 궁은 왕의 침전인 정궁을 중심으로 배치된다. 중궁전은 정궁의 북쪽에, 세자궁과 대비의 거처인 자궁은 동쪽과 서쪽에 위치하여 왕비가 전각을 나서면 대비전의 마루에 바리바리 쟁여진 선물 무더기가 보이는 구조였다. 신하들이 바치는 선물은 운현궁과 대비전에 몰렸고 대원위대감의 장기짝에 불과한 중궁전에는 사람의 발길이 끊겼다. 전하마저 찾지 않는 중궁전은 마당의 풀만 웃자랐다.

왕비보다 먼저 입궁하여 궁과 궐의 사정에 밝은 영보당은 처소에 문제가 발생하면 해결 방안을 빠르게 찾았다. 성격이 서글서글한 그녀에겐 협조하는 이가 많았고, 귀한 첫 손자를 품에 안겨준 탓에 대원위대감과 조대비의 사랑까지 듬뿍 받았다. 입상궁에 불과한 그녀는 내명부에서 맡은 업무량이 적은 터라 시간상의 여유마저 있었다.

영보당의 처소에서 다과상을 받을 때면 값비싼 가재도구가 자연스레 눈에 들어오더라던 왕비의 한탄과 웃전은 쪽방살림이고 아랫전이 안방 살림 같다던 중궁전 김상궁의 푸념이 동시에 떠오른다. 중궁전 마당의 웃자란 풀 때문에 왕비가 비리와 탐학의 원흉으로 몰렸다던 나인들의 우스갯소리가 옳을 수도 있다. 왕비가 권력에 욕심을 품은 것은 아마도 이 무렵일 게다. 웃전의 체면치레에 사용할 재물을 얻기 위해서라도. 큰일은 언제나 하찮은 일에서 시작되는 것이니.

전하께서 친정을 시작한 이듬해 2월, 원자 척이 태어났다. 첫째 왕자와 공주를 차례로 잃은 왕비는 늦게 태어난 원자를 애지중지했다. 원자는 어려서 천연두를 앓았고 신열이 자주 올랐다. 옆구리의 담 증상까지 겹치자 애간장이 녹았다. 반면 완화군은 튼튼하고 의젓하게 자랐다. 대원위대감은 완화군을 끔찍이 아끼며 무릎에서 잠시도 내려놓지 않았다. 왕비는 대감의 그 행위가 무얼 의미하는지 똑똑히 알았다. 서출도 개의치 않고 관직에 진출시키는 분이니 서장자인 완화군을 세자로 책봉할 수도 있다. 왕비의 시기와 질투로 인해 완화군은 아홉 살이 되어서야 겨우 군의 작위를 받았다.

세자 책봉을 앞두고 대원위대감의 세력을 등에 업은 영보당과 대립하던 왕비는 완화군 모자를 궐 밖으로 매몰차게 내쳤다. 그해 11월에는 부대부인의 남동생이자 왕비의 양오라비인 민승호가 폭사했다. 그 일로 고양이가 기름종지를 노리듯 재집권의 야욕을 버리지 못한 대원위대감의 짓이라는 말이 이태 동안 저자에 떠돌았다. 대원위대감은 서양의 위협에 대응하기 위해 집권 기간 내내 신무기 개발에 열중한데다 고성능 폭탄을 동원할 수 있는 소수의 인물에 속한다. 자신과 맞서는 처남 민승호를 평소에도 괘씸하게 여겼으니 그분의 성정을 감안하면 충분히 그럴 만했다.

"궐 밖은 전쟁터요 궐 안조차 싸움판이니 이를 어쩌면 좋을꼬."

전하의 상심이 날로 깊어졌다. 궐 밖으로 내몰린 영보당의 편을 들자 하니 양오라비를 잃은 왕비의 눈치가 보였다.

"영보당마마가 측은하옵니다. 날마다 사저 담장에 붉은 치마를 걸어두고 전하를 기다린다지요. 한번 발길하심이……"

후궁의 관리는 대궐의 별도 관아인 내시부 소관이다. 새

후궁을 천거하는 일도 내시부 업무에 속한다. 그러나 내시의 생살여탈권은 내명부가 쥐고 있어 내명부 소속의 관인이 내시를 감찰했다. 이렇듯 대궐의 내관은 물고 물린 채로 업무를 이행했다.

"무슨 명목으로 궐 밖 행차를 할꼬."

"명목은 소신이 만들면 되질 않겠사옵니까."

"그 명목에 발목을 잡히면 어쩌누."

"영보당마마를 귀애하질 않습니까. 첫 정인이시잖아요."

"왕의 삶은 평민과 다르다네. 한 여인만 사랑할 순 없어. 무릇 왕은 두루, 널리 사랑을 베풀어야 한다네."

"어명인즉 받잡겠으나 그건 난봉꾼의 사랑 타령과 다름없질 않사옵니까."

"자네가 입바른 소리를 할 때면 정나미가 떨어져. 강상죄로 엄히 다스릴까보다."

"소신은 그런 뜻으로 아뢴 게 아니오라."

"왕의 사랑이 넘치면 나라가 망한다 했느니."

"『한비자』의 설의說疑 편을 말씀하시는 겝니까."

"그 책에 자애롭고 은혜로운 왕은 나라를 망친다고 쓰여 있어. 자애로운 자에겐 측은한 마음이 있고 은혜로운 자는 주변에 베푸는 걸 좋아하지. 측은하다며 죄가 있어도 벌을

나의 마지막 조선

주지 않고 너그러이 베풀면 공을 세우지 않아도 상을 주게 되지. 그럼 어찌되겠어? 과오는 있되 죄가 없고, 공은 없는데 이익을 주니 나라가 망하는 건 당연지사."

"영보당마마의 문제에 그걸 대입하면 곤란합지요."

"어찌됐든 한비자가 권하는 정치술의 둘째 덕목이 필벌必罰이야. 군주는 엄하고 냉정해야 하네."

"한비자의 가르침을 본받으시느라 쫓겨나는 영보당마마를 보고만 계셨나이까."

"자네 말에 뼈가 있군. 아까부터 꽤 뾰족했어."

"그럼에도 군주는 인애로워야 합니다. 영보당마마를 찾아보심이……"

"짐이 아침 문후를 올릴 때마다 대왕대비마마께서 뭐라고 하시는지 아느냐. 중전의 효성이 극진하다며 온통 칭찬하는 말씀뿐이니라. 해마다 음력 2월이면 북쪽 뜰에서 중전이 직접 누에를 치고 햇과일을 거두어 선왕들께 바치질 않느냐. 한데 무슨 핑계로 궐 밖 행차를 할꼬."

왕비는 총명하고 이지적이었으나 백성들은 그녀를 비리와 탐학의 원흉으로 보았다. 그 이면에는 민씨 일가의 고속 승진에 대한 곱지 않은 시선이 작용했다. 정적으로 돌아선 아버지를 처족의 손을 빌려 물리치자 저울추가 여흥 민씨 쪽으로 기울었다. 이때부터 전하께서 경계했고, 왕비는 피해의식에 시달렸다. 대원위대감이 완화군을 세자로 책봉할까 두려웠던 그녀는 전국의 이름난 무녀들을 중궁전으로 불러들였다. 명산대천에서 수만 냥을 소비하며 원자의 쾌유를 기원하는 제를 올렸고 급기야 한 무녀에게 진령군의 작호를 내렸다.

"천한 무녀에게 당치 않게 군이라니."

전하는 무속에 빠진 왕비를 탐탁잖아했다. 왕비를 향한 전하의 마음이 반반으로 나뉘었다. 든든한 동반자이자 전우로서 신뢰하는 마음 반, 마땅치 않은 마음 반. 나는 전하의 반쪽짜리 마음을 이해하지 못했다.

'중전마마를 증오하면서도 동시에 사랑하시다니.'

내가 알기로는, 전하가 조선에서 제일 의뭉한 남자였다. 하필이면 이때 완화군이 궐 밖 사저에서 급사했다. 그의 나이, 열두 살이었다. 비보를 접한 전하께서는 저고리 앞섶이 젖도록 옥루를 흘렸다.

"내 죄가 크고 무겁다. 완화군이 허무하게 갈 줄은 정녕 몰랐네. 그 어린것이 북망산천을 어찌 찾아갈꼬. 이럴 줄 알았으면 대궐로 한번쯤 부를 것을. 민가의 아비처럼 따뜻하게 안아주면 좋았으리."

자식의 죽음을 세 번이나 겪은 전하였다. 완화군의 주검을 대하는 모습이 앞선 왕자와 공주의 주검을 마주할 때와 달랐다.

"자네는 왜 슬피 울고 있는가."

슬픔에 빠진 전하 때문인지, 아들을 앞세운 아비의 애타는 심정을 모르는 나 자신이 측은해선지 그마저 헷갈렸다.

"전하의 슬픔을, 그 깊이를 헤아릴 길 없사오니."

나는 들끓는 마음을 억누르며 겨우 대답했다.

"상전은 짐의 감정을 세세히 알려 하지 마라."

전하께선 연일 울적한 표정으로 정무에 참여했다.

"완화군을 잃은 영보당마마의 처지를 헤아려 한번 찾아보심이 마땅한 줄 아옵니다."

"탁자 위를 보아라. 국사가 첩첩이 쌓였다."

"진령군이 완화군의 죽음과 무관하지 않다는 소문이 돌고 있나이다."

"저 하늘의 구름만큼이나 많은 것이 조선의 뜬소문이다."

"쉽게 가라앉을 소문이 아닙니다."

"설만 무성하지 뚜렷한 증좌가 없질 않느냐."

"그것이……"

대답을 올리려는데 전하께서 검지를 치켜세우고 두어 번

까딱거렸다. 그건 우리가 정한 신호였다. 고개를 돌려 사정문을 쳐다보니 밖에서 염탐하는 기미가 느껴졌다. 옷자락이 스치는 미세한 소리, 움직임이 적은 것으로 봐선 상궁과 나인이 아니다. 오직 내시만 긴 시간 동안 흔들림 없이 서 있는 방법을 안다. 누구의 간자일까? 노년기로 접어든 후에도 끊임없이 왕권을 탐하며 수 싸움을 벌이는 대원위대감, 혹은 왕비? 그도 아니면 안동김문…… 아무려나 새로운 간자만 아니면 상관없다. 묵은 친구가 편하듯 우리도 헌 간자가 편하다.

"취향교로 나가자꾸나."

어좌에서 몸을 일으킨 전하께서 천천히 걸음을 내디뎠다. 편전을 염탐한 간자는 대전내시 가운데 한 명이다. 우리가 그의 정체를 알듯 간자도 들켰다는 걸 알고 있다. 그럼에도 배후가 누구인지 묻지 않았다. 간자 역시 전하에게 치명적인 해가 될 정보는 저쪽에 전달하지 않는다. 우리가 배후를 밝히려고 하면 저쪽에서 알아채고 간자를 교체한다. 그러면 골치가 아프다. 내 손이 닿을 정도의 거리에서 활동하는 내시가 간자여야 뒤처리가 깔끔했다. 내시보다 품계가 낮은 상궁과 나인들은 나뭇잎의 잎맥처럼 어지럽게 얽혀 있어 나도 손을 쓰기 어렵다. 이번에 적발한 간자는 장동파 내시가 아니라 계동파 내시였다. 이렇듯 대궐에는 네 편 내 편 없이 간자가 스며든다. 자르고 끊어도 물처럼 공기처럼 스며들고, 대궐 담을 타고 무시로 내려왔다. 한참을 걷자 향원정으로 들어가는 길목에 놓인 취향교의 교각이 보였다. 다리의 중간 지점에서 걸음을 멈춘 전하께서 손짓으로 주위를 물렸다.

"편전에서 하던 말을 마저 해보아라."

취향교에서 나누는 대화는 옆 사람에겐 들리는데 간격이 벌어지면 소리가 뭉개지고 흩어져 내용을 헤아리기 어렵다. 다리 밑에서 흔들리는 잔물결과 다리 위에서 나누는 말소리가 서로 부딪쳐 어떤 작용을 일으키는지 모르겠으나 우리는 그곳을 귀하게 사용했다. 다리를 거닐며 밀담을 나누기 좋은 장소였다.

"상전은 가까이 오라."

"소신은 전하의 뒤에 서야 하옵고 삼 보 정도의 간격을 두어야 합니다."

"듣는 귀가 많다. 궁중 예법을 일일이 지킬 참이냐."

"하오면 일 보만 다가가겠습니다."

"이리 오래도."

"이 보만 다가가겠습니다."

"뭐가 못마땅하여 이러는 게야?"

"영보당마마를 찾아보심이……"

"완화군의 죽음에 관한 증좌가 있나 했더니."

"전하께선 냉정하기 짝이 없으십니다. 지난날을 돌아보소서."

"그 말은 짐이 하고 싶어. 영보당의 일에 반대만 일삼던 자네가 아니었던가."

"소신이요?"

"상전은 어릴 때부터 영보당을 미워했어."

"그건 모함이십니다. 완화군께서 돌아가신 후 영보당마마께서 말문을 닫았다 합니다. 침방상궁에게 들었나이다."

"말을 아예 못하느냐?"

"입안에 돌덩이가 있는 것처럼 영보당마마의 말투가 어눌하고 쇳소리가 섞여 알아듣지 못한다 하옵니다. 얼마나 원통하시면."

"큰일이 아니냐."

나는 전하의 명을 받고 어가를 꾸렸다.

"사저가 이리도 가까운데. 짐이 무심했네."

가마에서 내린 전하는 사저의 담장을 바라보며 침울한 목소리로 중얼거렸다. 그날 밤 영보당의 담에 걸려 있던 붉은 치마가 걸렸다. 나는 왕의 침소를 지키느라 시위대와 함께 마당에서 밤을 꼬박 새웠다. 늘 반반인 전하의 마음처럼 그날 밤하늘에는 반달이 떴다. 나도 영보당처럼 언제든 내침을 당할 수 있다. 무심한 어심 속에 또다른 마음을 숨긴 듯한 전하가 매 순간 두려웠다. 신하를 통솔하는 일곱 가지 방법 가운데 참관參觀보다 궤사詭使와 협지挾智에 몰입한 듯 보이던 그 시기의 나의 왕.

대궐로 돌아온 전하는 영보당을 종4품 숙원에 봉작하고 어의를 보내 그녀의 병환을 치료케 했다. 초장 끗발은 개 끗발이라는 상말이 있다. 전하의 참사랑을 믿은 영보당은 왕비와 맹렬히 다퉜으나 참패하고 말았다. 사랑과 더불어 생때같은 아들마저 잃었으니 그녀는 살아 있어도 산목숨이 아니다. 복구하지 못할 만큼 처절히 깨졌으니까. 때와 장소에 따라 수시로 변하는 것이 인간의 사랑인데 사랑의 비루한 속성을 헤아리지 못한 영보당에게 우매하다 말하면 어불성설이려나.

전하의 보령 서른이 된 해에는 일본의 선진 문물을 습득할 목적으로 열두 명의 조사와 수행원, 역관으로 구성된 조사시찰단을 파견했다. 시찰단의 일원으로 일본에 다녀온 동래부 어사가 올린 보고서에 풍경화 한 점이 껴 있었다. 풍경화를 감싼 종이의 겉면에는 왜인들이 좋아하는 환쟁이의 그림인데 보고용으로 올린다는 짧은 글귀가 적혀 있었다. '우타가와 히로시게'라는 죽은 환쟁이의 그림을 펼치자 전하께서 감탄사를 연발했다.

"어허! 색과 색의 조합이……"

에도의 풍경을 그렸는데, 계절과 날씨, 시간에 따른 광선의 변화를 표현한 것이 특이했다. 민화와 담백한 수묵화만 접했던 내게도 그 풍경화가 신세계처럼 보였다. 그림 속에 표현된 광선 때문에 그림 너머에 숨어 있을 에도의 다른 풍경도 가히 짐작되었다.

"왜의 그림이 놀라울 정도로 발전했구나. 오래전에 그린 그림조차 이럴진대."

전하의 장탄식이 이어졌다.

"우리는 아랫집에서 죽이 끓는지 밥이 끓는지 모르는 채 문을 걸어 잠그고 공맹만 논했구나. 무쓰히토도 이 그림을 봤겠지? 그는 무슨 생각을 할까."

전하는 동갑인데다 자신보다 생일이 몇 달 늦은 122대 일왕 메이지 덴노를 견제하고 있었다.

"선왕께선 사무사思無邪라는 글을 손수 써서 희정당에 걸어두고 아침마다 마음에 새기셨다더구나."

"생각함에 사특함이 없다는 뜻이지요."

"나는 일왕의 이름을 침전에 써붙이고 매일 쳐다본다. 하루도 잊고 싶지 않아서. 짐은 날마다 삿되고 삿되다."

"성심을 편안히 하소서."

"그뿐이면 괜찮게? 방백과 수령 가운데 탐욕이 극심한 자의 이름도 써붙였다. 나는 날마다 옹졸해지고 그로 인해 매 순간 고단하다."

여간해선 속내를 드러내지 않았으나 간혹 마음의 문을 활짝 열 때가 있었다. 당신의 허물을 내게만 보여준다는 듯이 겸연쩍어하면서. 그땐 어떤 말을 아뢰어도 문제가 되지 않을 것처럼 곰살맞게 곁을 내주었고 나는 그 틈을 비집고 들어가 다리를 편히 뻗었다. 전하의 형편이 빠듯하여 빈틈이 보이지 않을 때면 못내 섭섭해졌다. 나는 이게 사랑이라고 생각한다. 상대의 성품과 습관, 환경과 취미에 대한 호기심, 그 때문에 마음이 이끌려 안절부절못하는 상태가 되면 사랑에 빠진 것이다. 이때 상대의 가치평가가 부풀려질 확률이 높기 때문에 모든 사랑은 착오에서 비롯된다. 그 감정이 착오든 아니든 스스로 허물을 드러내며 곁을 내어주는 전하를 가까이에서 보면 누구나 사랑할 수밖에 없다.

휴식시간이 되면 장번내시들은 내반원에 모여 잡담을 나

눈다. 보고도 못 본 척 듣고도 못 들은 척하는 것이 내반원의 규칙이나 국사와 정무에 관련된 정보가 아니면 묵과해준다. 떠올려보라, 내반원의 내부 통로에 쪼그려앉아서 잡담에 열중하는 내시들의 모습을. 우리는 조선왕을 두 부류로 나눈다. 존경하는 왕과 사랑하는 왕. 전하는 당연히 후자에 속했다. 역대 왕 가운데 몇몇은 존경과 사랑 사이에서 의견이 갈리기도 했으나 전하가 사랑스러운 왕이라는 판단에는 모든 내시가 동조했다.

조사 시찰단이 돌아온 후 일본으로 건너간 김옥균이 이듬해 2월, 쌓인 눈이 녹을 무렵에 서찰을 보내왔다. 일본이 동양의 영국이 되려 하니 조선은 동양의 불란서가 되어야 한다는 내용이었다. 그는 전하의 마음을 읽은 듯이 서찰 말미에 일왕에 관한 내용을 상세히 적어넣었다. 몸이 왜소한 일왕은 현인신의 흉내를 내느라 나이에 맞지 않게 턱에 구레나룻을 길렀다. 입을 굳게 다물어 화난 듯 보이며 옷에 무얼 주렁주렁 달아서 위엄을 드러내려 한다, 라고 썼다. 오로지 전하를 위무하는 것은 김옥균의 서찰뿐이었다. 전하는 정무를 보면서도 일본에서 온 서찰이 있는지 내게 묻곤 했다.

김옥균은 사람의 마음을 훔칠 줄 알았다. 도둑 가운데 가장 큰 도둑이 마음 도둑이다. 나로선 마냥 부러울 따름인 그

나의 마지막 조선

능력을 타고났는지 습득했는지는 모른다. 그는 박규수(연암 박지원의 손자)의 문하생 출신이다. 대원위대감이 총애한 박규수는 상선을 불태우며 미국의 발호를 격퇴했으나 본래 성향은 진보적이었다. 그는 박규수의 집에서 서양 문물을 일찍 접하는 행운을 누렸고 신사유람단의 일원으로 일본 구석구석을 탐방하며 개화에 관해 깊이 연구했다.

나는 지근거리에서 전하를 모셨기 때문에 남들이 보지 못하는 걸 보았다. 수구파는 어리석어 백성을 핍박하며 권력을 유지하는 데 정신이 팔렸고, 개화파는 팔랑귀여서 사기꾼에게 잘 속을 것처럼 보였다. 위기에 빠진 조선을 구하려면 개화가 살 길이라고 누구이 주장하던 전하는 총명한 김옥균에게 마음이 쏠렸다. 누구도 막을 수 없었다. 청군의 행패가 나날이 심해지는데도 민씨 정권이 사리사욕을 채우는 데만 급급해하자 김옥균, 박영효(철종의 부마) 등이 무장정변을 일으켰다.

프랑스와 전쟁을 앞둔 청이 조선에 주둔한 군대를 안남전선으로 이동시켰기 때문에 한성에는 천오백 명의 청군이 남아 있었다. 개화파는 비밀리에 양성한 충의계를 비롯한 천 명의 무장 조직원이 있었고 일본으로부터 공사관 병력 백오십 명과 일화 삼백만 엔을 빌려주겠다는 약속까지 받아냈다.

다시없을 기회였다.

1884년 12월 4일 초겨울의 으스스한 한기 속에 시작된 거사, 암호명은 '천天'이었다. 김옥균의 끈질긴 설득에 홀랑 넘어간 전하는 개화파의 법령을 재결한 뒤 개혁정치를 실시하라는 조서를 내렸다. 그때 왕비의 요청으로 청군을 거느린 원세개가 쳐들어왔고 열세에 놓인 왜군은 개화파와 한 약속을 저버리고 철수했다. 이로써 김옥균의 개혁은 단 삼 일 만에 끝나버렸다. 개화파의 국정 방향은 옳았으나 일본의 힘을 빌려 혁명을 계획한 것이 패인이었다.

김옥균이 왜인으로 변장한 채 인삼 가마니를 옮겨주는 조건으로 허름한 배를 얻어 타고 일본에 도착했다는 전갈을 보내왔다. 그로부터 얼마 지나지 않아 그가 일본 고위층과 접촉한다는 정보를 사전에 입수한 왕비가 일본으로 자객을 보냈다. 그때 전하는 왕비의 손을 잡았다.

'아아…… 전하는 어느 편이신가. 옥균이 보낸 서찰을 읽으며 눈물 짓던 모습을 기억하는데 고새 왕비의 손을 잡다니.'

일본 고위층마저 개혁에 실패한 김옥균을 외면했다. 찬밥 신세가 된 그는 이홍장과 담판을 짓기 위해 상해로 건너갔다. 이홍장은 청의 외교권을 한손에 쥐고 있었고, 조선이 그의 관리 구역이었다. 이홍장을 만나기로 한 날, 김옥균은 자객 홍종우가 쏜 총알에 맞아 사망했다.

　전하는 갑신정변을 암묵적으로 인정했으나 조선식 입헌군주제를 내세운 개화파의 법령은 마뜩잖아했다. 군주권을 수호하는 것이 곧 국권을 지키는 길이며 종국에는 민권도 강해진다고 믿었던 전하께선 군주의 권한을 법으로 제한하자고 주장한 김옥균이 당신을 기만한다고 생각했다. 그 때문에 개화파에게 등을 돌렸다. 그의 시신이 실린 배가 양화진 나루에 도착하던 날, 전하는 비탄에 잠겨 있었다. 나는 붉게 변한 안정을 쳐다보며 그날도 어심을 헤아리느라 골몰했다.

　"김옥균의 목에 대역 죄인임을 알리는 깃발을 달도록 하라!"

　어명이 추상같았다.

　나의 왕이시여.

　당신은 도대체 어떤 분입니까.

　내가 지극정성으로 모신 그분이 맞나이까.

　그토록 잔인한 명령을 내리던 전하의 눈이 겁먹은 소의 눈처럼 보였다. 악의 기운이라곤 없는 슬픈 짐승의 눈. 포식자가 아닌 피식자의 눈이었다. 전하는 주검으로 돌아온 그의 사후경직된 목에 '대역죄인'이라고 적힌 깃발을 달도록 명령했다. 그날 양화진에서 조각조각 잘린 그의 시신이 전국에 부위별로 전시됐다.

　김옥균이 양화진에서 두 번의 죽임을 당할 때 일본인 친구가 그의 머리카락과 손발톱 일부를 챙겼다. 일본인 친구는 그걸 아오야마 공원묘지의 외국인 묘역에 묻었다. 그의 비석에는 유길준의 추모 글이 다음과 같이 새겨져 있다.

　　비상한 재주를 가지고
　　비상한 시대를 만났지만
　　비상한 공도 못 세우고
　　비상하게 죽은 하늘나라 김옥균 공이여!

　김옥균의 동료이자 조선 제1호 국비유학생인 개화 지식인 유길준은 추모의 글을 쓰며 슬피 울었다. 그가 비문의 행간에 숨긴 뜻이 얼마나 많으랴.

　김옥균은 갑오개혁 후 복권되었다. 양자 김영진이 그의 머리카락과 손발톱을 수습하여 충남 아산의 선영에 묻었고, 일본 아오야마 공원묘지에는 그의 위패와 비석만 남았다.

　김옥균의 시신이 조선에 도착하던 날 전하께선 남몰래 울었다. 진심에서 우러난 눈물이었다. 방법은 잘못되었으되 백성을 위하는 그의 진심을 속속들이 알고 있었는데도 전하는 자객을 보냈다. 사서에는 병조판서 민영소가 보낸 것으로 기록되었으나 전하께서 최종 판단을 내렸다.

"경의 뜻이 그러하니 나 또한 윤허하리라."

민영소에게 하명하는 것을 내가 옆에서 똑똑히 들었다. 민영소는 왕비의 사람이다. 어머님(조대비)의 뜻이 그러하니, 아버님의 뜻이 그러하니, 그대(중전)의 뜻이 그러하니 나 또한 윤허하리라. 이것이 전하의 화법이다. 제왕의 말은 천금 같아서 입이 무거워야 하지만 전하께선 유독 심한 축에 속했다. 아무리 다급한 상황에 처해도 정사에 관한 의견을 먼저 말하지 않았다. 상대가 의견을 제시하도록 유도한 뒤 마지못해 따르는 것처럼 보이는 방식을 취했다.

왜 그랬을까.

일국의 왕이 제 안전만 도모하는 비겁한 방식을 취한 것 같겠지만 그게 왕권을 지키는 최선의 방법이었다. 정전은 말로써 벌이는 살벌한 싸움터였다. 적이 가득한 전장에서 살아남으려면 적의 칼로 적을 베어야 한다. 살길은 그뿐이다. 설혹 전하께서 적을 물리쳤다고 발표해도 아무도 손뼉을 치지 않았다. 아버지 덕분에 왕이 된 자가 그 일을 할 수 있겠어, 라는 것이 다수의 생각이었다. 대원위대감은 산전수전을 겪으며 근력을 키운 뒤 정치판에 뛰어들어 안동김문을 단칼에 베어버린 용맹한 무사였다. 전하는 아버지를 넘어서야만 백성의 인정을 받을 수 있었다. 게다가 글로 배운 것과 체험으로 익힌 것 사이에는 한계가 있다. 산전수전의 근력이 없는 전하가 적의 칼로 적을 무찔렀다는 사실이 알려지면 경계심만 북돋울 것이 명확했기에 가능한 한 숨겨야 했다. 하여 찾은 방법이 '경의 뜻이 그러하니 나 또한 윤허하리라'라는 상대에게 묻히는 화법이다. 전하의 위치가, 처한 상황이, 비루한 그 화법을 고안해 쓰도록 만들었다. 주관이라곤 없는, 신하에게 휘둘리는 것처럼 보이는 언어. 백성들은 당연히 소심하기 짝이 없는 왕이라고 평가했다. 그것이 전하가 규정한 자신의 길이었다. 그 화법을 사용하기 위하여 신하들의 가계를 훤히 알았고 그들의 족보를 줄줄 외웠다. 향원정의 못물에 떠 있는 부석을 밟듯이 신중하게 발을 내디디며 상대를 치켜세웠다. 못물에 빠질까봐 안간힘을 쓰며 몸의 균형을 잡던 모습이 지금도 눈에 선하다.

갑신정변을 마무리한 후 눈을 부라리는 대신들 앞에서 자신의 허물과 과오를 순순히 인정하는 전하의 모습을 바라보며 나는 눈물을 훔쳤다. 앞으로는 대신들과 의논하여 정사를 결정하겠노라며 정전에서 무릎을 꿇었다. 전하를 표현할 하나의 낱말을 선택하라면 망설임 없이 '수치심'을 뽑겠다. 지

독한 수치심에 사로잡혀 일생 동안 남몰래 떨었던 사내. 이것이 조선 제26대 국왕의 참모습이다.

조정의 어지러운 상황을 수습한 전하는 나라 밖으로 눈길을 돌렸다. 국제 정세가 손바닥 뒤집듯이 바뀌었고 제국주의 열강이 호시탐탐 조선을 넘보았다. 나라의 운명이 바람 앞의 등불이었다. 전하는 국운을 걱정하느라 밤잠을 이루지 못했다. 이 손을 잡으면 저쪽이 승하고 건너 쪽의 손을 잡으면 그 손이 불길한 이계異界로 통하는 동굴처럼 느껴졌다. 동굴 속에서 잘못된 결단을 조롱하는 소리가 메아리처럼 울렸다. 피로가 누적된 옥체는 파김치처럼 늘어졌고 옥안의 표정이 사라졌다.

"어쩌면 좋으냐. 내 백성을 어찌하면 좋으냐."

내 앞에서 액상을 찡그리고 우는 날이 많았다. 적들이 두려워 울었고 분해서 울었다. 울음을 그쳤다가 이내 억울하여 다시 울었고 참을 수 없는 적의가 밀려와서 해종일 울었다. 어찌할 바를 모르겠는 상황으로 내몰린 조선의 처지가 전하로 하여금 울게 만들었다.

"난국을 어찌 타개할까. 산 하나를 넘으면 더욱 가파른 산이 나타나고, 안에서 터진 상처를 봉합하면 밖에서 칼이 들어오는 형국이니."

전하의 울음소리 때문에 뼈가 녹고 살이 내렸다. 저 울음을 멈추게 할 수 있다면, 하늘을 관장하는 신에게 하자 있는 내 몸—썩 좋아하진 않겠지만—과 영혼까지 알뜰히 바칠 수 있었다. 왕이 권력의 최고봉이자 만사형통의 존재가 아닌 줄 알고는 있었으나 이렇게 자주 울 거라곤 짐작하지 못했다. 조선은 군신공치 체제여서 권력이 분립되었고, 나중에는 군약신강君弱臣强으로 바뀌어 왕의 의도대로 할 수 있는 일이 많지 않았다. 한 마디 한 걸음에 대신들의 잔소리가 따라붙었다. 그러면 "원 참, 더러워서"라는 혼잣말이 내 입에서 시부저기 흘러나왔고, 대신들이 들었을까봐 식은땀이 났다.

　"더는 참지 마소서."

　이 말밖에 하지 못한 날에는 내 혀를 뽑아버리고 싶었다. 다양한 세력과 소통하고 권력을 나누는 과정에서 발생한 생채기로 인해 옥체가 누덕누덕해지고 곪아터진다는 걸 나는 알지 못했다. 용포에 방울방울 떨어지는 옥루를 보았으니 진언을 아뢰어야 할 텐데, 아뢸 말이 떠오르지 않았다.

　"인간은 울음을 물고 태어나서 통곡 속에 삶을 마감하지. 태어나기 전부터 인생이 근심과 울음뿐이라는 걸 알았던 게야. 평민도 이럴진대 비명과 절규에 덮인 옥좌의 삶임에야. 여긴 내 자리가 아니야. 이걸 너끈히 감당할 자가 앉아야지."

나의 마지막 조선

"진실로 강한 자는 스스로 강하다 말하지 않습니다. 자신을 끊임없이 의심하는 전하야말로 무섭도록 강한 분입니다."

"상전은 달콤한 말로 짐을 위로하지 마라."

전하가 시퍼런 작두날 위에 서 있었다. 자칫 발을 잘못 디디면 작두날에 베일 형국이었다.

"조선은 삼면이 바다일세. 활짝 열린 저 바다로 언제 적이 쳐들어올지 모른다네. 내일이나 모레, 글피…… 우리는 조선을 지킬 힘이 없어. 이 환란을 피하려면 누구 등에 올라타야 할까. 예로써 덕화되지 못한 서양 오랑캐가 조선을 공짜로 도와주겠나? 이문이 남아야만 움직이는 약아빠진 것들인데. 장사치와 진배없는 서양 오랑캐에게 무얼 내주고 무얼 지킬 것인가, 라는 문제로 요즘 괴로워. 짐이 내리는 명령의 무게와 책임에서 일각도 자유롭지 않아."

"신이 엎드려 간청하옵건대 나라의 사기는 사람의 원기와 같아서 마음이 허약하면 백 가지 병이 침노하고 나라의 사기가 위축되면 백 가지 간사함이 틈을 엿봅니다. 나라의 존망이 위태로우니 전하께선 부디 어심을 강건히 하시어 간사한 무리가 날뛰지 않게 하소서."

처처에 적이 있었다. 참호 부근에 적들이 깔린 것은 명확하나 그 수조차 파악되지 않았다. 포연이 자욱한 전장에서 총부리를 어디로 겨눌지 그마저 몰랐다. 조선의 왕 가운데 전하처럼 모진 시험을 당한 이는 없다. 영구 집권에 눈이 어두운 대신들은 당파의 이익에만 신경을 곤두세우느라 나라의 운명 따위는 거들떠보지 않았다. 심지어 어전에서 조선은 청의 황제가 다스리는 땅이라고 아뢰는 신하도 있었다.

"지극히 밝은 사람은 일이 생기기 전에 알고, 다음 사람은 일이 생기려 할 때 알며, 무능한 사람은 일이 벌어진 후에 안다고 했습니다. 전하의 능력이 부족하면 위로는 천도를 어기고 아래로는 지의에 잘못하게 되옵니다. 그러면 나라에 괴상한 기운이 성하고 여러 재변이 일어나 그 화가 백성에게 미치니 국가의 부유富裕와 억조 민중을 어찌 보전하겠나이까."

나라 안에서는 민란이 끊이지 않았고 간사한 대신들은 정연하게 꾸민 언어로 전하를 협박하며 거짓된 참소를 올렸다. 그들은 탁상의 음모자가 되어 화의 근원을 은밀히 만든 뒤 두려움에 떠는 전하를 이용하여 패거리의 권세와 안녕을 꾀했다. 그들 중 일부는 임박한 반란을 상상하며 잠자리에서 몸을 뒤치었다. 전하는 아무도 믿지 않았다. 대신과 대간들을 끊임없이 의심해야만 용상을 지킬 수 있었다.

"오늘의 충신 가운데 내일은 적이 되어 내 등에 칼을 겨눌 자가 누굴까?"

충신을 적으로 만난 적이 부지기수여서 자신을 따르는 소수의 신하조차 믿지 않았다. 우리가 우러러보는 만인지상의 자리가 이러했다. 내게는 아버님과 어머님, 계동파가 있지만 전하는 망망대해에 홀로 떠 있었다. 거센 파도에 휩쓸리지 않으려면 붙잡을 통나무가 절실히 필요했다.

"소신에게 '그것'을 하자고 하명하십시오."

"그게 무엇인고?"

"지위 고하에 얽매이지 않고 서로 동등해지는 것입니다. 전하께선 최고명령권자이시니 그것을 하자, 라고 소신에게 하명하시면 속마음을 허심탄회하게 나눌 수 있습니다."

"초동 친구처럼 모든 걸 내려놓자는 것이지. 거짓 꾸밈 없이."

"네. 그것을 하는 동안에는 전하의 상심과 불안을 숨기지 마셔요."

그때 형체가 없는 어떤 기운 같은 것이 스쳐지나갔다. 이게 뭘까? 옥좌에 앉은 전하께서도 같은 기운을 느낀 것 같았다. 미간을 좁힌 채 눈을 올려 뜨시곤 나를 한동안 쏘아보았다.

"짐이 불쌍하더냐."

"당치 않사옵니다. 저 따위가 어찌."

"그런데 난데없이 그건 왜 하재?"

"소신, 송구하여 몸 둘 바를 모르겠나이다."

"해보자꾸나."

"뭐라고 아뢰올지."

"그걸 하자는 건 자네였어. 하자며?"

"전하께선 무엇이든 잘 감추십니다. 신하뿐 아니라 자신에게도 감추십니다. 그러곤 스스로 속았다 안도하십니다. 다만 소신은 그 점이 슬플 따름이옵니다."

조금 전에 스친 기운이 되돌아와 내 몸을 촘촘히 에워쌌다. 보이지 않는 무명실로 변한 그것이 사지를 친친 묶는 것 같았다. 일순 땅이 흔들리는 진동을 느꼈고, 나는 기꺼이 잠식당했다. 나무가 햇빛이 비치는 쪽으로 가지를 뻗듯이 자연스럽게, 때로는 무력하게, 더러는 연민의 정으로 전하를 사랑했다. 그러나 날 믿을 거라는 생각은 털끝만큼도 없었다. 전하는 원래 그런 분이고 끝끝내 그럴 수밖에 없었다. 아무도 믿지 않았기에 홀로 도모할 일이 많았다. 탁자 앞에서 일본과 청을 비롯하여 미국, 영국, 러시아의 국명이 적힌 장기짝을 이리저리 옮기며 등거리외교에 몰두하느라 밤을 지새우기 일쑤였다.

"저들이 이리 치고 들어오면 우리는 저리로 가야 할까?"

"……"

"그리하면 치사한가. 작금의 조선은 물불을 가릴 처지가 아니야. 상전의 생각은 어떠한가."

"미욱한 소신으로선."

신하들이 정사에 관한 의견을 먼저 제시하도록 전하께서 어떻게 유도하는지 알기 때문에 나는 답하지 않았다.

"국제정치는 규칙 규범 이상 합리에 의해 움직이질 않아. 하면, 늑대와 여우 틈에 낀 토끼는 어디로 가야 할까. 몸을 숨길 나무를 찾으려면 우선 숲으로 가야겠지."

전하는 헛된 질문을 하며 스스로 답을 구했다.

"상전은 어느 나라가 조선을 구할 나무라고 생각하는가."

"엄중한 정사는 대신들과 의논하심이 옳은 줄 아옵니다."

"자네가 그들을 몰라서 이러는 게야? 탁상공론으로 끝날 게 너무도 뻔하지."

"논쟁 끝에 현답을 얻기도 하옵니다."

"이 난제에 관해 하문하면 대신들이 뭐라고 답할 것 같으냐. 누가 올바른 의견을 제시해도 같은 패가 아니면 말의 꼬투리를 잡아 다투느라 부지하세월, 종국에는 고성이 오가기 예사이니."

"……"

"멱살을 잡지 않았을 뿐 왈짜패보다 경위 없이 구는 대신들과 어찌 정사를 논하랴."

당시 전하를 친견했던 미리견의 한 선교사가 남긴 글이 실록에 적혀 있다.

고종은 조선에서 지식이 가장 높은 인물이다. 신하들이 모르는 게 있으면 군주를 찾아가 물어볼 정도였다. 고종은 그 자리에서 답하거나 무슨 책을 찾아보라고 친히 일러주었다.

전하는 서책을 찾아보며 현답을 구했다. 주장을 뒷받침할 근거로 삼을 문헌을 뽑기 위해 같은 책을 여러 번 펼쳐봐서 어떤 책의 어느 부분에 무슨 글이 적혀 있는지 환히 꿰었다. 나는 서가와 서가 사이에서, 물음과 물음의 틈새에서 해답을 찾는 전하를 사랑했다. 집옥재에서 서책을 읽다가 피곤하면 후원의 녹음 속으로 눈길을 던진 채 멍하니 앉아 계신 모습을 더없이 사랑했다. 지금 뭐하시냐 여쭈면 내 눈의 휴식시간이라 답하며 겸연쩍게 웃던 모습을 그중 제일로 사랑했다.

나는 그즈음 정3품 당하관인 상다로 승진하여 탕과 차를 준비하는 업무를 맡고 있었다. 정무에 지친 전하에게 제대로 끓인 양탕국을 올려 웃게 해드리고 싶었다. 사서에는 아관파천 때 러시아 공사관에서 가배를 처음 마신 것으로 기록되었으나 내가 올린 것은 그보다 오래되었다. 선대왕 시절에도 양탕국을 봤다는 말을 아버지에게 들은 기억이 있다. 현 역관이 청나라 무역상을 통해 어렵게 구한 가배를 기미했다. 탕약처럼 생긴 것이 쓰기만 한데 혀를 사로잡는 뒷맛이 매혹적이었다.

"쓴맛, 단맛, 신맛이 어우러졌는데 그 향이 그윽하기 이를 데 없사옵니다."

"상다의 말이 어지럽고 길구나."

"이 맛의 정확한 표현이 떠오르지 않아 그렇습니다."

"대체 어떤 맛이기에 그러누."

찻잔을 기울여 한 모금 마신 전하께서 눈을 지그시 감았다.

"신기하도다."

전하는 가배를 음미할 줄 알았던 유일한 조선 사내였다. 그에 못지않게 가배를 애호하던 나는 제삼의 성—아름다운 여자를 보면 설레었고 아름다운 남자를 만나도 설레었으나 욕정이 일지는 않았다. 성적 대상으로서의 집착이 아닌 순수한 갈망, 육체의 욕망이 사라진 자리에 뚜렷이 남은 것은 아름다움에 대한 열렬한 찬미와 희구뿐이었다. 이런 성적 지

향성을 달리 표현할 길이 없어 제삼의 성이라 지칭한다―을 지녔으므로 엄밀히 말하면 사내에 속하지 않았다.

그때 덕국의 여인 앙투아네트 손택이 러시아 공사인 카를 베베르를 따라 한성에 들어와 있었다. 현 역관의 소개로 손택과 안면을 트던 날에 그녀의 가배를 맛보았다. 독어와 불어, 노어, 조선 말에 능통한 손택은 대궐에서 근무하게 되었고 향긋한 가배와 빙수로 전하의 어지러운 심기를 달래주었다. 빙수를 드실 때면 아이처럼 찻숟가락을 입속에 오래 넣어두셨다. 소복하게 쌓인 얼음 가루가 사라지는 게 못내 아쉽다는 듯이. 그뿐 아니라 승용차와 덕률풍전화 같은 신문물에 호기심이 많았다. 대궐에 덕률풍이 가설되자 종종 전화로 칙교를 내렸다. 신료들은 의관을 바르게 한 다음 무릎을 꿇고 기다렸다가 왕의 칙교가 내려지면 덕률풍 앞에 머리를 조아리며 '황송하옵니다'를 큰 소리로 제창했다.

신문물의 시대라 일컬어지던 그때 서양인들이 대궐에 많이 들어와 있었다. 이 광경을 목격한 덕국의 남자가 짓던 표정을 기억한다. 나는 전하의 현명함과 명민함이 증발되고 무지함만 드러날까봐 날마다 애태우며 초조해했다. 시대의 힘이 그러했다. 시시각각 변하는 시대의 힘이 멀쩡한 사람을 모자라 보이게 만들 수도 있었다. 고종은 신문물을 살피고

익히는 데 있어 역대 조선왕 가운데 가장 뛰어나다, 라는 당대 일본 학자의 평이 있을 정도로 전하는 신기하고 새로운 물건에 자주 매혹당했다.

제국의 탄생

　건양 원년(1896년) 2월 11일, 왕세자와 함께 새벽 산책을 하던 전하께선 감금당한 건청궁을 몰래 빠져나왔다. 가마꾼으로 위장한 채 문밖에서 대기하던 사십여 명의 수행원을 데리고 러시아 공사관으로 급히 대피했다. 아관파천은 이범진 등 탄탄한 지지 세력의 도움으로 주도면밀한 계획 아래 이루어졌다. 일본과 반군주 세력을 역적으로 지명하며 백성들의 호응을 이끌 명분을 갖추어 전격적으로 실행한 작전이다. 일본으로부터 왕위를 지키고 나라를 유지할 방편으로 선택한 곳이 러시아 공사관이었다. 이듬해가 되자 각계에서 환궁을 요구했고 일부 지식인은 국왕이 대궐을 버리고 타국의 공사관에 피신한 것은 잘못된 일이라며 볼멘소리를 했다.

'작금의 정세를 어떻게 뒤집을까.'

전하께선 왕비를 잃은 슬픔을 견디며 저울질에 골몰했다. 러시아 공사관에서의 체류 기간이 길어지자 변화의 조짐이 조금씩 보였다. 장도를 차고 건청궁에 난입한 일제였으나 러시아 공사관에 머무는 전하를 압박할 수는 없었다. 그 때문에 일본의 영향력과 친일 내각이 차츰 붕괴되고 러시아 세력이 확대되자 공사관 안에서 조선 주도의 개혁이 이루어졌다.

전하는 니콜라이 2세의 대관식 날 충신 민영환을 러시아에 급파했다. 경운궁에 군사 교관을 파견하고 친위대를 조직하여 경비를 서겠다는 러시아 황제의 약속을 받아낸 후에야 환궁 차비를 했다. 물론 공짜는 아니다. 우리는 그 대가로 압록강과 울릉도의 산림 벌채권을 러시아에 넘겼고, 세력균형책의 일환으로 운산금광을 미국에 내주었다. 조선반도를 호시탐탐 넘보는 열강의 세력을 분산시킬 필요가 있었다. 경운궁으로 무사히 환궁한 전하는 대한제국을 수립하고 황제권을 강화했다.

짐이 덕이 없다보니 어려운 시기를 만났으나…… 독립의 터전을 세우고 자주의 권리를 행사하게 되었다. 이에…… 천지에 고제를 지내고 황제의 자리에 올랐다. 국호를 대한으로 정하고, 이 해를 광무 원년으로 삼으며…… 낡은 것을 없애고 새로운 것을 도모하며 교화를 시행하여 풍속을 아름답게 하려고 하니, 이를 세상에 선포하여 모두 듣고 알게 하라.

조칙을 발표하며 황제위에 오른 폐하는 누런 황룡포를 입게 되었다. 그 옷을 입은 후부터 작은 일에도 안절부절못하며 편전을 서성거렸다. 옥류천에서 보았던 호기어린 모습이 사라졌고 살갗에서 풍기던 달콤하고 화하고 싸하고 아릿한 냄새마저 날아갔다. 궁중 무용과 아악의 연주도 부질없고 좋아하던 빙수의 맛조차 느끼지 못했다. 남의 처마밑에서 비를 피했다는 수치심 때문일까. 시간이 흐를수록 용안에 수심이 짙어졌다.

폐하는 대한국 국제를 반포하기 한 해 전에 돌아가신 어머니와 아버지를 애틋하게 떠올렸고 을미사변중에 일본 낭인들의 칼에 시해당한 황후를 그리워했다. 친정을 시작한 후부터 역사적인 고비마다 황후가 곁에 있었다. 두 분은 정치적 곤경과 위기를 함께 겪은 참다운 동지였고 때로는 무자비한 적이었다. 폐하와 황후는 각자의 방식으로 조선을 사랑했다.

"황후마마를 이토록 그리워하시면서 살아 계실 적에는 왜

박대하셨습니까?"

하루는 용기를 내어 폐하께 여쭈었다.

"황후의 입궁 초기 말인가. 그때는 피 끓는 청춘기였으니. 영보당이 곁에 있는데 황후가 보였겠는가."

"그후에도 박대하셨습니다."

"황후가 권력을 쥐려고 했으니까. 권력은 부모 자식 간에도 나누지 않는 거라고 아버님이 가르쳐주셨지. 우리는 날마다 실패해. 실패를 확인하려고 하루하루 사는 것 같구나."

번민에 시달리는 폐하를 뵐 적마다 나는 절망과 회한에 휩싸였다.

"용익, 탁지부대신 용익을 불러라."

이용익이 폐하의 의지처였다. 어려서 물장수와 보부상단을 전전한 이용익은 노서아어에 능통했고 돈이 흘러가는 골목을 지켰다가 중간에서 그걸 잡아채는 능력이 탁월했다. 금광사업으로 큰돈을 만진 그는 대한제국의 탁지부대신으로 일하면서 내탕금을 수십 배나 불려주었다. 폐하는 돈을 부르는 그의 능력보다 보부상의 운영 방식을 높이 평가했다. 폐하가 운영한 밀사 조직은 결집력이 강한 보부상의 점조직 방식을 차용한 것이다.

한편 윤가는 좌포청에서 풀려난 뒤 보부상단의 우두머리

인 이용익을 찾아갔다. 산천을 발아래 둔 벌목꾼 윤가가 보부상단과 얽힌 것은 단순한 인연을 넘어 운명처럼 보였다. 고을과 고을을 잇는 큰길과 뒷길, 산속의 지름길은 알아도 각 동네의 샛길과 깊은 산속의 에움길까지 아는 이는 드물었다. 조선에는 길눈이 밝은 자를 넉넉히 대접하는 풍습이 있다. 길을 아는 자는 시속과 물정에 밝았으므로. 하물며 길에서 살고 길에서 죽는 보부상단이었으니 윤가를 맞이하던 그들의 대접이 얼마나 융숭했을까.

"부사어른이 돌아가시면서 성님의 앞길을 닦아주셨소."

막손의 농담처럼 윤가는 제자리를 찾아간 셈이었다. 이용익은 왕비의 사람이다. 적의 적은 동지라는 말이 있듯이 윤가는 박유붕을 살해한 대원위대감에게 복수하려고 이용익의 수하가 되었고 훗날 폐하의 밀사로 활동했다. 내가 만난 간자들의 얼굴은 한두 번 봐선 기억하지 못할 정도로 평범한데 윤가는 도둑이나 밀정처럼 생겼다. 밀정처럼 보이는 그를 진짜 밀사로 기용한 허를 찌르는 계책. 나는 폐하의 눈물에 눈멀고 귀 멀어 이걸 알아채지 못했다.

'내가 윤가 형님과 허물없는 사이라는 걸 아셨을까.'

뛰어봤자 벼룩이라더니 나는 폐하의 손안에 있었다. 폐하의 사람으로 돌아선 이용익이 왕비를 감시하고, 윤가가 이용익을 감시하는 그림이 떠오르자 간담이 서늘해졌다. 밀사 조직의 규칙상 윤가가 날 속인 건 마땅하나 폐하마저 시침뗄 줄이야. 초동 친구처럼 모든 걸 내려놓고 '그것'을 하는 동안에도 날 속였다. 내 앞에서 울며 괴로워하고 뒤로는 밀사를 움직이느라 바쁘셨다. 얼굴에 쓴 가면을 눈 깜짝할 사이에 다른 가면으로 바꾸는 기술을 변검술이라고 한다. 제아무리 손이 빠른 광대여도 폐하의 변검술을 넘어서긴 어려울 테다.

폐하는 기민하고 정보 운영 능력이 뛰어났다. 당신의 무기인 기민함을 제왕의 위엄으로 삼지 않는, 그걸 숨기려 안간힘을 쓰는 모습을 볼 적마다 나는 무섭고 두려웠다. 어떤 면에서는 우직하고 순진했던 대원위대감. 그는 폐하의 기민함을 모르는 채로 죽었다. 죽기 전에 이걸 알았다면 다소 위안이 되었을까.

내가 대궐에서 근무하는 동안 효자동가에는 매파의 발길이 잦았다. 나를 이용하여 권력의 핵심에 다가서려는 사대부들의 욕망 때문이다. 문벌이 높은 자일수록 탐욕이 극심했다. 벼슬을 사고팔던 조선 후기에도 사류에는 내시를 향한 차별 의식이 존재했다. 그러나 부와 권력을 움켜쥘 수 있다면 이들에겐 고자 사위도 문젯거리가 되지 않았다. 이 현상을 역으로 해석하면 내시는 괜찮은 직업군에 속한다. 능력이 뛰어난 내시에겐 부와 권력이 따랐고 늙거나 병이 들어 사직하면 나라에서 집을 마련해주고 달마다 열두 말의 쌀을 하사한다. 즉 노후가 보장되기 때문에 내시라는 특수한 직업이 대물림되었다.

"자네도 가정을 꾸려야지."

내 혼인을 재촉하고 싶었던 어머니는 애먼 막손을 들먹였다.

"마님, 저는 혼인하지 않겠습니다. 자식에게 천한 신분을 물려주기 싫습니다."

아비의 굳은 심지와 어미의 따뜻한 성품을 물려받은 막손이 난생처음 반항했다. 우리가 혼인하지 않겠다며 버티자 어머니는 머리띠로 이마를 묶은 채 안방에 드러누웠다.

"형제처럼 자란 너희가 왜 이러는 것이냐. 내가 죽은 뒤 두 홀아비가 손잡고 다정히 늙어갈 참이오?"

고자의 혼인은 비인도적인 행위이며 인간으로서 차마 할 짓이 아니라고 누차 설명해도 귀를 막았다.

"지긋한 나이에 며느리가 지은 밥을 먹고 싶다는 것이 아드님에겐 욕심처럼 보이시오. 남편 복 없는 년이 자식 복인들 있을까."

백미 열 섬에 팔려올 때부터 내 팔자가 요 모양 요 꼴로 꼬일 줄 알았다는 푸념이 길게 이어지면 나도 귀를 틀어막았다. 어머니와 실랑이 끝에 내가 혼인하지 않는 대신 양자를 들이는 것으로 합의했다. 어렵사리 효자동가의 양자가 된 근은 나보다 막손을 따랐다.

"아재요. 막손아재요."

막손이 없으면 종종걸음으로 애타게 찾아다녔다. 내가 한사코 막손어멈의 품을 파고들었던 것처럼. 그러구러 자란 근은 내시부가 폐지되는 바람에 대궐에 들어오지 못했다. 효자동가에서 내시가 되지 못한 양자는 근뿐이다. 나는 진고개에서 '새비로' 양복을 맞춰주며 실의에 빠진 근을 달랬다.

"자고로 난세에는 큰물에서 놀아야 하느니."

신식 양복을 빼입은 근은 손택호텔을 드나들며 미국 공사와 불란서 영사 플랑시, 선교사 언더우드 등과 어울리느라고 남수중 할아버지와 서먹하게 지냈다. 조선의 전통 방식을 지나치게 고수하는 할아버지와 한 공간에 있으면 숨이 막힌다고 근이 말했다.

노년의 아버지는 보료가 푸근히 깔린 아랫목에서 비단 장침과 함께 하루를 보냈다. 어느 날 저녁을 드신 후 비단 장침에 비스듬히 기댄 채 숨을 거두었는데 초저녁잠에 빠진 듯이 평온해 보였다. 훗날 내게도 사신이 찾아오면 아버지처럼 평온하게 죽고 싶었다. 나는 한지로 만든 조등을 대문 밖에 내걸고 밤하늘을 올려다보았다. 지금쯤 아버지는 황제좌의 서쪽 별이 되어 반짝일 테니까. 그날 밤에는 별도 달도 뜨지 않았다. 캄캄한 어둠 속에서 비단 장침을 태우며 한 시대가 저물었다는 걸 불현듯 깨달았다.

이튿날 사방 백 리 안에서 이름깨나 날리는 사내들과 흰 두루마기를 입은 계동파 내시들이 속속 도착하자 초상 마당이 북적거렸다. 삼베 행전을 친 막손은 소매를 걷어붙인 채 소반을 날랐고 윤가를 따라온 보부상단이 문상객의 시중을 들었다. 나는 굴건제복을 입고 넋 나간 얼굴로 상청 앞에 서 있었다.

"어이어이 어이어이."

마르고 갈라진 목으로 곡을 시작하자 대지팡이를 짚은 손이 부들부들 떨렸다. 수장을 잃은 계동파 내시들의 울음소리는 비위에 거슬리게 쨍쨍하고 가늘었다. 내시는 슬픔에 익숙했다. 그들의 몸뚱어리가 곧 슬픔의 집합체였다. 수다한 곡소리가 효자동가의 솟을지붕을 덮었다. 하루가 지나자 지친 내시들은 울음의 마디마디를 꺾어가며 노랫가락처럼, 때로는 탄식조로 읊조렸다.

"오오오 아아아 우우우······"

나는 높고 유장한 그들의 울음이, 질긴 애도 방식이 언짢고 불쾌했다. 울음을 당장 그쳐라, 그 입 좀 닫아라, 소리치고 싶었다. 누군들 눈물이 없겠느냐만 내시들의 곡소리가 요사하고 기이하게 느껴졌다. 하지만 타고난 슬픔을 어찌 이기랴. 울음을 그치라는 말 대신 울음을 꾸역꾸역 삼켰다. 소복을 입고 머리에 수질(삼 껍질로 짚을 감아서 둥글게 만든 테)을 쓴 어머니는 탈진하여 상청 앞에 주저앉았고, 막손어멈은 끼니마다 내 입에 곡기가 들어갔는지 그걸 점검하느라 여념이 없었다.

나는 석 달 열흘 만에 소리 없는 곡을 마쳤다. 첫새벽에 막손아범이 닭소리, 개소리, 사람소리가 들리지 않는 깊은 산속으로 들어갔다. 용케 신령한 밤나무를 찾아낸 그는 길이 여덟 치, 너비는 두 치의 크기로 윗면은 둥글게 아랫면은 모지게 깎았다. 왕의 곁에서 갖가지 고통과 영화를 누린 남수중의 인격이 깃들 신주로 부족함이 없었다. 먼동이 트기 전에 길제를 지낸 후 신주를 사당에 모시려고 상청에 오르는데 왼다리가 휘청 꺾였다. 그제야 가슴속에 고여 있던 울음이 터져나왔다. 참다운 내시이자 존귀한 아버지인 남수중이 떠나는 이승의 길섶에서 나는 걸쭉한 울음을 푸지게 토했다.

상중에 폐하께서 보내신 다정한 어찰과 부채, 인삼정과와 조청단지를 받았다.

자네의 건강은 어떠한가. 살면서 이런 무더위는 처음 겪는다. 부채를 보낸다. 인삼정과와 조청의 맛이 좋아서 함께 나누고자 덜어 보낸다. 이 세찬 앞에서 슬픔을 잠시 거둔다면 그 아니 기쁠쏜가. 여기 가는 놈은 잘 걷고 근실하니 모름지기 잘 대해주어라. 백성의 이목을 번거롭게 할 것 같아서 저녁참에 보내니 그리 알라.

늦가을에도 햅쌀 네 말과 나주 목사가 진상한 어란을 보내셨다.

상중이라곤 하나 소식이 없어 섭섭했다. 슬픔에 겨워 나를 까맣게 잊은 것인가. 소식을 전하고 싶지 않아서 일부러 그러는 것인가. 정무로 바쁜 중에도 윤음을 짓느라 며칠째 밤을 새우고 닭울음소리를 듣는다. 어제는 닭 우는 소리를 들으며 겨우 잠이 들었다가 오시가 지나서 조반을 먹으니 지쳐 둔해진 정력이 날마다 소모될 뿐. 다만 잊지 못하고 마음에 남은 것은 백성의 일이라. 가뭄 때문에 곡물이 금값이라는 말을 들었다. 후원에서 추수한 햅쌀과 나주에서 올라온 어란을 정원사령 편에 보내니 달게 먹고 힘내길 바란다.

 탈상을 마치고 돌아오니 폐하는 밤잠을 자지 않았다. 내가 대궐을 비운 사이 밤낮의 생활이 바뀌어 있었다. 자객의 침입을 두려워한 폐하는 침전에 수십 개의 등촉을 환히 밝히라는 명을 내렸다. 조선 왕은 대대로 암살의 위협에 시달렸다. 오랑캐가 득세하던 그 무렵은 말할 것도 없다. 황제의 목숨을 노리는 자들이 도처에 있었다. 앉아서 죽음을 기다릴 수는 없었다. 용모가 비슷한 자를 고용하여 용포를 입혔으나 그건 임시방편에 불과했다. 자객이 대궐 내부자라면 용안을 모를 리 없었다.

 나는 고민 끝에 십여 개의 비밀 침전을 만들었다. 침전 옆에는 비상시 퇴로로 사용할 암문이 있어야 한다. 대궐에 암문이 왜 많은지 견습 시절에는 그 이유를 몰랐다. 내시부청사에서 야외 수업을 받을 때 익힌 암문의 위치를 참고하여 비밀 침전을 만든 뒤 네 대의 어가를 준비했다. 어가의 최종 도착지는 출발 전까지 호위대와 시위내시에게 알리지 않았다. 폐하께서 어느 가마에 오르고 어떤 침전에 들 것인지 일절 극비에 부쳤다. 밤이 되면 같은 모양의 어가 네 대가 각기 다른 방향으로 쏜살처럼 달리는 진풍경이 연출되곤 했다.

철통같은 보안 속에도 잠을 이루지 못하던 폐하는 종종 밤 연회를 개최했다. 자객을 보낼 만한 이들의 마음을 떠보려고 전현직 신료들과 각국의 공사를 초대했다. 나는 밤 연회에 참석한 친일 대신들에게 황제의 밀사 서너 명이 따라붙는다는 것도 몰랐다. 손택은 대궐에서 근무하며 폐하에게 하사받은 호텔까지 운영하느라 몸이 두 개여도 모자랄 정도로 바빴다.

그맘때 한성의 밤은 찬란했다. 그야말로 천지개벽이었다. 전기, 통신, 우편, 철도 등 눈부실 정도로 도성이 개조되었다. 미국 워싱턴을 본떠 도로 체계를 세우고 전차가 달리는 철길 옆에 탑골공원을 만들어 도성의 백성들이 언제든 자유롭게 모일 공간을 마련했다. 경복궁에만 들어오던 전기가 한성 전역을 밝힌 것도 그 무렵이다. 한성전기회사의 전력이 부족하여 전깃불이 건달처럼 들어왔다 나갔다 한다며 백성들이 건달불이라 부르던 전기가 밤하늘을 수놓았고 그 아래로 한 량짜리 전차가 씽씽 달렸으니까. 당시 왜는 동아시아의 최강국인데도 수도에 전차가 없었다. 천지개벽의 시대, 호텔 사교계의 여왕이 된 손택은 폐하의 밤 연회를 능숙하게 주도했다. 은은한 불빛에 감싸인 채 연회장을 누비는 그녀가 물 만난 물고기처럼 편안해 보였다.

'조선말은 아 다르고 어 다른데.'

연회를 벌일 때마다 손택이 각국의 공사에게 폐하의 말을 틀리게 전달할까봐 근심이 깊어졌다. 나는 그녀가 옮기는 타국의 말을 듣기 위해 역관 한 명을 붙였다. 그 역관도 미덥지 않아서 또다른 역관을 몰래 심어두었다. 두 역관의 말이 같을 때 비로소 그들의 말을 믿었다. 사람을 믿지 못하는 병증. 폐하를 오래 모신 탓인지 나도 모르게 닮아갔다. 카를 베베르 공사와 손택의 사이를 멀게 혹은 가깝게 조정하는 일에도 심혈을 기울였다. 화합과 이간의 균형이 무엇보다 중요한 시기였다. 일본을 견제하려면 러시아의 힘이 필요했고, 그러려면 러시아통인 손택의 도움을 받아야 했다. 러시아 공사인 카를 베베르의 입만 믿을 수는 없었다.

1903년 압록강을 건너온 러시아군이 용암포의 조차를 요구했다. 일본의 항의로 조차가 무산되자 용암포의 땅을 매입하여 병영을 세운 후 그곳을 '포트 니콜라이'라고 불렀다. 그들은 조선 땅에 무엄하게도 러시아 황제의 이름을 붙였다. 당시 러시아는 외몽골, 남부 사할린, 쿠릴열도, 만주의 철도를 합해도 경제적 전략적으로 조선 반도 하나만 못했기에 그곳을 주요 거점 지역으로 삼았다. 용암포가 개항장에 추가되자 서양과의 교류가 활발해졌고 각국의 첩보전이 치열하게 전개됐다. 우리도 타국의 첩보를 입수하려고 발 빠르게 움직였다.

"조선은 언제 줏대 있게 외교하는 나라가 될까. 더럽고 아니꼬운 일을 당하지 않는 날이 오긴 할까."

나라의 생존을 위하여 의존할 것이라곤 외교뿐이라고 생각한 폐하는 영민한 소년들을 대거 뽑아 서양식 교육을 시켰다. 다방면에 유능한 인재를 육성하는 것이 꿈이었다. 선교사가 주축이 된 원어민 교사들이 소년들에게 서양식 예절과 각국의 언어를 가르쳤다. 폐하는 원어민 교사들을 몸소 선생님이라고 부르며 우대했다. 경운궁의 코앞에 주한 외교 공관이 들어선 것은 결코 우연이 아니다. 일정 기간 교육을 받으며 자라나 반듯한 청년이 된 이들은 외세의 동향을 파악하고 정보를 수집하는 밀사가 되었다. 해외에 파견된 밀사들은 오줌과 식초, 우유와 레몬즙을 섞은 용액에 붓을 적신 뒤 보이지 않는 글자를 적어 폐하에게 보냈다. 나는 식초 냄새를 풍기는 봉투를 받으면 해외 밀사의 연락이겠거니, 라고 짐작했다. 오얏꽃 무늬로 밀봉된 봉투 속에는 백지가 들어 있는데 그걸 특수 용액에 담그면 글자가 또렷이 드러났다. 이걸 화학비사법이라고 하는데 어느 젊은 외교관이 발명했다고 들었다.

'폐하께서 뽑은 청년 가운데 산술과 공학에 뛰어난 자가 누굴까.'

나는 화학비사법을 만든 이는 고사하고 해외 밀사의 면면조차 알지 못했다. 일본이 대한제국의 언론을 장악하자 폐하는 내탕금을 풀어 통신사를 설립했다. 예순한 명의 제국익문사 요원이 황제의 신밀사이자 국내 정보통이 되었다. 기자로 위장한 신밀사는 일제와 친일파를 표적으로 삼았다. 일본 정당과 낭객, 수비대와 헌병대가 요시찰 대상이었다.

"황제에게 밀서를 전달할 때는 기존의 묵서 대신 화학비사법을 사용하도록 하라."

제국익문사 요원도 해외 밀사가 사용하던 화학비사법을 전수받았다. 우리는 나라 밖에서 활동하던 해외 밀사를 구밀사, 나라 안에서 암약하는 제국익문사 요원을 신밀사로 구분했다. 신구 밀사는 폐하의 사람이다. 폐하가 애써 숨기려 드는, 황룡포 뒤에 은신한 그들이 부럽고 시새웠다.

"저도 암암리에 폐하의 힘이 되고 싶습니다."

"암암리에……?"

"그렇사옵니다."

"자네는 이미 내 사람인걸. 조선에 그걸 모르는 백성이 있던가."

"하오면 제국익문사 명단을 왜 숨기십니까. 저를 믿지 못하십니까?"

"짐의 뜻을 모르겠느냐."

"소신은 알지 못하나이다."

"명단을 알면 자네가 다치네."

폐하는 그 말로써 내 입을 막았다.

미국의 도움을 간절히 원하던 폐하는 마침 아시아를 순방 중이던 미국 대통령(제26대 시어도어 루스벨트 대통령)의 딸 앨리스 일행을 대한제국에 초대했다. 이들에게 오찬을 대접할 테니 성심껏 준비하라는 황명을 내렸다. 나는 손택과 함께 궁내부 시종원에 근무하고 있었다. 시종원 찬사贊師였던 손택은 외국에서 새 그릇을 사들일 정도로 오찬 준비에 열중하더니 별안간 휴가를 신청했다.

"바쁜 이 시기에 휴가라니요?"

"시종장님, 제 청을 꼭 들어주셔야 합니다."

그녀는 후임인 엠마 크뢰벨에게 외빈 접대를 맡기고 러시아로 황황히 떠났다. 전부터 드나들었고 호텔을 맡고 나서도 러시아행이 빈번한 그녀였으나 그날 행동이 수상쩍어 나는 사람을 은밀히 붙였다. 앨리스 양이 미국 순방단과 함께 대한제국에 도착하던 날 폐하께서 몸소 오찬에 참석했다. 그것이 여성과 공식적인 첫 식사 자리였다. 국운이 걸린 만큼 오찬상이 화려했다. 거위의 간, 양고기 넓적다리 구이, 진귀한 송로버섯 요리가 아름다운 접시에 담겨 순서대로 나왔다.

"덕국의 그릇이 참 아름답소."

폐하께선 나이프를 쥔 채로 앞에 놓인 접시의 기하학적인 줄무늬를 한참 들여다보았다. 한눈을 팔 겨를이 없을 정도로 마음이 부대끼던 날인데도 접시에 대한 찬사를 의뭉스레 늘어놓았다. 뒷날 대신들이 오찬에 참석한 폐하를 두고 헛다리를 짚었다며 비아냥거렸으나 사실 그날 폐하는 양다리를 걸치고 있었다. 할 수만 있다면 네 다리, 다섯 다리도 너끈히 걸칠 분이었다. 오찬을 기획한 나마저 감쪽같이 속였으니 어련할까만.

폐하는 미국 순방단이 일본에서 모종의 밀약(가쓰라 태프트 밀약: 미국은 필리핀을 지배하고 일본은 조선을 지배한다는 내용의 외교 각서)을 맺고 대한제국으로 건너왔다는 걸 알고 있었다. 밀약의 세부 내용까지 파악하진 못했으나 밀사를 통해 국제 정세가 어떻게 돌아가는지는 대략 헤아렸다. 앨리스 양을 정성껏 대접해도 도움을 얻지 못한다는 것을 예감했을 것이다. 오찬장에서 그릇의 무늬 운운하며 마음의 여유를 잃지 않았던 건 믿는 구석이 있어서였다. 그때 손택은 폐하의 친서를 지니고 러시아 황제인 니콜라이 2세를 만나러 갔다. 내가 그걸 미리 알았다면 그녀에게 사람을 두 명이나 붙이진 않았을 것이다.

"손택에게 역관을 한 명 더 붙이는 게 어떨지요."

"왜? 한 명으로는 부족하더냐."

"제아무리 살가워도 그녀는 서양 오랑캐입니다."

"자네는 손택이 미덥지 않구먼."

"중요한 외빈 접대를 앞두고 아라사행이라니요? 거듭 생각해도 찜찜하기 그지없습니다."

"그래? 새로 붙일 자는 믿을 만한가."

"지켜본 지 오래되었습니다."

"자네의 뜻이 그러하니 짐 또한 윤허하리라."

폐하께서 웃음을 지으며 말했다.

돌이켜보니 폐하는 그때 손택의 재검증을 내게 떠맡긴 셈이었다. 이 글을 적어 내리는 지금도 나는 손택이 황제의 구밀사인지 신밀사인지 그조차 모른다.

폐하께서 니콜라이 2세에게 보낸 친서의 내용은 다음과 같다.

일본은 악랄하고 삼엄하게 짐의 나라의 주권을 장악하고

있다. 현재 우리나라가 이토록 슬픈 정황에 처한 원인은 나라가 허약하여 방위도 할 수 없고 권리를 지킬 수 없었던 까닭이다. 그렇다 해도 우리는 수차례에 걸쳐 독립국가임을 선포했다. 지금 일본은 짐의 나라에 군림하여 독립을 말살시키려 하나 이는 불법이다.

대한제국은 사천 년의 역사를 가진 독립국가인 반면 일본은 1200~1300년대에 접어들어 겨우 국가를 수립하였다. 일본의 여러 풍습은 짐의 나라에서 유래했고 글자도 내 백성이 그들에게 가르쳤다. 일본인들은 짐의 나라를 자기 조상처럼 대했으며 감히 적대적 관계를 맺을 생각도 못했었다.

(……)

일본이 우리나라의 주권을 침탈하려는 음모를 꾸미지 못하도록 공사를 빨리 파견해주시기를 눈물로 호소한다.

1905년 8월 22일

대한제국 황제

노어로 쓰인 열 장짜리 친서에는 옥새가 찍혀 있다. 대한제국에 친일 내각이 들어서자 폐하는 비선 조직을 통해 대외정책을 펼칠 수밖에 없었다. 폐하의 친서가 도착할 즈음 러시아 정세도 어지러웠다. 러일전쟁이 일어나자 니콜라이 2세는 북해에 있던 발틱함대를 태평양 전선으로 보냈다. 발틱함대가 격멸을 당하자 러시아 곳곳에서 공장 파업이 일어나는 등 시위가 벌어졌다. 니콜라이 2세가 군주로서 실권이 없을 때여서 폐하의 친서는 전달되지 않느니만 못했다.

전쟁에 패한 러시아는 조선에 대한 영향력을 포기했다. 러시아 공사관이 철수하자 손택은 호텔을 불란서인에게 넘긴 후 이삿짐을 꾸렸다. 일본으로부터 지속적인 위협을 받고 있었기 때문에 한성에 머물기 어려웠다. 조러 밀약과 아관파천에 깊숙이 개입한 손택을 여태 보호한 곳이 러시아 공사관이었다. 나는 기차를 타고 묵은 건어물 냄새를 풍기는 제물포항까지 나가 작별인사를 건넸다. 혹자는 그때 손택이 폐하의 밀명을 받고 떠났다고 추측했다. 그러나 이양선異樣船에 오르던 그녀의 눈빛은 결연한 의지를 품은 밀사의 그것이 아니었다. 세계 최강국이라 여긴 러시아에 노후를 의탁할 목적으로 맡긴 많은 돈을 한순간에 잃고 젊음마저도 잃어버린 쓸쓸한 여인의 눈빛이었다.

강압적인 분위기 속에서 을사늑약을 체결한 대한제국은 일본의 보호국으로 전락했다. 통감이 추천한 관리가 정부의 요직을 차지했고 각 부서 차관 이하의 자리에 왜인이 임명됐다. 일제는 우리 군대마저 해산시켜 대한제국이라는 껍데기만 남게 만들었다. '궁중 혁정 5대 강목'이라는 괴상한 조항을 만든 후에는 대한제국 황실의 재산을 정부에 이관하라는 명령을 내렸다. 황실의 재정을 약화시키려는 이왕직(대한제국 황실을 돌보기 위해 설치한 일본국내성 소속 기관)의 교묘한 술책이었다.

나는 황명을 받들어 내탕금을 진고개의 손목집에 숨겼다. 귀중한 자산일수록 사람들의 출입이 잦은 장소에서 무심히 다뤄야 안전하다는 생각이 들었기 때문이다. 그 일은 막손과 윤가가 옆에 있어서 가능했다. 당시 생계가 어려운 양반가의 안방마님들이 진고개에 모여 술을 팔았다. 주렴 뒤에 숨은 안방마님들은 술병을 쥔 손목만 밖으로 내놓았는데, 그러면 가족을 굶기지 않고 허술하게나마 양반 체면을 지킬 수 있었다. 안방마님의 얼굴은 보이지 않고 손목만 보인다 해서 다들 그곳을 '손목'이라고 불렀다. 자고 나면 진고개에 손목집이 하나씩 생길 정도로 인기가 높았다.

황실을 압박하는 이왕직 때문에 울화증이 도지면 나는 단골 손목집에서 막손과 함께 술잔을 기울였다. 막손은 손목집의 여주인에게 혹한 눈치였으나 신분의 격차 때문에 괴로워했다. 자신의 비천한 신분이 사랑에 걸림돌이 된다고 여겼다. 단발령이 반포되자 막손이 다짐하듯 말했다.

"나는 본디 상놈이지만 이제부턴 불상놈이 될 것이여."

한성에서 상투를 일찍 자른 축에 속한 막손은 현 역관의 일행에 합류하여 상해와 만주, 러시아 등 동아시아대륙을 두루 구경하며 견문을 넓혔다. 막손아범은 현 역관의 집사와 한마을에서 자란 동무였다. 어려서부터 아범을 따라서 현 역관의 집을 드나들었던 막손은 그 집 아이들과도 절친한 사이여서 동행하게 되었다. 돌아오는 길에 시력이 약한 막손이 안경을 맞춰 썼는데 이 때문에 윤가의 놀림을 톡톡히 받았다.

"어이구, 안경 쓴 하인 나리 납셨네. 조선에서 하인 신분에 안경을 쓴 이는 자네가 처음이지 않겠남. 본래 눈이 높은데다 신분 구별이 안 되게 알쏭달쏭하게 생긴 그 얼굴에 안경까지 떡하니 걸쳤으니, 이제 나 같은 놈은 눈에 들어오지도 않겠구먼. 앞으로 자네와 겸상하긴 글렀네그려."

수완이 좋은 윤가는 마포나루에서 여각을 운영하며 보부상단의 연락책을 맡고 있었다. 늦은 혼인에 재미를 붙였는지 그가 이태 만에 후실을 들였는데 이상할 정도로 두 부인의 사이가 좋았다. 바깥일로 분주한 윤가는 항시 출타중이었고 두 부인이 여각을 돌보며 관리했는데 일하면서 서로 티격태격하는 걸 본 적이 없다. 내탕금 문제로 마포 여각에서 윤가를 만나면 왕방울처럼 큰 눈을 슴벅이며 "얍삽하게 생긴 자네 인물은 여전하구먼" 하고 말했다. 그러곤 이내 능글맞은 웃음을 지어 보였다.

폐하는 외부대신 박제순과 하야시 곤스케가 서명한 을사늑약을 인정하지 않았다. 옥새를 찍지 않았다고 주장하며 을사늑약의 부당함을 각국에 호소했다. 일제는 헤이그 만국평화회의에 파견한 특사 사건을 빌미로 폐하의 퇴위를 강요했다. 1907년 7월, 대궐에서 기이한 양위식이 있었다. 양위를 하는 폐하와 황위를 물려받을 황태자가 식장에 나타나지 않았다. 그러나 공식적인 기록에는 그날 양위가 이루어진 것으로 적혀 있다.

각 지역에서 의병이 봉기한 가운데 순종황제의 즉위식이 경운궁에서 열렸다. 안타깝게도 백성의 공증을 받지 못한 순종은 그날 이후 그림자 황제가 되었고, 폐하는 이태왕으로 격하된 채 감금당했다. 그동안 각국의 사신들이 폐하의 존호를 조선국왕 전하, 조선국 대군주 전하, 대한국 황제 폐하, 대한국 태황제 폐하, 이태왕 전하까지 다섯 번이나 바꿀 정도로 나라의 부침이 심했다. 국왕의 존호가 자신의 대에서 다섯 번이나 바뀌는 사례는 동서양의 역사상 매우 드물다.

일제는 폐하의 손발을 묶어둘 방편으로 고위직 내시를 지속적으로 감축했다. 그 무렵 열 명가량의 젊은 내시가 경운궁에 남아 있었다. 폐하는 자신을 가까이에서 보필할 열 명의 봉시 외에도 승봉承奉을 두어 내시의 수를 늘리려 했으나 일제의 반발에 부딪혔다. 내 마지막 임무는 젊은 봉시들에게 교관의 직첩을 내리는 것이었다. 내시부가 없어졌어도 면면히 이어온 의례는 지키는 게 마땅했다. 나는 대궐에 남을 내시들에게 황실을 잘 보필하라 이른 뒤 소지품을 챙겼다. 일본 관리는 폐하에게 하직 인사를 올릴 기회조차 주지 않았다. 나와 함께 대궐을 나오던 대령상궁은 발을 뗄 때마다 통곡했다. 한 발을 떼면 그만큼 궁에서 멀어졌으니까. 궁과 궐이 내관의 집이요 무덤인데 비루먹은 개 쫓듯 하니 왜 아니 그러겠는가. 끊길 듯 이어지는 대령상궁의 피울음소리가 경운궁 밖으로 흘러나갔고 궐문 앞을 지나던 백성들도 이에 화답하듯 구슬피 울었다.

폐하의 보령 쉰아홉이 되던 해에 형태만 남은 대한제국이 멸망했다. 아홉수가 이토록 무서울 줄이야. 1910년 8월 22일, 총리대신 이완용은 창덕궁 흥복헌에서 순종황제의 전권위원 자격으로 한일병합조약에 서명했다. 그해 8월 29일자 조선총독부 관보 1호에 한일병합조약 1조가 게재되었다.

'대한제국 황제는 조선 전부에 관한 통치권을 완전히 또는 영구히 일본 황제 폐하에게 양여한다.'

백성들은 장마당에서 엄마 손을 놓친 아이처럼 겁먹은 얼굴로 어찌할 바를 몰랐다. 멸망 후의 세상을 찾아서 약빠르게 자리를 옮기는 이도 더러 있었다. 조선이 존재하지 않는다니. 제구실을 못할 만큼 썩어도 내 나라였다. 내 나라, 내 집에서 두 다리로 버티고 있는데 이 모든 것이 하루아침에 없어지다니.

조국의 멸망을 짐작했으나 막상 닥치니 심장에 말뚝이 박힌 것 같았다. 늦가을에 탈곡한 볏단에서 풍기던 고소한 냄새를 집냄새로 인식하고 있었는데 지금은 집 안팎에서 거름 냄새가 난다. 사당의 향냄새조차 역겨워 진저리를 쳤고 조금만 움직여도 속이 울렁거렸다. 거지 새가 내 몸속에 알을 깐 것 같았는데 신기하게도 어머니와 마주하는 동안에는 그 증세가 씻은 듯이 나았다.

잇몸이 부실한 어머니는 해마다 치아가 몇 개씩 빠졌다. 두 개 남은 앞니마저 빠지자 치매 증세를 보였다. 가끔 정신이 들면 나를 말끄러미 쳐다보았다. "저를 알아보시겠어요?" 하고 반갑게 물으면 어머니는 내 손목을 만지작거리며 "춘식 아버지요. 어디 갔다 이제 오셨소"라고 말하며 수줍은 웃음을 지었다. 정신을 놔버린 어머니가 기억하는 단 한 사람. 효자동가를 드나드는 친인척 가운데 춘식 아버지는 없다. 바깥출입이 자유롭지 않았으니 우리 몰래 샛서방을 두었을 리도 만무했다.

"춘식 아버지가 누굴까?"

내가 혼잣말을 하자 옆에서 열무를 다듬던 막손어멈이 시들하게 답했다. 그분이 마님의 첫사랑이라고. 미련이 남은 탓에 그 기억만은 잃지 않은 거라고. 마님의 첫사랑이 춘식이라는 아들을 둔 모양이라며 심상히 말한 후 고개를 돌리며 코를 훌쩍였다. 나는 소맷부리로 눈언저리를 훔치는 막손어멈을 바라보다 폭소를 터뜨렸다. 병상의 어머니는 속이 썩어가면서 마르고 개개풀린 나에게 뜻밖의 웃음을 건넸다.

'이토록 맹랑하고 엉뚱하셨다니.'

막손어멈은 헛소리를 하지 않는다. 그러므로 진실일 확률이 높다. 우리는 어머니가 아버지의 마음을 얻으려고 애면글면한 줄 알았다. 그간 귀 따갑게 들었던 '아이고 타령'이 사랑의 연막일 줄이야. 어머니는 근엄한 효자동가의 뒤통수를 제대로 쳤다.

늦더위가 기승을 부리던 칠석날에는 안채마루에서 점심을 먹었다. 어머니는 나와 조금 떨어진 곳에서 소반상을 받았다. 치아를 잃은 후부터 뽀얀 국물이 우러난 고깃국에 밥을 말아 드셨는데 식성이 변했는지 후추를 넣지 않으면 한사코 먹질 않았다.

"나라가 망하고 시절이 변하니 사람의 입맛도 달라지는갑제."

손수건으로 어머니의 입귀를 닦아주던 막손어멈이 에둘러 어물쩍하게 말했다. 예나 지금이나 후추는 많은 돈을 주어도 구하기 어렵다. 나는 미음으로 연명하는 어머니를 보다못해 윤가에게 도움을 청했다.

"오줌을 눌 틈도 없이 바쁜 내가 이곳까지 왕림해야 자네를 볼 수가 있지. 그렇지?"

닷새 후 찾아온 윤가가 후추 꾸러미를 마루에 내려놓으며 툴툴거렸다.

"제가 찾아봬야 했는데 죄송해서 이걸 어쩌죠."

"눈치 없긴. 내 도량이 자네보다 넓다고 한창 생색내는 중인데."

"집에만 있었더니 바깥일을 점점 미루게 되네요."

"몰골이 말이 아니구먼. 시절이 이럴수록 마음을 다잡아야지. 난들 좋아서 나다닐까."

"일간 마포 여각에 들를게요. 오랜만에 형수님들도 뵙고요."

"자네가 오면 마누라들이 퍽 좋아할 게야. 보나마나 상다리가 휘어질걸. 그럴 게 아니라 이참에 금강산 구경을 할 텐가? 이번에 우리 상단이 그쪽으로 간다네. 사흘 뒤 출발할 예정이니 마음이 내키면 따라나서게."

나라가 망해도 보부상단은 어김없이 길을 떠났다. 나를 대신하여 상단을 따라간 막손이 두 달 만에 돌아와 반가운 소식을 전했다.

"글쎄, 금강산 객점에서 그이를 만났지 뭔가."

"그이라니?"

"자네가 찾던 상선가 양자 말일세."

"양대방을…… 막손이 그게 정말인가."

"우리 일행이 객점으로 들어서니 자리를 털고 일어나더라고. 풋낯만 익혔는데 상선가의 양자인 걸 한눈에 알아보겠던걸. 그의 체구가 여간 커야 말이지."

"대방은 조선인치곤 큰 축에 속하지."

양대방이 사라진 후 나는 끊임없이 그의 종적을 좇았다. 내가 사라져도 대방 역시 그랬을 것이다. 우리는 다른 사람

나의 마지막 조선

이 알 수 있는 방식으로 교류하진 않았으나 마음속에는 늘 상대의 자리를 남겨두었다. 막손이 돌아오고 며칠이 지난 후 막손아범이 기별지를 가져왔다. 현 역관이 보낸 것인데 모화관 앞에서 양대방을 보았다는 내용이 적혀 있었다. 나는 사람을 풀어 모화관 부근을 이 잡듯 뒤졌다. 그때가 미정시14시였는데 양대방이 내 방으로 숨어든 건 술초시19시 무렵이었다.

"자네가 찾는다는 소식을 들었네."

세월을 정면으로 얻어맞은 얼굴이나 그의 눈빛만은 여전히 형형했다.

"이 사람아, 그동안 어디 있었나?"

"정해진 거처는 없었네. 참된 스승을 찾아서 무던히 떠돌아다녔지. 무술을 통해 하자 있는 몸을 극복하고 싶었어. 어느 단계까지 오르는지 시험하고 싶더군."

"나도 궁금하네. 극복이 되던가."

"한계를 뛰어넘진 못했어. 하자 있는 몸은 극복되는 게 아니라는 것, 고통을 참으면 고수와 비슷하게 도약하나 나는 그 '비슷'을 못 견뎠네. 비슷할 뿐이지 진정한 고수는 아니잖나."

"마음고생이 심했겠어."

"내 욕심이었을까. 끝까지 가보고 싶더군."

"나는 무술에 맹탕이지만 다른 끝도 있는 걸 안다네. 우리가 단결하여 끝을 보세나."

양대방이 괴로운 표정을 지으며 손을 내밀었다.

"형제여. 손 좀 잡아보세."

불완전한 육체 때문에 상대의 부족한 부분과 아픈 구석을 훤히 알고 있는 너와 나. 그게 형제인데 우리가 서로의 목숨 기둥이라는 걸 까맣게 잊고 파당을 지어 싸웠구나.

"나의 혀. 형제여."

내가 말을 더듬자 양대방이 빙글거렸다.

"석호, 자네는 뒤끝이 있군그래. 약해빠진 이 손으로 나와 여태 겨뤘다는 거군."

무려 오백 년 만에 계동파와 장동파가 극적으로 화해했다. 일제에 의해 폐지된 내시부는 내시사와 시종원으로 명칭이 두 번이나 바뀌었다. 대궐에서 쫓겨난 내시들은 '봉시청'을 조직하여 지하에서 암약하고 있었다. 산천을 떠돌며 무술에 매진한 양대방이 봉시청의 수장이 되었는데 나무랄 구석이 없었다. 아첨과 모략을 일삼던 내시들도 봉시청의 명령을 받으면 빠르게 움직였다. 나라가 망하자 비로소 내시들이 대동단결했다.

산은 물을 건너지 못하고
물은 산을 넘지 않는다

경운궁에 감금된 폐하는 아무도 만나지 못했고, 만나려 하지도 않았다. 폐하의 안위가 염려되어 알현을 청했으나 번번이 거절당했다. 내탕금을 핑계로 거듭 요청하자 폐하의 허락이 떨어졌다. 나는 봉시청의 대원을 동원하여 손목집에 숨겨 둔 내탕금을 상해 덕화은행으로 옮길 생각이었다. 설레는 마음으로 경운궁에 도착하니 일본 헌병이 궐문을 지키고 있었다. 대소 신료와 궁첩에 이르기까지 신표가 없으면 궐문의 출입을 막았고 궁녀가 의복과 음식을 가지고 드나들 때도 헌병이 나와서 검사했다. 내가 마지막으로 교관의 직첩을 내린 자가 양대방의 양자였다. 나는 그의 도움으로 어렵사리 신표를 구했다. 함녕전으로 들어서니 서양 관복을 입은 폐하께서 황금색 안락의자에 앉아 있었다.

"태황제 폐하를 뵈옵니다."

"석호, 어찌 지내고 있는가? 예고도 없이 궐에서 쫓겨났으니."

"소신에게는 효자동가도 있나이다."

폐하께서 문 앞에 있던 시종 아이를 손짓으로 물렸다.

"내 대에 이르러 조선의 문이 닫혔으니. 그 생각을 하면 살가죽이 뜯기고 뼈마디가 녹아내리는 것 같네."

"소신의 보필이 부족하와 모진 시련을 겪으십니다. 여전히 잠귀가 밝으십니까."

"간신히 쪽잠이 들면 내 앞에서 궐문이 닫히는 꿈을 꾸네. 궐문을 향해 전속력으로 달려가도 매번 궐 안으로 들어서질 못해. 이십칠 대에 걸쳐 면면히 이어온 조선을 말아먹은 짐을 벌주려고 궐문이 천둥치는 소리를 내며 빠르게 닫힌다네."

밖으로 새나갈세라 폐하께서 목소리를 낮추었다. 그 모습을 보니 마음 한구석이 맷돌에 짓눌린 듯 무겁고 맥맥해졌다.

"옥체가 쇠약해진 탓이옵니다."

"낮에는 볼모로 잡혀 있고 밤에는 불길한 꿈을 반복하여 꾸는데 짐은 왜 미치지도 않는가. 광인이 부러워. 어제는 하루를 더 살까 두려웠고, 오늘은 하루를 못 채우고 죽을까봐 두렵네."

그건 폐하의 진심이었다.

"치욕과 수모를 감당하는 일이 버거워."

"무엇이든 잘 드시고 버텨야 합니다."

"궁에 갇혀 있으니 자꾸만 과거를 반추하게 되네. 그때 못 이기는 척 문호를 개방하면 어땠을까. 조선이 변했을까?"

"그래도 변하지 않았을 것입니다."

"하루도 빠짐없이 그때 그러지 않았으면 정세가 어찌 변했을까, 라는 자책을 하며 악몽 같은 순간을 견딘다네. 고문이 따로 없어."

"폐하께선 할 만큼 하셨습니다. 조선 근대화에 심혈을 기울였고 이이제이의 외교 전략으로 국체를 보전하려고 노력하셨지요. 제국주의자들에 의해 아시아 대부분의 나라가 무너졌는데도 조선을 독립된 나라로 유지하기 위해 백방으로 애쓰셨습니다. 지금 왜는 어용학자들을 동원하여 폐하의 실체 왜곡에 나섰다지요. 폐하의 충신을 수구 부패 정권으로 낙인찍었고 조선 근대화의 공적은 일제와 친일 대신들에게 돌리고 있답니다."

"대한제국이 생긴 후부터 패망에 이르기까지 십삼 년의 엄연한 역사가 있는데 일제는 그 시기에 우리가 국호 대한과 태극기 한 장만 달랑 남겼다고 떠벌린다네."

"폐하의 개혁 성과에는 입을 닫고 망국의 책임만 추궁하고 있으니."

"이 현상은 훗날에도 개선되지 않을 테지. 일제의 날조된 글로 말미암아 후대인들은 못난 민족임을 인정하고 자신을 비웃으며 살아갈 테지. 일천 가지 허물을 들추며 나라를 잃은 짐을 원망하겠지."

"누구든 우리와 똑같은 상황에서 똑같은 일을 겪은 후에 폐하를 평가해야 합니다. 우리에게 닥친 위기는 조선의 힘으로 맞설 수 있는 게 아니었지요. 우리가 무릎을 꿇은 것은 한낱 왜가 아니라 서양의 문명과 기계 때문입니다."

폐하는 옥좌에 앉은 후부터 하루도 편안한 날이 없었다. 용맹한 군주는 아니었으되 고민하고 또 고민했으며 늘 일만 가지 시름에 싸여 있었다. 나는 진심으로 폐하를 사랑하면서도 깊은 어심을 헤아리지 못했다. 적민積民은 곧 국國이다, 라고 선포한 나의 왕. 백성이 쌓여야 나라라고 말씀하시던 분이 능욕을 당하고 있다.

"짐은 시대의 흐름을 읽지 못했어. 바람의 방향을 아는 자가 진정한 지도자일세. 그래서 천기 운운하는 게야. 고백건대 개화파를 지지하다 슬그머니 발을 빼기도 했어."

"갑신년의 일을 말씀하시는 겁니까."

"그 일 말고 또 있네."

폐하께서 민망한 듯 내 시선을 피했다.

"독립협회가 주도한 만민공동회는 그럴 수밖에 없었지요. 수구파의 투서가 날아들지 않았습니까."

그때 윤가가 보부상단을 이끌고 쳐들어가 투쟁하던 이들을 모두 해산시켰다.

"폐하께선 매사 신중하셨습니다. 신중이 죄라면……"

"짐이 부덕하여 나라를 잃었어. 피 한 방울도 흘리지 않고, 총 한 방도 쏘질 못하고. 곱씹을수록 기가 막히네."

"불가항력이었습니다. 총을 쏜들 달라질 상황이 아니었지요."

"돌아보니 짐은 불신의 정치를 했어."

"신중함이 담긴 불신이었지요. 저는 따뜻하다 여겼습니다."

"옥균마저 믿질 않았으니."

"폐하께선 자신도 믿지 않으셨잖아요. 그 점은 공평하셨습니다. 그때 옥균을 바라보시던 폐하의 눈빛이 잊히질 않습니다."

"어떤 눈빛이었는고."

"환하게 빛났었지요. 저는 폐하의 눈동자에 무지개가 비친 줄 알았습니다. 드디어 만났군, 임자. 우리가 왜 이제 만났을까, 라는 뜻이 담긴 눈빛이었지요. 고백건대 소신이 옥균을 질투했나이다."

"자네가 속이 좁긴 해."

"소신을 놀리시는 겁니까."

"자넨 속마음을 감추지도 못했어. 얼굴에 여실히 드러났거든."

"진작 알려주시지요."

"그 재미난 걸 내가 왜? 다양한 자네의 표정을 바라보는 재미가 쏠쏠했네."

"혹여 그 때문에 국사에 폐를 끼치진 않았습니까."

"그럴 일은 없었어. 사전에 차단했거든. 자네 모르게 내가 좀 바빴네. 이런 짐이 불쌍하여 자네는 종종 '그것'을 하자고 건의했지."

"젊었으니까요. 그게 어제 일인 듯하온데."

"석호, 우는가…… 자네…… 우는가."

"아, 아닙니다."

"눈물 그치게 객적은 소리 함세. 자네는 더할 나위 없는 신하였어."

"웬걸요. 부족한 점이 많았습니다."

"언제나 내 편이었지. 삭막한 대궐에서 무조건 편드는 사람이 있는 게 얼마나 든든하던지. 자네는 숨은 방 같은 존재였어. 험한 몰골로 숨어들어도 이유를 불문하고 먹이고 씻기고 치유하는…… 나는, 자네가 좋았네. 고맙다는 말은 안 할게야."

낭창한 말을 입에 올리는 게 익숙하지 않은 듯 폐하께선 짐짓 화난 표정을 지었다. 폐하와 함께 대궐에서 지낸 날들이 가을비에 웃자라는 버섯처럼 두서없이 떠올랐다. 다정한 말투로 조용조용히 내린 지시들. 따뜻한 내용보다 무섭고 극단적인 왕령이 많았다. 나는 폐하의 지시를 그대로 전달할 때도 있었고 어떤 것은 내 선에서 삭제하거나 에둘러 표현했으며 화급을 다투는 지시는 직접 처리했다. 하달받은 지시의 내용이 납득되지 않거나 부조리하다는 생각이 들면 폐하와 나 사이에 얇은 판유리 한 장이 껴 있는 느낌을 받기도 했다.

"소신도 한말씀 올리겠습니다."

"자네는 평생 내 말을 들었어. 나도 무슨 말이든 들어주겠네."

"폐하께서 믿지 않아서 저는 되레 좋았습니다. 덕분에 긴장된 나날을 보냈지요."

"믿었어, 때때로."

"소신을 믿는 마음이 크지 않으셨습니다."

"그 때문에 서운했는가."

"그럴 리가요."

"짐은 불구대천의 원수가 되었어. 한 집안을 망쳐도 가솔이 눈을 흘기며 손가락질하는데 하물며 나라임에야. 무슨 낯으로 선왕들을 뵈옵겠나. 나는 죽어서 구천을 떠돌 것이야."

"제가 기꺼이 따르겠나이다."

"자네는 살아라. 마지막 명령이다."

"태황제 폐하……"

"내 백성은 어떻게 지내고 있더냐. 배를 곯진 않더냐. 세세히 말해보라."

질문이 여전히 많았다. 그 많은 질문이 폐하를 오래 살리겠거니, 라는 생각이 들었다. 폐하는 백성을 그냥 백성이라 말하지 않고 언제나 '내 백성'이라고 표현했다. 나라를 빼앗겼어도 그는 승하하는 날까지 조선의 황제였다. 백성들은 창덕궁에서 지내던 순종을 '창덕궁 전하'라 칭했고 경운궁에 감금당한 고종을 '황제'라고 구분하여 불렀다. 폐위한 후에도 백성들이 믿고 따르자 조선 황제의 전제정치라고 하는 것은 밀정정치, 잡배정치에 빠진 것에 다름 아니다, 라며 일제가 맹렬히 비난했다. 그 발표는 일정 부분 사실이다. 폐하는 돌아가시는 날까지 밀사조직을 운영했다. 경운궁에 감금당한 초기에는 우울증에 시달렸으나 근래 여러모로 달라졌다. 백성들과 밀사조직과 상해 덕화은행에 맡겨둔 내탕금이 폐하에게 활기를 불어넣은 것 같았다. 일제가 핍박할수록 독립 의지를 불태웠다.

"오백 년 사직을 왜에 고스란히 바치지는 않으리."

만주에 망명정부를 세워 나라를 되찾을 일념으로 분주하던 폐하께서 정월 스무하룻날 유시(18시)에 갑자기 붕어하셨다.

봉고제(장례를 하늘에 알리는 의식)가 열리는 함녕전으로 가는 동안 나는 정신이 얼떨떨하여 눈물이 나지 않았다. 암살의 위협으로부터 폐하를 지키려고 동분서주한 날들을 언뜻언뜻 떠올렸을 뿐이다. 함녕전에 마련된 여막으로 들어서니 일본 신사풍의 제단이 차려져 있었다. 일본 옷을 입은 제관이 제단 앞에, 대한제국 황실의 유족이 뒤쪽에 손님처럼 앉아 있었다. 총독부가 설치한 임시 기구인 장의괘에서 국장을 주관하여 나는 제단에 다가가지 못했다.

'내 제사를 남한테 맡기다니.'

나의 마지막 조선

울분을 참지 못해 부들부들 떨고 있는데 양대방의 양자가 송장과 다름없는 몰골로 나타났다. 나는 여막에서 멀리 떨어진 석어당으로 그를 데려갔다. 낮말은 새가 듣고 밤말은 쥐가 듣기에.

"이게 어찌된 일인가. 별궁을 마련할 희망에 부풀었던 폐하께서 별안간 돌아가시다니. 만주가 눈앞에 있다고 말씀하시곤 했는데."

달포 전에 경운궁에 들어가 내탕금의 출납 여부를 보고했다. 폐하께서 내탕금의 일부를 북경에 전달하라는 명을 내렸다. 지금쯤이면 북경에 도착한 양대방의 수하가 별궁 자금을 밀사에게 건네고 있을 터였다. 북경은 만주에 임시정부를 세우기 위한 예비 장소였다.

"저도 믿기질 않습니다. 승하 전날만 해도 안색이 좋으셨거든요. 지병인 치질 말고 다른 질환은 없으셨습니다. 하여 이 불상사가 꿈인지 현실인지 분간되질 않아 하루에도 여러 번 팔뚝을 꼬집곤 합니다."

양대방의 양자가 울음기 섞인 목소리로 말을 이었다.

"어른께서 교첩을 내리시며 찰떡처럼 붙어서 폐하를 지키라 명하셨는데, 제가 자리를 잠시 비운 틈에…… 그날 드신 식혜가 아무래도 수상합니다."

"가배가 아니라 식혜라고? 누가 그걸 가져왔는가?"

"식사 수발을 들던 두 명의 궁녀입지요."

"궁녀 따위가 어찌……? 함녕전에 또 누가 있었나."

"호위무사와 시종들인데 의심할 만한 자들이 아닙니다."

석어당 앞을 지나는 발소리가 들리자 양대방의 양자가 문틈을 흘깃거렸다.

"이런 일은 모두 의심해야 되네. 잘 생각해보게."

"그러고 보니 도가와 촉탁의도 침전에 들어왔습죠."

"도가와 기누코? 그녀는 덕혜옹주의 전의가 아닌가. 그 전의가 왜?"

"식혜를 드시고 침전으로 향하던 폐하께서 속이 불편하다 말씀하시니 김형배 전의가 가미오카 촉탁의에게 연통을 했습죠. 가미오카가 몸이 좋질 않다며 도가와를 먼저 보냈습니다."

"도가와가 가장 먼저 폐하를 진맥했다……?"

"네. 도가와에게 진맥을 받던 폐하께선 땀을 흘리시며 옥체를 비트셨습니다. 연통을 받은 안상호 촉탁의가 축시경에 헐레벌떡 침전에 들었고요. 가미오카는 인시에 들어왔지요."

"인시라…… 흠…… 모리야스 박사는?"

"그분은 유시쯤에 오셨어요. 옥체를 살펴보곤 폐하께서 숨을 놓으셨다며 시각을 확인하더군요. 어찌나 황망하던지 하늘이 무너지는 줄 알았습니다."

"그때 옥체의 상태는 어떠했나."

"폐하의 팔다리가 부어올라서 통이 넓은 한복 바지를 찢을 수밖에 없었습니다. 치아가 일부 빠진데다 혀가 닳아서 없어졌고요. 목 부위에서 복부까지 검은 줄이 길게 나 있었어요. 제가 목간 시중을 들었던 터라 옥체의 구석구석을 잘 압니다. 검은 줄은 갑자기 생긴 거예요. 옆에 있던 모리야스 박사도 무척 놀란 눈치였습니다."

"그건 독일세! 검은 줄이 생겼다면 맹독에 속하는데 아마 부자는 아닐 걸세. 폐하께선 부자에 내성이 있으셨어."

사약은 부자, 웅환(비소), 수은, 천남성으로 만든다. 가배를 애호하던 폐하는 몸이 차서 평소 부자를 음용했다. 말린 오두의 뿌리로 만든 부자는 몸의 양기를 돋우나 독성을 함유하고 있다. 볶은 소금으로 가공 처리한 염부자를 쓰면 그 독이 제거된다.

노론의 맹장인 우암 송시열도 부자에 내성이 있었다. 사약을 받은 우암은 주군이 계신 곳을 향해 큰절을 올린 뒤 망설이지 않고 한번에 들이켰다. 한참 후 금부도사가 살펴보니 우암이 살아 있었다. 학자로선 보기 드문 팔척 장신이어도 두 사발이나 마셨으니 이젠 죽었겠지, 하고 금부도사가 돌아서면 그가 눈을 떴다. 사약을 마시고 자꾸 살아나면 선비의 체면이 서질 않는다. 그리하여 우암은 배가 터질 만큼 여러 사발의 사약을 마시고 간신히 죽었다.

부자만큼 독성이 강한 웅환은 종기와 부스럼을 삭이는 명약이어서 세종대왕도 이걸 첨가한 탕약을 드문드문 마셨다. 이처럼 사약의 재료는 사람을 죽이거나 살리기 때문에 제조법을 비밀에 부쳤다. 내의원에서도 사약의 제조법을 아는 이가 드물어서 왕이 승하한 후에도 어의의 목을 함부로 자르지 않았다.

"어리석은 제가 감당하기에는 너무나 무섭고 큰 일이어서 숨어 지내다 어른께 처음 고하는 겁니다."

"바른대로 말해주어 고맙네. 독차 사건이 일어난 지 얼마나 됐다고 또 이런 짓거리를······"

"독차라면······ 혹시 김홍륙 사건을 말씀하시는 겁니까?"

"그 때문에 폐하께선 독을 두려워하셨어. 밤잠을 이루지 못할 정도였네."

함북에서 태어난 김홍륙은 먹고살기 위해 인근 지역인 블라디보스토크를 넘나들며 러시아 말을 익혔다. 러시아 공사의 통역을 맡으면서 폐하의 총애를 받자 그걸 무기로 삼아 러시아와 교역하던 중에 거액을 착복했다. 그 사건으로 유배형을 받은 그는 폐하를 독살할 목적으로 대궐 내부자를 매수하여 가배에 아편을 넣었다.

"아편으로 어떻게 독살을……?"

"그것도 대량 섭취하면 목숨이 위태롭지. 가배의 맛이 달라진 걸 아신 폐하께선 곧바로 뱉으셔서 화를 면했으나 태자께선 잔을 비우셨어. 그 일로 태자마마는 치아를 잃고 가치를 하셨지. 그게 조선 최초의 가치였네."

"한때 김홍륙의 배후에 왜인이 있다는 소문이 무성했지요."

"그 사건으로 여러 명의 내관이 목숨을 잃었어. 나는 부친상을 치르느라 삼 년간 입궐하지 않아서 화를 면했네만 오래도록 죄책감에 시달렸지."

"이번에도 왜놈들이……?"

"일국의 왕비도 죽인 자들일세. 그때 김홍륙은 왜놈에게 속았던 거야. 냄새가 없는 수분 상태의 맹독이 세간에 있는데 왜 하필이면 아편이겠나. 놈들이 몰랐을까. 저들은 독보다 구하기 쉬운 아편으로 폐하를 시험한 것이었네."

"제가 죽을죄를 지었습니다. 장차 이 일을 어쩝니까요."

양대방의 양자가 어깨를 들썩이며 흐느꼈다.

"그만 눈물을 거두게나. 김홍륙 사건이 일어난 후 내 업무의 칠 할이 독에 대한 방비였어. 그러자면 독부터 익혀야 했거든. 독을 알아야 막을 게 아닌가. 내가 문턱이 닳도록 내의원을 드나들었는데 의원 놈들은 할끔거리기만 할 뿐 독에 관해서는 입을 열지 않았네. 어명도 무용했지. 어찌나 똘똘 뭉쳐 대거리를 하던지."

내의원에서 사약의 제조법을 아는 이는 저뿐이니 죽여주십사, 라며 어의가 자진하여 목을 내놓았다. 대궐에 양의가 있었으나 한학의 대가인 어의의 권능에는 미치지 못했다. 의원이 가진 무기가 독뿐인데 제 목숨이 걸린 동아줄을 쉽게 내줄 리 없었다. 때마침 대궐에 앉아서 천리 밖을 내다보는 내관이 있다는 말을 들었다. 수소문하여 그를 만나보니 품계가 낮은 볼품없는 늙은이였다. 나는 그의 도움으로 숨은 명의를 찾아서 더듬더듬 독을 익혔다.

"승하 전날을 차분히 떠올려보게. 폐하는 그날 어떻게 지내셨나."

한차례 눈물을 쏟은 양대방의 양자는 마음이 안정되었는지 울음기가 가신 어투로 대답했다.

"늘 그렇듯이 늦게 기침하여 안상호 촉탁의에게 치질에

나의 마지막 조선

용한 고약을 처방받으셨고요. 그후 수라를 드셨습니다. 정관헌에서 가배를 마신 뒤에는 에스페란토 선생님과 공부를 하셨지요. 오후에는 가미오카 촉탁의에게 진찰을 받고 소화제인 가미양위탕을 드셨습니다."

"에스페란토를 여전히 배우셨는가?"

"서양 말을 좋아하시잖습니까. 다담상을 물린 저녁에는 낮에 배운 걸 복습하셨고요."

폐하께서 북경에 머물 예정이었으니 만국 공용어가 필요했겠지.

"모시는 동안 어렵지는 않던가. 자네에게 폐하는 어떤 분이었나?"

"황제라기보다 일상생활에 서툰 서양 할아버지 같으셨습니다. 배움에는 한없이 너그러우셨고요."

"젊어서도 서생 같은 면이 있으셨지. 초년의 전하는 봄바람처럼 부드러웠네. 나더러 이름을 불러달라며 떼를 쓰기도 하셨어."

"도무지 상상이 안 됩니다. 장년의 폐하는 어떠하셨나요?"

"호두를 닮으셨지. 겉은 무르나 속에 단단한 알맹이를 품고 계셨어. 은밀하여 들키지도 않으셨네. 참 모질기도 하셨지. 김홍륙은 폐하를 속속들이 몰랐던가봐. 별안간 내쳐졌다고 무서운 흉계를 꾸몄으니."

"어른께서 찰떡처럼 붙어서 폐하를 지키라 명하신 이유가 독 때문이었군요. 저는 역사의 죄인이 되었습니다."

"열 사람이 지켜도 한 도둑을 막지 못하는 법이네."

"어르신……"

"폐하를 지키려 안간힘을 썼으나 결국 실패했어. 이 불민함을 어떻게 씻을까. 효자동가의 선대 할아버지들에게 뭐라고 할 것이며 저 푸른 하늘을 이고 어찌 살까."

그제야 참았던 눈물이 흘러나왔다. 누가 내 심장을 쥐어짜는 것 같았다.

"어른께서 이러시면 저는 어떡합니까. 천 번을 죽어도 용서받지 못할 것입니다."

"자네는 곧장 양부에게로 가게. 그 목숨은 나라를 위하여 중히 쓰일 것이니."

그 길로 봉시청에 숨은 양대방의 양자는 제 아비에 이어 행동대원이 되었다. 그는 창덕궁에 감금당한 순종 황제에게 외부의 상황을 주기적으로 보고했고 신밀사 조직과 함께 독립운동 자금을 조달하는 등 폐하가 돌아가신 뒤에도 은밀한 활동을 이어갔다. 내관 중에 2대에 걸쳐 밀사로 암약한 가문은 자하문 상선가가 유일했다.

나의 마지막 조선

옥체를 부검한 총리대신 이상설은 폐하의 사인이 급성 뇌일혈이라고 발표했으나 아무도 믿지 않았다. 그때 이미 각 고을의 오일장에 모인 장꾼들의 입을 통해 폐하의 독살설이 일파만파 번진 후였고, 3월 1일 새벽 한성 일대에 뿌려진 격문을 통해 소문이 사실임을 백성들이 확인했기 때문이다.

'오호 통재라, 우리 이천만 동포여. 그대들은 황제 폐하 붕어의 참 원인을 아는가? 모르는가? 건강하시던 폐하께서 창졸간에 침전에서 붕어하니 이 어찌 범상한 일이겠는가…… 황후를 시해한 적의 소행에 복수해야 함에도 그걸 못하다가 큰 변고를 맞이하였다. 과연 이다음을 누구에게 기약하겠는가. 우리 민족이 이 설움을 어찌 잊을 수 있겠나……'라는 글로 시작하는 격문 속에는 일제의 사주로 폐하가 독살되었다는 것, 폐하의 장례에 참석한 동포라면 응당 복수를 다짐해야 한다는 뜻이 장중한 어조로 표현되어 있었다.

인산 날, 대여大輿가 나가자 울분에 찬 백성들이 백의 조복을 입고 나와 홍릉으로 가는 폐하의 마지막 길을 배웅했다. 그날 국상에 참가하려고 지방에서 올라온 백성의 수가 대략 사십만 명이었다.

조선 임금의 전통 장례는 임시 기구인 장례도감이 주관한다. 임금의 관을 왕릉에 안치하고 신주를 종묘에 모시기까지 칠십 단계의 복잡한 절차를 밟는다. 그러나 폐하의 장례는 일본 왕족의 신도(神道)식 의례를 참고하여 간단히 치러졌다. 폐하의 관을 모신 일본식 대여 행렬과 신주를 모신 조선식 신연 행렬이 분리된 채 이동하자 백성들이 길에서 목놓아 울었다.

"놈들이 우리 황제의 몸과 혼을 각각 떼어놓는구나. 서럽고 서러워서 이 길을 어이 갈꼬."

대여 행렬에는 사카키라는 요망한 신목이 함께했고 일본 군악대가 조선의 장례에서 금하는 상스러운 음악을 연주했다. 일제는 자신들의 힘을 드러내고자 기마대까지 동원했으나 오히려 역효과만 불러일으켰다.

"이럴 수는 없다. 적어도 이럴 수는……"

백의 조복을 입은 길가에 늘어선 백성들이 태극기를 흔들며 일제히 대한의 독립을 기원했다. 그날 한성에 올라오지 못한 백성들은 전국의 오일장에 모여 한마음으로 '대한 독립 만세'를 외쳤다. 초라하고 기이한 폐하의 장례식이 지하에서 비밀리에 추진하던 비폭력 3·1만세운동의 도화선이 되었다. 일제는 조선인에게 끈질긴 저항 의식이 남아 있을 거라고 생각하지 못했다. 자르고 끊어내도 흰 꽃을 흠뻑 피우는 탱자나무처럼 그날 모든 조선인이 주체였고, 저항의 축이었다.

1919년 3월 3일자 조선독립신문 제2호는 고종이 약물에 의해 독살되었다는 소식을 다음과 같이 보도했다.

'조선이 자원 합방하얏다는 문서에 이완용, 윤덕영, 조중응 등 7적이 조인하고 태황제께 조인을 강박한즉, 태황이 불허하심으로 동야에 약시藥弑하얏더라.'

폐하의 장례를 치른 후 나는 조선 땅을 정처 없이 떠돌았다. 마음을 붙일 곳이 한 군데도 없었다. 맹수가 먹이를 채듯 시간이 빠르게 흘렀다.

'살아서 무엇하리.'

따뜻한 봄이면 초가의 낮은 토담이나 싸리울바자 곁에서 잠을 청했다. 늦가을에는 추수가 끝난 들판의 볏짚가리가 내 방이 되었다. 현생이 곧 지옥이었다.

'살아서 무엇하리.'

나는 한동안 산속에서 머물다가 마음이 동하여 바다로 내달았다. 바닷새의 날갯짓이 눈부셨다. 구만리장천을 떠도는 폐하의 넋이런가. 수면을 적시던 붉은 기운이 사위자 바다가 어둠에 잠겼다. 잔잔한 파도를 가르며 해안을 지나던 배들이 사라지고 군데군데 불을 밝힌 오징어 배만 망망대해에 떠 있었다. 모래밭에 드러누워 양팔을 벌리자 비릿한 바다 냄새가 콧속으로 스며들었다. 살짝 처진 폐하의 눈꼬리. 열두 살의 어린 폐하가 머루처럼 검은 눈동자를 빛내며 내게 묻던 말.

"너는 무엇으로 충성할 것이야. 나한테 어떻게 충성할 것이야."

생기가 넘치는 얼굴로 묻고 또 물었던 폐하의 수많은 말이 짭조름한 해풍에 실려 날아왔다. 폐하의 호흡이 가까이 느껴졌다. 나라가 사라지고 왕이 사라지고 내시부도 없어졌다. 나도 삶을 얼른 끝내고 싶었다.

'친애하는 벗이자 나의 황제이시여. 해안의 나무가 사나운 파도에 휩쓸리듯이 왕조의 꿈도 헛되이 사라졌나이다. 제국은 무너졌어도 우리가 절박하게 품은 뜻은 어딘가에 닿아서 흔적을 남기겠지요. 결코 헛된 시간이 아니었습니다.'

이승에서의 내 삶은 여기까지였다.

"자네는 살아라. 마지막 명령이다."

폐하의 마지막 명령은 따르고 싶지 않았다. 누가 뭐래도 나는 절대왕정의 수호자이며 그것이 본분이다. 그 외의 다른 삶은 알지 못한다. 밤하늘의 별이 되어 홀로 반짝일 나의 왕, 황제좌의 서쪽에 있는 내 별로 돌아갈 때다. 내시는 인간과 구별되는 비인간적 존재라고 했다. 그간 틈틈이 익힌 독으로 내 목숨을 끊어 천명을 완수할 것이다.

순간 떠오르는 얼굴이 있다. 그리운 양모와 양부, 다정한 막손어멈의 얼굴이 아니라 하필이면 늙은 내관이라니. 대궐에 앉아서 천리 밖을 내다보던 그 내관은 이 모든 일을 알았던 게 아닐까. 그리하여 숨은 명의에게 나를 인도하여 독을 배우게끔 한 게 아닐까. 아무려나, 밤바람에 실려온 물방울이 얼굴을 차갑게 적신다. 뱃속은 불로 지진 듯 뜨겁고 목이 심하게 타는구나. 찰나에 불과한 감각일 텐데 좀체 수그러들지 않는다. 소소한 고통에 벌써 굴복하고 싶어진다. 하자 있는 몸 대신 얻은 예민한 감각이 내 마지막 길에 놓인 덫이었구나.

*

스스로 목숨을 끊은 반석호는 계동파 선영인 양주 고두내 작현에 신물 없이 묻혔다. 반석호의 부릅뜬 눈을 양자 이근이 감겼다. 그의 유언에 반하는 행동이었다. 오오오 아아아 우우우…… 높고 유장한 봉시청 대원들의 통곡 소리가 메아리 되어 작현 마을의 뒷산에 울려퍼졌다. 반석호의 유언은 다음과 같았다.

운수가 박하고 좋은 시절을 만나지 못해 하루아침에 나라가 무너졌으니 한낱 고자에 불과한 내가 그 망극함을 어찌 입에 올리랴. 동서고금에 인접 국가의 선의로 국권과 민권을 지킨 사례가 있던가. 우리 백성은 부디 정신을 차리고 일본이 치밀하게 심어놓은 식민사관에서 벗어나 옛 조선의 영광을 찾으라. 훗날 반드시 돌아와 백성들이 이룩한 찬란한 땅을 내 썩은 두 눈으로 똑똑히 보리라.

 마지막 당부가 있다.
 대대손손 이어온 조선의 문을 닫기에 이르렀으니
 입이 백 개라도 망국의 책임을 면할 길 없으니
 내가 죽거든 눈을 감기지 말고 그대로 묻되 벌초하지 마라.
 추후 내 무덤에 물 한 잔도 올리지 마라.

작가의 말

먼저 녹색 신호등에 관한 얘기부터 할까요.

한국을 비롯한 동아시아 문화권에서는 신호등의 '초록불'을 '파란불'로 표현하는 독특한 언어 습관이 있었습니다. 색의 구분이 세분화되지 않았던 시기를 보낸 5060 세대의 얘기입니다. 초록색으로 분명히 인지했으나 굳어진 습관 때문에 한동안 파란색이라 표현했던 신호등의 불빛. 건너가시오. 그후 어떤 사회적 합의(?)에 의해 초록불로 바뀌었지요. 우리가 잘 알고 있다고 생각하는 고종, 그가 혹여 녹색 신호등 같은 위치에 있었던 건 아닐까, 라는 의문에서 소설이 시작되었지요.

백 년 전이나 인공지능의 시대로 접어든 지금이나 한국을 둘러싼 외부의 환경이 조금도 달라지지 않았습니다. 이 글을 쓰며 모든 역사는 현재의 역사라는 말을 여러 번 떠올렸습니다. 『나의 마지막 조선』은 세계열강의 각축장이 된 조선에서 불가능한 꿈을 품고 절박하게 하루하루를 살아낸 사람들의 이야기입니다. 쉰아홉의 젊다면 젊은 나이에 망국의 군주가 된 사람. 그에게도 하고 싶은 말이 있었을 것이고, 이 시점에서 그동안 보이지 않았던 고종의 다른 면모를 보려는 노력도 필요하다는 생각이 들었지요.

글의 화자가 고종의 측근 내시여서 소설을 쓰는 동안 운신의 폭이 컸고 내시에 관한 자료가 드물어 상상력을 맘껏 펼칠 수 있었습니다. 궁 안에도 사람이 살았으니 어떻게 보면 궁궐은 하나의 작은 마을이기도 합니다. 다수의 독자가 모르거나 간과하기 쉬운 궁 안의 살림도 덕분에 소상히 살필 수 있었지요.

2013년 장편 『나흘』을 펴낼 때 다음 책은 내시에 관한 소설이 아닐까 짐작했습니다만 그로부터 오랜 시간이 흘렀습니다. 2015년 이 소설을 잡지에 연재하다가 무기한 휴간되어 쓰다 말고 덮어두었지요. 그후 세 권의 책을 내고 나서야 원고를 살펴보았습니다. 가장 먼저 든 생각이 폐기였습니다. 하여 '나의 마지막 조선'이라는 제목만 남긴 후 연재한 원고를 전부 삭제하고 새로 쓰느라 여러 해를 보냈습니다.

  한 호흡의 숨도 원고 외엔 쏟지 않겠다던 초반의 각오는 바닷물에 띄워 보내고 막막한 심정으로 책상 앞에 앉곤 하던 날들이 어제의 일처럼 떠오릅니다. 꽃이 피었나, 하고 창밖을 내다보면 어느새 녹음이 무성했고 단풍이 들었나 싶어 창 쪽으로 고개를 돌리면 싸락눈이 흩날리기도 했지요. 본문 가운데 내시에 관한 부분은 저의 장편소설 『나흘』에서 일부 가져왔습니다. 진도문학관에서 소설을 시작했고 토지문학관에서 끝을 맺었습니다. 교정을 보면서도 원고를 여러 번 뒤집어 편집자 정은진님에게 수고를 끼쳤습니다. 머리 숙여 감사드립니다.

2025년 11월 28일
이현수

참고 문헌

『내시, 권력을 희롱하다』(장희흥, 경인문화사, 2006)

『고종 44년의 비원』(장영숙, 너머북스, 2010)

『조선왕조사』(이성무, 동방미디어, 1998)

『승정원일기』(국사편찬위원회, 1972)

『매천야록』(황현, 허경진 옮김, 서해문집, 2006)

『조선의 부정부패 그 멸망에 이른 역사』(박성수, 규장각, 1999)

『대한제국 황실비사』(곤도 시로스케, 이언숙 옮김, 이마고, 2007)

『을사늑약 1905, 그 끝나지 않은 백년』(김삼웅, 시대의창, 2005)

『정조의 비밀편지』(안대회, 문학동네, 2010)

『군주론/리바이어던』(마키아벨리, 홉스, 임명방·한승조 옮김, 삼성출판사, 1990)

『3·1운동 100년 2 ― 사건과 목격자들』(한국역사연구회 3·1운동 100주년기획위원회 엮음, 휴머니스트, 2019)

문학동네 플레이 시리즈
나의 마지막 조선
ⓒ이현수 2025

초판인쇄 2025년 12월 4일
초판발행 2025년 12월 15일

지은이 이현수
책임편집 정은진 | **편집** 방원경 유혜림 오동규
디자인 최정윤 유현아 | **저작권** 박지영 주은수 형소진 오서영 조경은
마케팅 정민호 서지화 한민아 이민경 왕지경 정유진 정경주 김혜원 김예진 이서진
브랜딩 함유지 박민재 이송이 박다솔 조다현 김하연 이준희
제작 강신은 김동욱 이순호 | **제작처** 천광인쇄사

펴낸곳 (주)문학동네 | **펴낸이** 김소영
출판등록 1993년 10월 22일 제2003-000045호
주소 10881 경기도 파주시 회동길 210
전자우편 editor@munhak.com | 대표전화 031)955-8888 | 팩스 031)955-8855
문학동네카페 http://cafe.naver.com/mhdn
인스타그램 @munhakdongne | 트위터 @munhakdongne
북클럽문학동네 http://bookclubmunhak.com

ISBN 979-11-416-1473-7 04810

* 이 책의 판권은 지은이와 문학동네에 있습니다.
  이 책 내용의 전부 또는 일부를 재사용하려면 반드시 양측의 서면 동의를 받아야 합니다.
* 이 도서는 2023년도 한국문화예술위원회 아르코문학창작기금 발간지원 사업에 선정되었습니다.

잘못된 책은 구입하신 서점에서 교환해드립니다.
기타 교환 문의 031)955-2661, 3580

www.munhak.com

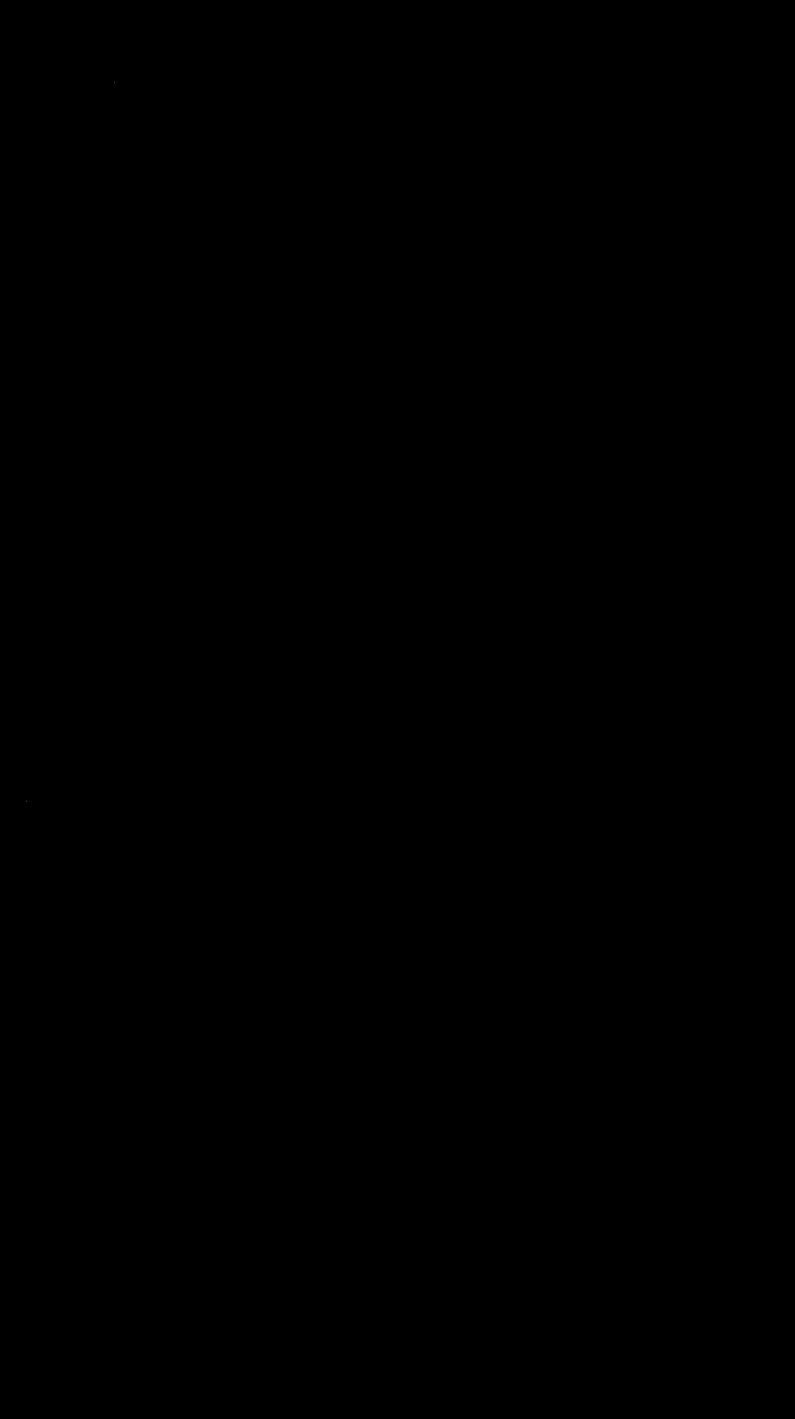